어디서나 아버지가

어디서나 아버지가

발행일	2017년 7월 26일

지은이	강 주 혜
펴낸이	손 형 국
펴낸곳	(주)북랩
편집인	선일영 편집 이종무, 권혁신, 이소현, 송재병, 최예은
디자인	이현수, 이정아, 김민하, 한수희 제작 박기성, 황동현, 구성우
마케팅	김회란, 박진관, 김한결
출판등록	2004. 12. 1(제2012-000051호)
주소	서울시 금천구 가산디지털 1로 168, 우림라이온스밸리 B동 B113, 114호
홈페이지	www.book.co.kr
전화번호	(02)2026-577 팩스 (02)2026-5747

ISBN	979-11-5987-653-0 03810(종이책) 979-11-5987-654-7 05810(전자책)

이 도서의 국립중앙도서관 출판예정도서목록(CIP)은 서지정보유통지원시스템 홈페이지(http://seoji.
nl.go.kr)와 국가자료공동목록시스템(http://www.nl.go.kr/kolisnet)에서 이용하실 수 있습니다.
(CIP제어번호 : CIP2017017703)

중졸 아버지가 나눠주신 삶의 보석들

강주혜 지음

어디서나
아버지가

북랩 book Lab

아버지를 자랑하고 싶었다. 아버지를 자랑하려면 자랑거리가 있어야 했다. 아버지가 사회적으로 성공한 사람이었거나, 학식이 높거나, 돈을 많이 벌었거나 누구나 존경할 만한 위치에 있었으면 좀 편했을지 모른다. 이름 석 자만 들어도 누구나 아는 사람이라면 굳이 내가 자랑하지 않아도 될 일이니 얼마나 좋았겠는가? 아니면 아버지의 자식들 중 한 명이라도 내로라 하는 인물이거나 사회적으로 성공해서 존경받을 위치에 있었다면 자식들의 이름 뒤에서 아버지의 이름이 더 빛났을지 모른다.

아버지는 16살에 해방을 맞고, 21살에 한국전쟁을 겪었다. 해방과 전쟁이라는 평범하지 않은 시대를 평범하게 살아낸 보통 아버지였다. 먹고 사는 것이 삶의 목표가 될 수밖에 없었던 시대의 가난한 가장이었다. 이 시대를 살아낸 모든 아버지, 어머니들의 이야기를 책으로 쓰면 몇 권의 대하소설이 나올지 모른다. 나의 아버지만 특별한 시대를 살아낸 것은 아니었다. 철수의 아버지도 영희의 아버지도 아픈 시대의 아픈 가장이었다.

고등학교를 졸업한 뒤 대학을 가지 않은 친구가 있다. 변변한 직장도 없고, 집안 형편도 넉넉하지 않고, 외모도 출중하지 않고, 성격도 내성적이고 매사에 소극적인 그 친구가 말했다. "독신으로 살고 싶다"고. 우리는 펄쩍 뛰었다. 독신으로 살려면 직업도 좋아야 하고, 돈도 있어야 하고, 인생을 즐길만한 뭔가가 있어야 한다고.

친구는 말했다. 그런 조건을 갖춘 사람만 독신으로 살아야 한다는 법이 어디 있냐고. 나 혼자 먹고 살만큼 벌고, 내 할 일 하면서 조용히 혼자 살 수도 있지 않냐고. 꼭 잘난 사람만 '독신주의'하라는 법이 어디 있냐고. 우리는 이구동성으로 넌 독신주의라고 할지 몰라도, 남들이 보면 능력이 없어서 시집을 못 간 줄 안다고. 말은 이렇게 했지만 난 친구의 말에 내심 놀랐다. '독신주의'를 하는 데 무슨 조건이 필요하지?

아버지에 대한 이야기를 쓰면서 '독신주의자'가 되겠다던 친구 생각이 났다. 꼭 잘난 사람만 혼자 살 결심을 할 수 있나? 꼭 사회적으로 성공한 아버지만 자랑할 수 있나?

아버지의 자랑거리는 눈에 보이지 않는 것이다. 아버지의 자랑거리는 몇 마디 말로 표현할 수 없는 것이다. 잡히지도 않고 보이지도 않는다. 드러낼 수도 없다. 아버지의 자랑거리는 눈에 보이지도 않고 잡히지도 않고, 귀하지도 않지만 없으면 안 되는 공기 같다.

학교에서 배우는 교육학 책 속에 아버지가 있었다. 아이를 키우면서 읽은 육아 서적에 아버지가 있었다. 자녀와의 공감을 이야기하는 부모교육 강사의 이야기 속에 아버지가 있었다. 중학교 졸업장이 다인 아버지는 대학을 나온 똑똑한 사람들이 하는 이야기의 주인공처럼 그 중심에 있었다. '진정한 교육자는 타고나는 것은 아닐까'란 생각을 아버지를 통해 하게 되었다. 우리는 배워도 안 되고 알아도 안 되는 것들을 마치 원래 자기 것인 양 자연스럽게 해 오셨던 아버지의 모습을 떠올렸다.

드라마틱한 사건이나 망치로 머리를 얻어맞는 듯한 큰 가르침은 없었다. 작은 점들이 모여 선을 이루고, 한 방울 한 방울의 물들이 흘러 큰 강을 만들 듯, 아버지와의 잔잔한 일상들이 모여 내 속에서 큰 울림이 되었다. 사람들을 만나면, 내 속에서 울림이 된 소리들이 나도 모르게 이야기가 되어 밖으로 새어 나왔다. 아버지의 이야기는 다른 사람들에게도 작은 울림이 되는 것을 느꼈다. 나는 아버지의 이야기가 하고 싶어졌다.

부모의 입장에서, 교육자의 입장에서, 상담가의 입장에서 아이를 어떻게 키울 것인가를 이야기한다. 나는 아이를 이렇게 키웠다. 아이와 공감은 이렇게 해라, 행복한 아이, 자존감 높은 아이로 키우려면 어떻게 해라 같은 책들을 읽으며 아버지 생각을 했다.

아버지가 나를 어떻게 키웠는지, 그래서 나는 지금 어떤 사람이 되었는지를 말해주고 싶었다. 난 사회적으로 성공한 삶을 산 것은 아니다. 돈을 많이 벌지도 못했다. 존경받을 만한 자리에 있지도 않다. 하지만 내가 가야 할 길을 스스로 선택하고, 내가 선 자리에서 당당하게 살아가려고 노력하고 있다. 배우는 데 기쁨을 느끼고, 작은 것에도 감사할 줄 아는 마음을 갖자고 다짐하며 살아가고 있다.

다른 사람에게 싫은 소리를 듣기도 한다. 고의는 아니지만 부끄러운 일을 할 때도 있다. 내 아이를 키우면서 실수도 한다. 가정사에 잔잔한 문제들도 안고 있다. 이런 내가 아버지를 자랑할 수 있을까? 내가 아버지를 자랑할 만한 자격이 있는가? 잘난 사람만 '독신주의 자' 하라는 법이 없듯이 꼭 내가 성공해야만 아버지를 자랑할 수 있는 것은 아니다.

세상의 모든 아버지 어머니는 위대하다. 그러기에 세상 모든 부모들은 모든 자식들의 자랑거리가 될 수 있다. '부모 된 사람의 가장 큰 어리석음은 자식을 자랑거리로 만들고자 함이다. 부모 된 사람의 가장 큰 지혜로움은 자신의 삶이 자식들의 자랑거리가 되게 하는 것이다'란 말이 있다. 여기에 한 줄을 더 넣고 싶다. '자식 된 사람의 가장 큰 효도는 부모님들의 삶을 지혜롭게 만드는 것이다.'

세상에 부모 자랑만큼 쉬운 것이 어디 있을까? 내가 이 자리에서 자식 자랑을 한다면 팔불출이라는 낙인이 찍힐지 모른다. 내가 내 부모 자랑을 하겠다는데 어느 누가 손가락질을 하겠는가? 모든 자식들에게 말하고 싶다. 자식 된 사람의 가장 큰 효도는 부모들의 삶을 지혜롭게 만드는 것이라고….

아버지는 이미 돌아가셨고, 나는 아직 죽지 않았다. 한 아이를 키우는 데 있어 몇 살이 되어야 잘 키웠는지 알 수 있을까? 또 어떤 사람이 되어야 잘 키웠다고 말할 수 있을까? 아버지의 교육은 아직도 현재진행형이다. 내가 앞으로 어떻게 살아가야 하는지의 답은 여기에 있다.

‖ 차례

| 들어가는 글 _04

1. 아동발달센터를 운영하면서

　❶ 언어치료의 기본　　　　　　　12
　❷ 엄마가 모르는 아이들　　　　　20
　❸ 나도 모르는 내 아이　　　　　　27
　❹ 아이들에게 정말 필요한 것　　　37
　❺ 부모교육　　　　　　　　　　45
　❻ 아픈 아이를 둔 부모의 마음　　　53

2. 나에게 아버지는 어떤 존재인가?

　❶ 아버지의 전공은 교육학?　　　　62
　❷ 중학교 졸업장　　　　　　　　69
　❸ 아버지와의 대화　　　　　　　77
　❹ 보통 아버지　　　　　　　　　85
　❺ 일등 아버지　　　　　　　　　94
　❻ 아버지의 아버지　　　　　　　101
　❼ 내 인생 최고의 멘토　　　　　109

3. 그 시절, 아버지는

　❶ 그래서 넌 어떻게 하고 싶은 거니?　118
　❷ 성곡(聖谷) 딸이었어?　　　　　126

❸ 석양이 아름답던 그 날   134
❹ 기쁨이는 왜 내게 화를 낼까요?   142
❺ 아버지의 우물   150
❻ 1년 365일 하루도 빠짐없이 하신 일   157

4. 아버지의 교육을 전합니다

❶ 딸과의 대화   168
❷ 어려운 일을 마주했을 때   176
❸ 위로가 되는 한마디   183
❹ 어딜 가나 아버지가   190
❺ 아버지가 원하는 것이 뭘까요?   198
❻ 결과만큼 과정   205

5. 존경합니다. 사랑합니다!

❶ 췌장암   212
❷ 떠나시던 그 날   219
❸ 아버지의 일기장   230
❹ 아버지, 미처 말씀드리지 못했습니다   238
❺ 값진 보석들   245
❻ 내가 제일 아픈 손가락   251
❼ 지금도 살아계신 아버지   258

| 마치는 글 _264

1 /

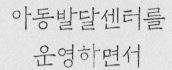

아동발달센터를
운영하면서

❶
언어치료의 기본

　나는 아무것도 한 것이 없었다. 30분 치료시간 내내 현수를 안고
있었을 뿐이었다. 유치원 아이들이 사용하는 의자에 앉아, 덩치가 제
법 큰 아이를 안아 올려 가슴을 마주하고 꼭 껴안았다. 현수는 몸부
림쳤다. 현수가 힘을 주는 만큼 더 꼭 껴안았다. 껴안으며 머리를 쓰
다듬고, 등을 쓸어 주었다. 현수의 몸에서 힘이 빠져나가며 내 어깨에
머리를 기대었다.

　현수는 자폐 아동이다. 현수는 유치원을 하원한 뒤, 복지관과 사설
치료센터 두 군데에서 치료를 받은 후, 내게로 왔다. 처음부터 7세 아
동에게는 무리였다. 병원에서 언어치료를 받으려면 대기를 해야 했다.
짧게는 3개월에서 길게는 일 년을 넘게 기다렸다. 기다리다 지쳐 다른
치료기관으로 가는 아이들도 많았다. 현수도 대기를 제법 길게 했다.
현수를 치료해 줄 수 있는 요일이 현수에게는 제일 수업이 많은 날이
었다. 나에게서 치료를 받는 다른 아동과 시간표를 바꿔 보려고 하였
으나 되지 않았다. 아이가 무리하여 치료를 받든지, 아니면 다시 대기
에 들어가야 할 형편이었다.

현수 엄마는 오랜 기다림 끝에 온 기회라 놓치고 싶지 않다고 했다. 어머니께 병원에서 하는 치료라고 특별할 것이 없다고 이야기했다. 병원에 근무해서 병원에 있는 언어치료사이지, 사설 기관에 있으면, 저도 사설기관 언어치료사일 뿐이라고 설명을 했다. 어머니들은 나를 신뢰하는 것이 아니라, 병원을 신뢰했고, 흰 가운이 뭔가 특별한 치료를 하리라 믿었다. 무엇보다 현수가 힘들 거라고 설득했다. 5시 마지막 시간에 와야 했다. 하루 종일 놀던 아이들도 집으로 돌아가 쉬어야 하는 시간이었다. 어머니는 현수가 싫다는 소리를 하지 않는다고 했다. 어머니는 어쨌든 치료를 받아야 한다면서, 혹시 현수의 장애 정도가 심해서 치료해 줄 수 없다는 것이 아니냐는 오해를 하기까지 이르렀다. 하나라도 치료를 더 받는 것이 현수를 위해 최선이라고 믿고 계셨다.

첫 치료 시간이었다. 현수는 어머니의 말씀처럼 힘들어하는 기색 없이 들어왔다. 입에서 달콤한 냄새가 났다. 아이는 좋아하는 간식을 먹었는지 기분도 좋아 보였다. 새 아동과 치료를 시작할 때는 처음 한 달 정도는 아이의 현재 언어발달 정도를 평가하고 관찰한다. 더불어 치료의 가장 기본인 라포르 형성을 하는 기간이기도 하다.

본격적인 치료를 시작하기 전에 제일 중요한 것이 아이와의 관계 형성이다. 원활한 관계 형성을 위해 아이가 좋아하는 것과 싫어하는 것을 파악한다. 아이의 성향을 파악하고, 놀이 형태를 관찰한다. 아이와 놀면서 아이의 선호도와 전반적인 발달상태, 의사소통의 방식 등을 관찰하는 것이다. 만약 밖에서 우리의 모습을 본다면, 그냥 아이와 노는 것이다.

그 날 아이는 여느 때와 달랐다. 어머니 말씀이 복지관과 사설 치료센터에서도 엉망이었다고 했다. 현수는 화가 나 있었고 흥분된 상태였다. 울고 떼쓰는 아이를 어머니도 달래지 못했다. 아무 이유 없이 갑자기 운다며 엄마도 음성이 높아졌다. 아이도 어머니도 지쳐 있었다. 엄마는 우는 아이를 치료실로 들여 보내고 밖으로 나가셨다.

만약 현수가 '엄마 나 이것 때문에 화났어'라고 말을 할 수 있는 아이라면 나에게 오지도 않았겠지라는 생각이 들었다. 엄마는 아무 이유도 없이 운다고 하시지만, 엄마가 이유를 모를 뿐이지 현수의 그러한 행동에는 분명한 이유가 있을 것이다. 어른들이 이유를 모른다고 이유가 없는 것은 아니니까.

흥분하여 고함을 지르고 울부짖는 현수를 무릎 위에 억지로 앉히고 꼭 껴안았다. 오른손으로 등을 위에서 아래로 가만히 쓰다듬으며 왼손으로 아이의 머리를 껴안았다. "힘들었지? 현수야 힘들었지? 아이고, 우리 현수 힘들었네. 얼마나 힘들었을까"라고 아이의 귀에 작은 소리로 속삭였다. 아이의 몸에 힘이 들어가는 만큼 아이를 꼭 껴안았지만, 목소리는 계속 낮은 소리로 속삭여 주었다. 마치 갓난아이를 달래듯이 나의 입에서는 백색 소음의 추임새가 나왔다. "쉬쉬… 쉬쉬…" "츄츄츄츄… 츄츄 츄츄…" "그래, 그래, 힘들었어."

현수의 몸에서 서서히 힘이 빠져나가면서 나의 왼쪽 어깨에 머리를 기대왔다. 현수 몸의 반응에 맞추어 나도 몸에 힘을 뺐다. 현수를 안은 채 왼손으로 머리를 쓰다듬으며, 오른손으로 등을 아주 천천히 위에서 아래로 길게 쓸어내리는 동작을 반복했다. 아이는 울음을 그치고, 나에게 완전히 몸을 축 늘어뜨리며 기대왔다. 나에게 온몸을 맡기며 안겨왔다.

"그래, 그래, 이제 괜찮아. 괜찮아…."

나는 19년 가까이 언어치료를 했다. 만약 누군가가 내가 한 수업 중에 제일 기억에 남거나 제일 만족한 수업을 꼽으라고 한다면, 그 날 현수의 수업이다. 수업을 마친 현수는 들어올 때와는 달리 편안한 모습으로 돌아갔다. 어머니는 매우 만족해하셨다. 어머니는 대체 현수에게 어떻게 했길래 이렇게 얌전해졌냐고 물어보셨다. 아이러니하게도 난 그날 현수에게 그 어떤 치료도 하지 않았다. 그림카드 한 장 들이밀지 않았고, 내 눈을 보라고 요구하지도 않았다. 그 어떤 치료 기법도 쓰지 않았다. 그냥 가만히 안고 등을 쓸어내렸을 뿐이었다.

결혼을 앞둔 남녀 간에만 궁합이 있는 것이 아니다. 치료사와 아동 사이에도 소위 말하는 '궁합'이 있다. 대부분의 보호자는 자신의 아이가 경력이 있는 치료사에게 치료받기를 원한다. 물론 치료에서 경험은 매우 중요하다. 아이의 작은 행동 하나도 놓치지 않고, 아이의 성향도 빨리 파악한다. 아이에게 적절한 프로그램을 짜고, 수업자료도 풍부하다. 무엇보다 아이를 잘 다룬다.

그러나 경험이 많다고, 유능한 치료사라고 반드시 내 아이와 잘 맞으라는 법은 없다. 치료사는 기계를 다루는 직업이 아니기 때문이다. 우리는 '사람'을 치료하는 직업이다. 사람을 치료하는 의사나 치료사 중에는 그 분야에 따라 능숙한 '기술'이 필요한 경우가 있다. 외과 의사나 물리치료사 같은 경우가 해당될 것이다.

비슷한 성향의 아이는 있으나 똑같은 아이는 없다. 겉으로 하는 행동은 같을지라도 아이마다 처해 있는 환경이 다르고, 받는 자극이 다르다. 아이마다 자라온 환경이 다르므로 모두 다른 기억을 가지고 있다. 비슷한 것 같으나 모두 다른 상처들을 안고 있다. 그러기에 경험이 많다고 그 아이들을 다 아는 것은 아니다. 아이들을 다 안다고 착각하기에 눈이 멀게 되는 경우도 있다.

아이들은 사람이기에 카테고리를 만들어 놓고 분류하여 정해진 틀 안에 넣을 수는 없다. 물론 비슷한 유형에서 치료의 팁을 찾을 수는 있으나 그것으로 모든 것이 해결되지는 않는다. 반면에 초보 치료사의 경우 스스로 부족하다는 것을 알기에 아이에 대해 하나라도 놓치지 않으려고 하고 중요하지 않은 것을 중요하게 여기기도 한다. 치료사의 온 마음을 아이에게 주게 된다. 아이가 서투른 치료사의 그 마음을 받게 되면 그 아이에게 가장 유능한 치료사가 되는 것이다. 모든 아이에게 다 좋은 치료사라고 내 아이게 반드시 좋다는 공식은 성립하지 않는다. 좋을 수도 있고, 아닐 수도 있다.

유능한 치료사 한 명이 아이의 말을 틔울 수는 없다. 상담할 때마다 어머니들께 하는 말이다. 내가 아무리 노력해도 말이 나오지 않는 아이가 다른 선생님이 치료를 하자 말이 나오는 경우가 있다. 반대의 경우도 있다. 내가 한 지 얼마 되지도 않았는데 용케 말문이 트이는 경우도 있다. 아이가 빨리 말을 하면 제일 좋다. 하지만 조급하게 군다고 아이가 말을 하는 것은 아니다. 내가 주는 이 자극이 아이에게 밑거름이 된다. 내가 쏟아 붓는 자극이 쌓이고 쌓여 다른 곳에서 말이 나올 수도 있다. 또 다른 선생님이 차곡차곡 아이에게 넣어 놓은 자극들이 나에게 와서 꽃을 피우기도 한다. 엄마(가정)와 치료사 그리고 아이가 삼박자가 맞아야 가능한 일이다. 치료 및 교육도 중요하지만 아이가 커 가면서 저절로 이루어지는 발달도 무시할 수 없다.

어떻게 된 일인지 치료를 하면 할수록 어렵다. 상담할 때도 자신 있게 말하지 못한다. 치료를 시작한 지 3년 차쯤일 때는 내가 노력만 하면 다 되는 것으로 착각했다. 초보티도 약간 벗었고, 부모님들과의 상담에서도 쭈뼛거리지 않고 당당했다. 치료사로서는 제일 위험한 시기다. 벼는 익을수록 머리를 숙인다고 치료사도 마찬가지다. 아무리 노력해도 힘든 아이가 있다. 금방 말을 나올 것 같은데 안 되는 아이가 있고 힘들 줄 알았는데 쉽게 말문을 여는 아이도 있다. 하얀 도화지에 아이가 어떤 그림을 그릴지는 아무도 모르는 것이다. 대충 '이런 그림을 그리겠지'라고 짐작할 뿐 정답은 없다. 경력이 쌓일수록 아이들에 대해 자신 있게 말할 수가 없다. 그래서 상담을 할 경우 조심스럽다. 여러 경우의 수를 생각하게 되고, 최대한 조심스럽게 말을 하게 된다.

아이의 치료 시 진전이 더딜 경우를 대비해서 빠져나갈 구멍을 마련하는 것 아니냐고 한다면 일정 부분 인정할 수밖에 없다. 하지만 책임을 회피하기 위해서라고 몰아붙인다면 억울하다. 자신 있게 아이의 예후에 대해서 장담을 한 뒤, 치료를 시작하고 시간이 지나서 예후대로 가지 않으면 다른 아이들은 다 되는데 이 아이는 이러저러한 이유로 '더 안된다'라고 말할 수밖에 없다. 아이의 개인적인 문제로 돌리는 치료사를 본 적도 종종 있다. 상담하러 오신 분이 다른 치료실에서는 6개월 정도면 말을 할 수 있다고 하더라고 하면 그곳으로 가시라고 말을 한다. "전 그분만큼 유능하지 않아 자신이 없습니다"라고 말을 한다. 비아냥이 아니다. 정말 그럴 수도 있다. 가능성은 항상 열려 있으니까.

나에게 10년이 넘게 치료를 받는 친구가 두 명이 있다. 4살 어린 아이들이 이제 중학생이 되었다. 나에게 폭 안기던 아이들이 이제는 나를 안아줄 정도로 컸다. 난 이 아이들을 볼 때마다 미안하다. 혹시 저 아이들이 '나에게 치료를 받지 않고 다른 치료사가 치료했다면 지금쯤 말을 하지 않았을까'라는 생각이 들 때면 죄책감마저 느껴진다.

한 날은 꿈속에서 우리 준이가 말을 했다. 꿈에서 깬 뒤 마치 현실에서도 말을 할 것 같은 생각에 설레었다. 비록 그 아이들이 말을 하는 건 아니지만 나이에 맞게 의젓해져 가는 모습을 보일 때면 대견하고 믿음직스럽다. 이 친구들은 10년을 넘게 같은 장소, 같은 선생님에게 수업을 받고 있다. 그것도 10년 넘게 비슷한 내용의 수업을 듣고 있다.

아무나 쉽게 가질 수 없는 '끈기'라는 미덕을 이 친구들은 갖고 있다. 만약 이 친구들이 장애만 아니라면 뭘 해도 성공했을 것이라는 믿음이 있다. 나도 못해낼 일을 이 아이들은 지금도 하고 있다.

종종 사람들이 "언어치료를 어떻게 해요?"라고 묻는다. 뭐라고 해야 할지 모르겠다. 말로 설명할 수 없는 것은 모르는 것이라고 했는데, 난 언어치료를 모르는 것인가? '언어치료'라고 통칭을 하긴 하지만 용어에 대한 의견이 분분하다.

언어는 말에 국한되지는 않는다. '의사소통'이라는 용어를 쓰기도 한다. 범위가 매우 넓어지게 된다. 말을 통한 의사소통의 비율은 극히 일부이다. 말이 아닌 눈짓, 몸짓, 흔히 말하는 제스쳐, 상황 등 자신의 의사를 표현하기 위한 방법은 다양하다. 또 말을 유창하게 한다고 다 의사소통이 되는 것은 아니다. 치료실에는 말을 잘하는 아이들도 많다. 모르는 사람들은 저렇게 말을 잘하는데 왜 언어치료를 받는지 의아해 한다. 다양한 케이스의 다양한 아이들에게 언어치료를 하기에 언어치료를 어떻게 하냐고 물으면 당황스럽다.

언어치료는 아이만 받는 것은 아니다. 병원에 가면 성인 환자도 꽤 많다. 언어치료사들은 언어치료를 잡학이라고 말을 하기도 한다. 뇌병변 환자를 치료하려면 뇌도 알아야 하고, 음성장애 환자는 후두 쪽의 지식도 갖춰야 한다. 청각장애는 귀에 대해서, 발음이 안 좋은 친구들을 하려면 국어의 음운 변동 분석도 해야 한다. 이뿐인가? 심리치료와 상담은 기본으로 깔고 있어야 하고, 아동의 언어 발달뿐 아니라 아동 발달 전반에 대한 지식도 갖춰야 한다. 졸업 후 자신의 관심에 따라 치료현장을 가게 되고 그곳에서 비슷한 케이스의 클라이언트를 만나면서 특정 분야의 전문가가 된다.

『짖어봐 조지야』란 그림 동화책이 있다. 주인공 '조지'는 강아지다. 그런데, '야옹'이라고 한다. 병원에 간 조지는 의사 선생님 앞에서도 '야옹'이라고 소리 낸다. 의사 선생님은 조지의 입에 손을 집어넣어 뭔가를 꺼낸다. 고양이가 나왔다. 연이어 조지는 '꽥꽥', '음매' 등의 소리를 내고 그럴 때마다 의사 선생님은 조지 안에 있는 오리와 소를 꺼낸다.

동화의 주제가 진정한 자기 소리를 내기 위한 자아정체성 확립이라고 한다. 나는 이 동화를 보면서 우리 아이들을 생각했다. 동화 속 의사 선생님처럼 아이의 입속에 손이라도 넣고 싶다. 아이의 소리를 집어삼킨 것들을 끄집어내고 싶다. 말을 하지 못하게 하는 원인이나 말을 하지 않는 이유를 모른 채 무조건 '말을 하도록 하는 것'이 언어치료의 본질은 아니다. 아이의 말을 삼킨 것들을 끄집어낸 뒤 자신의 소리를 낼 수 있도록 하는 것이 언어치료의 시작점이 될 것이다.

❷

엄마가 모르는 아이들

"우리 아이가 불안하다고요?"

내 말을 되짚어 그대로 나에게 돌려주는 수진 엄마의 눈빛이 불안했다. 어머니의 표정은 뜻밖의 말이라 놀란 듯도 하고 또 한편으로는 수진이의 불안을 눈치 채고 있었던 것 같기도 했다.

"우리 수진이가 왜 불안할까요?"

검사 결과 상담을 하면서 간혹 난감할 때가 있다. 나는 점쟁이가 아니다. 아이의 문제 행동의 원인이 '불안'이라고 말하면 그 이유를 내게 되묻는 경우가 대부분이다. 내가 묻고 싶은 질문이다. 아이가 왜 불안한지. 수진이의 부모님은 아이에게 정도 이상으로 허용적이라는 사실만 빼면 누가 봐도 괜찮은 분들이셨다. 아이에게 '공부, 공부' 노래를 부르는 것도 아니고 아이를 강압적으로 대하지도 않았다.

아무리 보아도 아이의 불안도가 높은 이유를 찾지 못하겠다. 나의 슈퍼바이저 선생님과 검사 결과를 분석하면서도 나눈 고민이었다. 나는 검사 분석 노트에 '왜 불안할까'라고 크게 써놓고, 마인드맵을 그리며 여러 가지 경우를 적어 보았다. 모든 것이 추측일 뿐이었다. 수진이의 '불안'의 시작점이 나도 궁금해졌다.

겉으로 드러나는 수진의 행동은 크게 산만하지 않았다. 다만, 자신에게 주어진 과업을 수행하려고 하면 집중하지 못하고 멍해지는 경향이 두드러졌다. 일상생활에서는 산만하지 않은데, 과제를 수행하려고 하면 산만해지는 것이었다. 검사 결과는 아이의 현재가 아닌 과거에 정서적인 문제가 있는 것으로 나타났다. 현재 부모님과의 관계로 보아 과거에 크게 문제는 없을 것 같은데 알 수 없는 일이었다.

상담이 진행되면서 아이가 신생아 때 큰 수술을 받은 것을 알게 되었다. 수술 후 오랫동안 입원을 했으며, 출산 직후라 어머니가 수진이를 돌볼 사정이 아니었다. 어쩔 수 없이 다른 사람이 수진이를 돌볼 수밖에 없었다. 불안의 시작점은 잡은 셈이다. 수진이의 부모님은 태어난 직후 수술을 했고, 아이가 너무 어려 아무것도 모를 것이라 생각했다. 신생아 때의 그 일이 지금까지 아이를 힘들게 할 것이라고는 꿈에도 생각하지 못했다며 끝내는 울음을 보였다. 몸의 건강은 회복되었으나 마음의 상처는 고스란히 남아서 수진이를 힘들게 하고 있는 것이다.

구개파열 아동들은 태어나면서부터 아이가 성인의 몸이 될 때까지 수차례 수술을 받아야 한다. 아이의 몸은 자라는데 수술을 한 부위는 자라지 않기 때문이다. 아이의 몸이 어느 정도 다 자랄 때까지 수술을 해주어야 하는데 일종의 성형수술인 셈이다. 민수 어머니는 "신생아 때 처음으로 수술할 때는 무서워하지도 않더니, 이번에 수술할 때는 무섭다고 울어서 힘들었다"고 호소를 했다. 신생아인 민수는 무섭지 않았던 것이 아니라 무섭다고 표현할 힘이 없었을 뿐이었다.

신생아 때나 아주 어릴 때 큰 수술을 받은 아이들은 아무도 믿지 않는다고 한다. 아이의 부모들은 아이를 살리기 위해 병원에 아이를 맡긴다. 아이는 태어나자마자 엄마에게서 분리되어 차가운 수술대에 오른다. 이 과정에서 아이들은 자신이 부모로부터 버림을 받았다고 생각한다고 한다. 엄마의 심장 소리가 들리지 않는 곳에서 아이는 얼마나 불안하고 무서웠을까. MRI를 찍기 위해 혼자서 둥글고 긴 통속으로 들어간다. 익숙하지 않은 기계의 '웅웅' 소리가 아이의 기억 속에 저장된다. MRI 촬영을 할 때는 어른들도 무섭다고 한다. 아이도 기억하지 못하는 이러한 일들이 아이들 불안의 기반이 되기도 한다.

생후 2주 만에 수술을 받은 훈이는 어릴 때 화장실 문을 닫고 환풍기 켜는 것이 싫었다. 화장실 문을 열어 놓은 채 볼일을 보았다. 하루는 훈이의 아버지가 그 모습을 보고 꾸짖었다. 다른 사람에게 실례가 되는 행동이므로 지적을 받을만 했다. 훈이는 엄마가 있을 때는 여전히 화장실 문을 열어 놓은 채 볼일을 보았지만, 아버지가 있을 때는 무서워도 참고 화장실 문을 닫고 환풍기를 켰다.

화장실 문을 닫고 환풍기를 켜는 것이 왜 무서운지 훈이도 몰랐고 훈이의 아버지도 몰랐다. 신생아 때 수술을 앞두고 MRI, CT, X-RAY 등의 검사가 아이의 잠재의식 속에 트라우마로 자리 잡았다. 나이가 어릴수록 기억 기반이 약해 자극들이 강하게 각인 되는 경향이 있다. '꽝' 하고 크게 닫는 문소리에 놀란 아이는 소리에 민감해지고 어쩌다 한 번 하는 부부싸움도 아이에게 불안의 요소를 제공하게 된다.

불안이 문제다. 불안 때문에 다리가 떨리고, 불안 때문에 몸에 힘이 들어가고, 불안 때문에 긴장되고, 불안 때문에 산만하고, 불안 때문에 집중하지 못하고, 불안 때문에 강박이 생긴다. 낯선 곳에 가도 불안하고, 낯선 사람을 만나도 불안하다. 익숙하지 않은 시험문제를 만나도 불안하고, 어려운 문제를 만나도 불안하다. 이미 지나간 일도 불안하고, 아직 일어나지 않은 일도 불안하다. 엄마가 있어도 불안하고 엄마가 없어도 불안하다. 이렇게 불안은 여러 가지 옷을 입고 나타난다.

경민이 엄마는 억울하다고 했다. 무언가를 배우거나, 학원을 가게 될 때, 혼자 결정한 적이 없다고 했다. 경민이의 의견을 먼저 물었고 본인이 하겠다고 해서 학원을 보냈는데 이제 와서 "하기 싫었는데, 엄마 때문에 억지로 갔다"고 엄마에게 화를 내고 있다. 말 잘 듣고 싫다던 소리 한 번 안 하던 착한 아이가 변했다. 엄마는 사춘기가 시작된 것 같기도 하고 친구를 잘못 사귄 것 같다고도 했다.

이유야 어찌 되었던 지금 아이는 그동안 억누르고 있던 감정이 터졌다는 사실이다. 아이들은 자신이 참고 있다는 사실도 인지하지 못한 채 자신의 감정을 꾹꾹 누르며 과하게 참고 있는 경우가 있다. 어머니는 아이가 하고 싶어 해서 시켰다고 하지만 아이들은 자신이 진짜 하고 싶은 것이 무엇인지 모른 채 'Yes'라고 말하는 경우가 빈번하다. 엄마가 원하는 것을 자신도 원한다고 착각하는 것이다.

기가 센 엄마의 아이일수록 그 정도는 더 심하다. 내가 원해서 한 것 같은데 실제로 자기가 원하는 것이 아니기에 억지로 하게 된다. 공부도 억지로 하고 피아노도 억지로 친다. 스스로 하는 것이 아니라 시켜서 억지로 하는 것이기에 온전히 자기 것이 되지도 못한다. 아이가 힘들어하는 것 같아 학원을 그만 다니라고 하면 아이는 질색을 하며 손사래를 친다. 학원을 그만 다니라고 하는 것을 벌처럼 받아들이기 때문이다. 아이는 왜 싫은지 모르기에 왜 싫은지 묻는 엄마에게 설득력 있게 설명할 수가 없다. 그래서 나오는 말이 '그냥' 싫다이다. 부모 입장에서는 '그냥' 싫은 것은 이유가 되지 않기에 이유 없는 반항으로 오해를 받는다. 이유를 모르는 것과 이유가 없는 것은 다르다.

'억제' 기능을 어떻게 다루는 것이 현명할까? 억제를 못해서 문제가 되는 아이도 있고, 억제를 많이 해서 문제가 되는 아이도 있다. 억제를 못 하는 아이들은 말 그대로 참지를 못한다. 싫은 것도 참지 못하고 좋은 것도 참지를 못한다. 지는 것도 참지를 못하고, 기다리는 것도 힘들다. 흔히들 감정 조절이 안 된다거나, 분노 조절이 안 된다고 표현을 하는데 이는 다 억제 기능이 떨어진 탓이다.

간혹 성공한 사람들의 인터뷰 기사를 보면 "지고는 못 산다"고 말하는 사람들이 있다. 지고는 못 사는 성격이 자신을 성공하게 만들었노라고 말한다. 우리가 이런 사람들에게 억제 기능이 떨어진다는 말을 하지는 않는다. 오히려 그 사람들은 목적의식이 뚜렷하고 자신의 목표를 실현하기 위해 억제기능을 잘 사용했다고 보는 것이 더 맞는 말일 것이다.

억제를 과하게 하는 아이들은 감정의 과부하가 걸린다. 자신의 감정을 누르고 누르다 한계에 달하면 '펑' 하고 터지는 것이다. 화나고 속상한 감정을 알면서 참는 아이가 있고, 참는지도 모르고 참는 아이가 있다. 문제는 참는지도 모르고 참는 아이다. 화나고 속상한 감정을 알면서 참는 아이는 자신의 감정을 알고는 있다. 자신의 감정을 스스로 알고도 참는 것이기에 참는 정도가 상황이나 나이에 적절하다면 자신의 감정조절을 잘 하고 있다고 말할 수 있다.

자동차 엔진에 과부하가 걸렸을 때, 밖으로 연기가 날 수도 있고 안 날 수도 있다. 우리가 주행 중에 자동차 보닛에서 연기가 나면 자동차를 세우고 보닛을 열어본다. 보닛에서 나는 연기는 전문가가 아니라도 자동차에 문제가 생겼음을 짐작할 수 있다. 자동차를 고칠 수는 없지만 엔진이 더 망가지기 전에 자동차를 자동차 정비소에 맡길 수는 있다. 엔진이 과부하된 원인을 찾아 고치기만 하면 다시 달릴 수 있다. 하지만 고속도로를 쌩쌩 잘 달리다가 보닛에서 '펑' 소리가 나며 차가 서버리는 경우도 있다. 엔진이 과열되어 터져버려 고속도로 한가운데서 오도 가도 못할 신세가 되기도 한다. 엔진을 고쳐서 문제가 해결되면 다행이지만 운이 나쁠 경우 엔진을 통째로 갈아야 할 수도 있다. 이때 사람들은 고민을 한다. 이 정도 수리비라면 새 차를 사는 게 낫지 않을까라고 말이다.

자신의 화를 참지 못하고 겉으로 씩씩거리거나 신경질을 내고 짜증을 내는 아이들은 연기 나는 자동차와 같다. 내가 지금 화가 났으니 나를 도와달라고 신호를 보내고 있는 것이다. 화낼 줄 모르고 자신의 감정도 모른 채 참는 줄도 모르고 참는 아이들은 마치 연기도 나지 않던 차가 고속도로 한가운데 멈춰서 버리는 경우다. 자동차는 돈을 들여 고치거나 새 차로 바꿀 수 있다. 아이들은 그럴 수 없기에 더 안타깝다.

겉으로 드러나는 모습만으로 아이들을 다 알 수는 없다. 말을 할 수 없어서 못 하는 아이들도 있고 말하지 않아서 그 속내를 모르는 아이들도 있다. 아이들은 입을 통해 말하진 않아도 눈빛으로 얼굴 표정으로 몸짓으로 자신을 드러낸다. 발걸음 하나에도 그 마음이 보일 때가 있다. 내 아이이기에 꼼꼼하게 보고 놓치지 않아야 하지만 내 아이이기에 대충 넘어가야 할 때도 있다. 예민하게 반응을 해줘야 하는 아이도 있고 모르는 척 넘어가 줘야 하는 아이도 있다.

그 경계선의 넘나듦이 유연해야 한다. 엄마로써 중심은 잡고 있어야 하나 경직될 필요는 없다. 아이의 문제행동에만 집중하여 그것을 없애려고 서두르지 말고 문제 행동이 덮고 있는 상처가 무엇인지 살펴볼 일이다. 겉으로 드러나는 표정 뒤에 숨어 있는 진짜 내 아이의 표정을 알아채고 안아 주어야 한다.

　엄마라고 아이를 다 아는 것이 아니니 힘들다. 내 아이니까 더 모르는 경우도 있다. 세상의 모든 엄마들은 초보 엄마이다. 아이를 많이 키우고 아이의 나이가 많아도 엄마는 초보 엄마이다. 아이가 3명이면 3명인 아이를 키우는 건 처음이니 초보 엄마다. 아이가 20살이면 20살 아이는 처음 키우는 것이기에 초보 엄마다. 엄마가 처음이라 몰라서 한 실수를 인정하고 이제 아이와 함께 연습해야 한다. 엄마도 연습이 필요하다.

❸
나도 모르는 내 아이

'똥 묻은 개가 겨 묻은 개 나무란다'더니 내가 지금 딱 그 꼴이다. 나는 나름 잘하고 있다고 생각했다. 나의 직업이 아동발달과 관계되는 일이니 다른 엄마들보다 조금 더 낫지 않을까라고 생각했다. 착각이고 교만이었다. 고백하자면 난 잘못하고 있었다. 내가 잘못하고 있다는 사실을 나도 몰랐고 다른 사람들도 눈치채지 못했다. 내가 잘못하고 있었다는 사실을 인지하고 난 뒤 나의 행동을 하나하나씩 되짚어 보았다. 어디서부터 어긋나기 시작했는지 찾아야 할 일이다. 내가 내 아이에게 했던 몇몇 일들이 떠오르면서 가슴이 철렁 내려앉는다. 아이를 키우는 건 선생님이 아니라 엄마이다. 나는 엄마의 탈을 쓰고 책에서 배운 대로 선생님처럼 아이를 대했던 것이다.

어린이집 졸업식 때 담임선생님께서 우리 아이는 거저 키웠다고 칭찬을 하셨다. 뭘 시켜도 야무지게 하고 손이 가지 않는 아이라고 말씀하셨다. 아이에 대한 이러한 평가는 별스러운 것이 아니었다. 늘 듣던 말이었다. 아이들이 좋아할 만한 장난감이나 군것질거리를 사달라고 떼를 쓰는 아이가 아니다. 아파트 경비 아저씨와 청소하시는 아주머니께 큰소리로 인사도 잘하고 동네 할머니에게도 예의 바른 아이다. 요즘은 인사하는 아이들이 많이 없는 탓에 인사만 잘 하는데도 칭찬을 듣는다. 동네 할머니들이 인사 잘한다고 가끔씩 용돈을 주시기도 한다.

아이를 키우는 동안 힘들었던 적이 없었다. 신생아 때부터 잘 울지 않았다. 친정어머니께서 "이렇게 안 우는 아이는 처음 본다"며 신기해하셨다. 자고 일어나서 눈만 말똥말똥 뜨고, 옆에 자고 있는 엄마가 깨기만을 기다리던 아이였다. 겨우 목을 움직일 수 있을 때쯤이다. 고개를 내 쪽으로 돌리고 있었다. 내가 잠에서 깨어 아이에게 눈을 맞추자 아이가 환하게 웃었다. 계속 나만 바로 보고 있었던 모양이었다. 나와 눈이 마주친 아이는 소리도 없이 입을 벌리고 정말 환하게 웃었다. 그 웃음이 지금도 눈에 훤하다. 기저귀가 젖어도 울지 않고 배가 고파도 칭얼대지 않았다. 어른들 말씀 잘 듣고 착한 아이의 전형적인 모습으로 아이는 자랐다.

아이가 초등학생이 되는 터라 내가 운영하는 센터의 수업을 받기로 결정했다. 다른 학원에 보내는 것보다 내가 데리고 있는 게 나을 거라 판단했다. 센터 수업을 받기 전에 기본으로 하는 검사를 받았다. 전두엽 실행 기능 검사의 일환인 브레인메모리 검사를 실시했다. 검사 결과 데이터를 분석하는데, 이상했다. 아이의 불안도와 우울 지수가 높다. 정서 및 심리를 나타내는 수치가 이상했다. 또래에 비해 억제기능이 과하게 높다. 아이의 심리상태에 빨간불이 켜져 있었다.

슈퍼바이저 선생님께 아이의 결과를 보였다. "민주 왜 이래요?"라며 선생님도 놀라셨다. 겉으로는 전혀 문제가 없는 아이였다. 슈퍼바이저 선생님의 도움으로 아이의 수업 프로그램을 짰다. 수업은 내가 아닌 다른 선생님이 하기로 했다. 슈퍼바이저 선생님께서 "나이에 비해서 너무 많이 참아요. 안에 있는 것들이 터져 나와야 합니다"라고 말씀하시면서 아이 입에서 '부정적인 말'이 나오면 프로그램이 제대로 먹혀들어가고 있다는 증거라고 말씀하셨다. 수업을 시작한 지 한 달 정도 지났다.

"내 마음에 화살이 백 개는 꽂혀 있는 것 같다"

아이는 눈물 한 방울 흘리지 않고 말을 뱉었다. 아이의 말이 화살이 되어 내 가슴에 꽂히기라도 한 것처럼 내 눈에서 눈물이 왈칵 쏟아졌다.

"엄마는 엄마가 당한 것도 아닌 데 왜 울어?"

자신과 나 사이에 선을 긋고 거리를 두며 말을 했다.

아이가 쏟아낸 말들을 듣고 믿기 힘들었다. 어린이집에서 한 친구와의 갈등을 어느 정도 알고는 있었다. 아직 어린아이들이라 심각하게 생각하지 않았다. 아이의 말이 모두 사실이라면 내 아이가 일 년 동안 한 아이로부터 따돌림을 당했다는 이야기가 된다. "같이 놀고 있는 친구들을 자기가 더 재밌게 놀아 준다면서 다 데려갔어", "나보고 미술 영역에서 놀지 말래", "잘못한 것도 없는데 미안하다고 말하면 놀아준데"라며 아이는 그동안 있었던 일들을 이야기했다. 믿기지 않을 많은 이야기들을 했다. 일 년 동안 힘들었다고 이야기했다.

급기야 아이의 입에서 생각지도 못한 말들이 튀어나왔다. 손에 잡히는 물건을 집어 던지면서 흥분을 했다. "지구 밖으로 던져 버릴 거야.", "눈에 매운 고춧가루를 뿌려 버릴 거야." 차마 입에 담지 못할 이야기도 했다. 내가 해 줄 수 있는 이야기가 없었다. 난 그저 아이를 안고 "그러고 싶을 정도로 힘들었구나, 여기가 많이 아팠구나"라며 가슴을 토닥여주었다. 그러자 아이가 "응. 여기에 화살이 백 개는 꽂혀 있는 것 같아."

평소 아이의 성격을 생각하면, 울먹일 법도 한데 울지 않았다. 오히려 울고 있는 나를 마치 '상관도 없는 사람'이 왜 우냐는 듯이 다그친다. 그 말이 더 마음이 아팠다. "엄마가 미안하네, 이렇게 힘든 줄 몰라서 미안하네"라고 울면서 아이에게 이야기했다. "엄마가 잘못한 것도 아닌데 왜 엄마가 미안해?"라며 아이가 말했다. 아이에게 왜 그렇게 힘들면서 엄마에게 이야기하지 않았느냐고 물었더니 그냥 말하기 싫었다고 한다.

아이의 지난 한 해 어린이집 생활을 돌이켜보니 아이는 나에게 몇몇 신호를 보냈었다. 어찌 된 일인지 어린이집에서 나올 때 고개를 푹 숙이고 나오는 날이 많았고 차 타자마자 짜증을 내기도 했다. 이런 일이 반복되자 난 아이에게 진지하게 이야기했다. "네가 즐거우라고 어린이집을 보내는 데 어린이집 나올 때마다 이렇게 속이 상할 것 같으면 어린이집을 안 다녀도 돼"라고. 아이는 그런 건 아니라고 이야기하면서 앞으로 안 그러겠다고 이야기했다. 나의 그 말에 아이는 내 앞에서 짜증도 내지 못하고 우울한 표정도 짓지 않게 되었다.

친구와의 갈등을 처음 내게 이야기했을 때, 내가 나서서 문제를 해결해야 했다. 난 그저 아이에게 "엄마가 어떻게 도와줄까?"라고 물었다. "엄마가 선생님께 이야기할까? 아니면 네가 직접 선생님께 이야기할래? 아니면 네가 직접 그 친구와 이야기를 해 볼래?"라고 물었다. 아이는 자기가 해결하겠다고 이야기했다. 난 그런 아이가 대견스러웠다. 아이는 다시 자기 속으로 숨어버리는 줄도 모르고, 이성적으로 대처한 스스로의 행동에 대해 만족해했다. 부모교육을 할 때는 '공감'을 이야기해 놓고 정작 내 아이에게는 그러지 못했다. 나는 엄마가 아니라 중재자였다.

'아이와 나는 특별히 관계가 좋다'고 착각하고 있었다. 아이는 그 힘든 일 년 동안 나에게 아무 말도 안 했다. 물론 자신이 힘들다는 신호를 몇 차례 보냈으나 내가 제대로 받지를 못했다. 내가 이해할 수 없는 것은 내게 직접 이야기 하지 않은 것이다. 힘들다는 신호를 보낼게 아니라 지금처럼 직접적으로 '내가 힘들다' '그 친구가 그렇게 한다'라고 말을 해야 했다. 난 엄마니까. 엄마에겐 무슨 일이든 다 이야기 해야 한다고 생각하고 있었으니까. 엄마에겐 무엇이든 다 이야기 하는 줄 알고 있었으니까.

왜 내게 이야기하지 않았는지에 대해 고민하기 시작했다. 아이가 나를 믿지 못했다는 결론에 이르렀다. 내가 자기를 도와줄 거라는 것을 믿지 못했다. 고의로 아이와의 약속을 어긴 적은 없었다. 아이와의 애착 형성이 얼마나 중요한지 알기에 3년 동안 직장도 나가지 않고 아이와 시간을 보냈다. 힘든 아이가 아니었기에 아이를 키우는 동안 화를 내거나 야단친 기억도 거의 없다. 아이와의 관계에서 스스로 완벽하다고 생각했었다. 우리는 어딜 가나 한 팀이었고, 죽이 잘 맞는 모녀 사이라고 믿어 의심치 않았다. "엄마가 당한 것도 아닌데 왜 울어?"라며 정색하고 말하는 아이를 보며 낯설었다. 우리 사이는 그런 말을 할 사이가 아니었다. 네 일이 내 일이고, 내 일이 네 일이었다. 난 그렇게 믿고 있었다.

"으앙~~" 아이는 숨이 넘어가듯 울었다. 난, 차분한 표정으로 안타까운 듯 이야기하고 있었다. "민주야, 난 네가 이 마이쮸를 하루에 두 개씩 끝까지 맛있게 먹기를 원했어. 엄마도 너무 아까워. 민주야 아까워서 어떻게 해?"라고 안타까운 듯 말하며 울부짖는 아이를 안았다. 민주가 그렇게 목이 터져라 울기는 처음이었다.

　민주가 4살 무렵의 일이다. 민주가 좋아한다며 미라 이모가 마이쭈 한 통을 엄마 몰래 사 주었다. 민주는 이모네에서 돌아오는 차 안에서 마이쭈를 꺼내며 신이 났다. "민주야 딱 2개만 먹어. 매일 2개씩만 먹어." 민주는 그러겠노라며 신이 나서 2개를 먹었다. 아이는 2개를 먹은 뒤 더 먹지 않겠다고 약속을 하며 통은 들고 있게 해달라고 했다. 아이에게 2개 먹었는데 또 먹으면 그 마이쭈를 다 못 먹게 할 거라고 말을 했다.

　마이쭈 통을 들고 있으면 먹고 싶은 유혹을 견디기 힘들거라는 생각은 했지만, 아이를 믿어 보기로 했다. 집에 도착한 아이는 마치 뜨거운 물건을 나에게 주듯 마이쭈 통을 주었다. "이제 이거 엄마가 갖고 있어"라며 마이쭈 통을 건네는 아이 입에서 달콤한 과일 향이 났다. "먹었어?"라고 물으니 "응… 미안해"라고 말했다.

　나는 잠시 갈등을 했다. 약속을 어기면 다 못 먹게 한다고 했는데 그냥 넘어갈 수도 없는 노릇이었다. 나는 마이쭈 통의 뚜껑을 열고 변기에 그대로 한 통을 다 부었다. 그 모습을 본 민주는 악을 쓰며 큰소리로 울었다. 난 아이를 야단치지도 않았고 목소리도 크게 내지 않았다. 그저 마이쭈 한 통을 고스란히 변기에 부으면서 차분한 목소리로 네가 약속을 안 지켜 못 먹게 되어 안타깝다는 이야기를 했다.

　민주는 고작 4살이었다. 아이 입장에서 생각해보면 내가 얼마나 무서웠을까? 차라리 화를 내고 큰소리로 야단을 치며 "다시는 못 먹을 줄 알아" 하면서 마이쭈 통을 뺏어 선반 위에 놓았더라면 울기는 했겠지만 무섭진 않았을 것 같다. 마이쭈는 선반 위에 있으니까. 눈앞에서 마이쭈가 사라지지 않았으니까. 그런데 엄마는 화도 내지 않고 큰 소리도 내지 않으면서 무표정한 얼굴로 마이쭈 한 통을 변기 안에 부어 버렸다. 차라리 화를 내고 소리를 지르는 게 나았을지도 모른다는 생각이 든다. 엄마가 무표정한 얼굴로 마이쭈를 변기에 버리는 모습이 마치 공포 영화의 한 장면처럼 떠오른다. 엄마가 마이쭈를 변기 안에 붓고 있고, 엄마의 그림자는 무섭고 큰 괴물로 변해 아이를 삼키고 있었다.

큰 방의 문을 여니 아이가 긴장된 표정으로 나를 본다. 대용량의 바디 크림 한 통을 거의 다 썼다. 온몸과 이불에 하얀색 크림이 떡칠이 되어 있다. 어이도 없고, 우습기도 해서 핸드폰의 카메라를 들이대니, 얼굴의 긴장이 풀어지며 환하게 웃는다. "재밌어?" "응!" "그럼 이제 하얀색이 없어질 때까지 비벼"라고 이야기했다. 온 얼굴과 팔, 다리, 자신의 손이 닿는 모든 신체 부위가 크림 범벅이었다. 아이는 처음엔 신이 나서 열심히 온 몸을 비비고 문질렀다. "엄마 이제 다 했어"라며 해맑게 웃는 아이에게 "아니야, 여기도 아직 남아 있고, 이쪽도 아직 하얀색이 그대로야. 더 열심히 비벼." 하얀색이 없어질 때까지 비비는 것은 쉽지 않은 일이었다. "잘 안돼" 아이의 표정이 어두워지고 있다. 지친 기색이다. 아무리 비벼도 하얀색이 없어지지 않자 아이는 거의 울상이다. "재밌어?"라고 물으니 "아니"라고 이야기한다. 난 이 어린아이를 데리고 몇 편의 공포 영화를 찍었는지 모르겠다.

난 평소에도 화를 잘 내지 않는 편이다. 아이에게도 화를 낸 적이 거의 없다. 평정심을 가지고 아이를 대했고 일관성 있는 태도로 아이에게 접근했다. 감정적이지 않았으며 내 아이라고 해서 지나치게 감싸 돌지도 않았다. 다른 아이와 있을 때는 더더욱 내 아이만을 감싸는 행동을 하지 않았다. 아이들과의 갈등을 가능한 이성적이고 합리적인 선에서 해결했다. 모든 문제를 아이와 대화로 풀려고 했다. 말로써 설명하고 이해시키려 했다.

아이가 백일도 되기 전인 신생아 때, 친정어머니께서 하신 말씀이 기억난다. "알아듣지도 못하는 아이한테 무엇을 그리 주저리주저리 설명을 하고 있냐?"면서, 칭찬인지 나무람인지 모를 이야기를 하셨다. 평소 아이를 대하는 나의 태도를 보고 "나 같으면 소리 먼저 질렀을 텐데…"라며 감정조절을 잘하는 내게 칭찬의 말을 하는 이들이 많았다. 나 스스로도 잘하고 있는 줄 알았다. 어쩌면 주위의 그런 시선들이 날 더욱 이성적인 엄마로 만들었을지도 모르겠다.

아이는 화를 잘 내지 않았고 싫은 소리를 안 하는 편이었다. 어른들이 들으면 기분 좋은 말들을 잘했다. 동생들도 잘 돌보았고 양보도 잘했다. 아이의 이런 행동이 가식적이지는 않았다. 아이는 그저 그렇게 해야만 하는 줄 알고 한 행동이었다. 아이 자신의 행동이 아니라 엄마에게 학습된 행동을 자기 것인 줄 알았던 것이다.

엄마가 화를 안 내니 아이도 화를 내지 않았다. 화를 낼 줄 모르는 게 아니었다. 화가 나지만 화를 내는 행동은 안 좋은 행동이므로 화가 난 스스로의 감정을 나쁜 감정이라고 생각했는지도 모르겠다. 동생들을 챙기기보다 자기 것을 먼저 챙기고 싶지만 그렇게 배우지 않았다. 그래서 속상하지만, 동생을 챙기고, 짜증나지만 양보를 했던 것 같다. 아이는 울어서 자기의 요구가 받아들여진 기억이 없기에 어지간해서 울지도 않았다. 아이 자신도 자기의 감정을 모른 채 그래야만 하니깐 했던 행동이었다. 물론, 지금 이런 내 생각도 나의 생각일 뿐이다. 내 아이가 정말 이랬는지는 알 수 없다.

엄마에게 어린이집에서의 일을 이야기 하면, 돌아올 말은 도덕 교과서에 나오는 말일 것이라 생각하고 말하지 않았을까? 엄마가 자기를 도와줄 마음이 없다고 생각했을까? 아이가 나를 믿지 못했을까? 온갖 생각들이 머릿속을 맴돌았다. 이유를 알 수는 없지만, 아이의 감정선에 빨간 불이 켜진 건 사실이다. 나는 이제 이 빨간불을 초록불로 바꾸어야 한다.

센터의 수업이 진행되면서 아이는 조금씩 바뀌었다. 꾹꾹 누르고 있던 것들이 나오면서 아이의 본래 모습들이 나타나고 있다. 세 살 아이같이 떼를 쓰기도 하고 사춘기 아이처럼 반항하기도 한다. 밥을 먹다가 자기의 요구를 들어주지 않는다고 벽에 얼굴을 대고 한참을 있었다. 그곳은 집이 아니라 식당이었다. 같이 간 친구도 처음 보는 모습이라 놀랬다. 이런 반응까지 생각한 것이 아니었기에 나도 적잖이 충격이었다. 어떻게 대처를 해야 할지 난감했다.

아이의 요구가 시의 적절하지는 않았지만 못 들어 줄 것도 아니었기에 적당한 선에서 타협을 했다. 아이가 벽에서 얼굴을 돌려 언제 그랬냐는 듯이 밥을 먹었다. 원래 이런 아이였다. 떼를 쓰고, 화를 내고, 울기도 하고, 삐지기도 하는 아이였다. 어디서나 듣던 나이에 비해 어른스럽다는 말은 아이에게 칭찬이 아니라 올가미였다. "역시 선생님 아이는 뭐가 달라도 다르네요"라고 들었던 칭찬은 나에게 씌어진 올가미였다.

이제 아이와 나는 우리에게 씌워진 이 올가미에서 벗어나야 할 때이다. 나는 아이의 엄마이지 선생님은 아니고 아이도 나의 학생이 아니다. 이 올가미를 어떻게 벗겨내야 할지는 나도 잘 모르겠다. 나는 나에게 씌워진 올가미를 벗기기 힘들고 아이는 아이에게 씌워진 올가미를 벗기가 힘들다. 서로를 바라보면서 아이는 나의 올가미를, 나는 아이의 올가미를 벗겨야 한다. 우리를 옥죄고 있던 올가미가 벗겨져 나가면서 생채기가 날 수도 있다. 하지만 올가미가 벗겨지는 그 날의 공기는 지금과 사뭇 다르리라.

　오늘 아침 등굣길에서도 아이는 "엄마가 그렇게 말하니까 더 하기 싫잖아!"라고 앙탈을 부리면서 갔다. 아이의 올가미가 벗겨져 나가고 있는 것이 보였다. 버릇없는 아이가 될까 봐 마음 졸여 다그쳤던 일들이 떠올랐다. 지금 아이는 어쩌면 버릇이 없는 아이가 되어가고 있는지도 모르겠다. 예의 바른 아이로 키우려는 욕심은 잠시 접어두자. 지금은 자기 자신을 찾는 것이 더 중요하니까. 언젠가는 자기 할 말은 하되 예의 바른 아이로 자랄 거라고 믿자. 아이는 믿는 만큼 자란다고 말하지 않았던가.

④
아이들에게 정말 필요한 것

"선생님 제가 할래요."

아이들은 무엇이든 자기들이 하려고 한다. 컴퓨터 모니터에서 마우스로 다음에 하게 될 프로그램을 찾고 자신의 이름을 찾아 날짜를 입력하고 엔터키를 누른다. 선생님이 하면 금방 진행될 일이 아이가 하게 되면 2~3분이 금방 흐른다. 빠듯한 수업 시간에 프로그램이 바뀔 때마다 2~3분을 소요하게 되면 적은 시간은 아니다. 시간이 부족하다는 이유로 아이에게서 마우스를 뺏으면 그 날 수업의 진행은 빨리 될지 모르나 수업 시간 내내 투덜거리는 아이의 소리를 들어야 하고 심한 경우엔 "하기 싫어"라는 소리를 듣게 될 수도 있다.

자기가 하고 싶은 것을 못해서 짜증 내고 프로그램이 바뀔 때마다 "하기 싫어"라고 말하는 아이를 달래는 시간과 에너지를 계산해 보면 그냥 조금 늦더라도 아이에게 맡기는 것이 더 낫다. 아이들은 스스로 선택해서 한 것을 더 잘하는 경향이 있다. 옆에서 내가 조금이라도 간섭을 하려고 하면 "알아요, 제가 다 알아요"라며 말도 못 하게 하는 아이도 있다.

똑같은 것을 하는데 누가 클릭을 하느냐가 아이에겐 중요한 모양이다. 이렇게 자신의 프로그램을 스스로 찾아서 하다 보면 아이도 점점 찾는 속도가 빨라지고 능숙해진다. 다른 프로그램을 누르거나 날짜 입력을 잘못하는 실수도 줄어든다. 어느 순간 나와 비슷한 수준이 되는 것이다. 아이가 이 정도 경지가 되면 선생님이 편해지는 시간이 된다. 말하지 않아도 척척 하니 오히려 시간이 줄어드는 것이다.

무조건 자기가 하겠다고 하는 아이들은 대부분 유치원 다니는 아이이거나 초등 저학년들이다. 유치원 아이들은 마우스 조절이 힘들어 옆에서 보고 있으면 답답하다. 글자는 잘 몰라도 자신의 이름은 읽을 수 있기에 자신의 이름을 찾아 마우스로 클릭한다. 그 과정이 눈물겨울 때도 있다. 아이는 자신의 이름을 찾아 클릭한 후 뿌듯한 표정을 지으며 행복해한다. 신이 난 것이다. 자기가 뭔가를 해냈다는 사실에 스스로가 대견한 모습이다.

초등 저학년까지도 이와 비슷한 모습을 보인다. 초등 고학년이나 중, 고등학생들의 태도는 어린아이들과는 사뭇 다르다. 선생님이 무언가를 해주기 전까지 꼼짝도 않고 가만히 있다. 손가락 하나 까닥하지 않고 있는 경우가 태반이다. 시시해서 안 하는 것이 아니다. 건방진 태도도 아니다. 아이들은 긴장해 있고 조심스러워 손을 대지 못하는 것이다. 행여 자기들이 잘못 클릭해서 프로그램 오류가 날까 두렵기도 하고 선생님께 여쭤보지도 않고 마음대로 손을 대는 것은 예의에 어긋난 행동이라 생각하는 것 같다. 이 친구들도 아이였을 때는 자기가 하겠다고 나섰을 것이다. 무엇이든 할 수 있다고 믿고 덤비던 아이들은 학년이 올라갈수록 자신감이 없어지고 다른 사람의 눈치를 보게 된다.

자신감 넘치는 아이, 자존감 높은 아이로 성장하기를 바라는 건 모든 엄마들의 바람이다. 아이들의 자신감과 자존감과 관련된 책들이 쏟아져 나오고 엄마들은 자신의 사소한 말 한마디가 아이들의 자신감을 떨어뜨리지는 않을까 전전긍긍한다. 그런데도 아이들은 학년이 올라가고 상급학교로 진학하면서 자신감은 더 떨어지고 조심성이 지나쳐 남의 눈치를 보는 아이가 된다.

얼마 전 읽은 책에서 '자신감'은 인간의 본능일지도 모른다는 글을 읽은 적이 있다. 아이들은 태어나면서부터 한 번도 경험한 적이 없는 상황이나 물건들을 보고 앞뒤 가리지 않고 덤빈다. 불이 뜨거운 줄도 모르고 손을 갖다 대고 흙을 먹기도 한다. 뭐든 닥치는 대로 도전하고 무슨 경험이든 몸으로 하겠다는 것이 바로 '자신감'이라고 작가는 말했다. 이 말에 전적으로 동의한다. 자신감이든 자존감이든 자신이 타고난 것을 고스란히 간직하고 살아갈 수 있으면 큰 문제는 없다.

세상 모든 아이들이 손들고 나서서 발표하기를 원하진 않는다. 아이의 타고난 성향에 따라 나서기를 좋아하는 아이가 있고 뒤에서 가만히 자기 할 일만 하는 것을 좋아하는 아이도 있다. 타고난 성격대로 살아갈 수 있다면 아이들은 행복할 것이다. 나서기 싫어하는 아이를 사회성이 부족하고 자신감이 없어서 걱정이라고 얘기를 하고, 가만히 앉아 있는 아이를 부추겨 발표하게 한다. 원래 나서기를 싫어하는 아이에게 그러한 행동은 고문일 것이다. 억지로 앞에 나서 작은 소리로 발표를 하고 자기 자리로 돌아온 아이는 자신감과 더불어 자존감도 낮아질 것이 자명하다. 이러한 경험들이 쌓이면 아이들은 점점 더 위축되게 마련이다.

대부분의 부모들은 아이들에게 뭔가를 주지 못해 안달이다. 아이들이 가진 그릇에 뭔가를 채워주고 싶어 한다. 아이가 가진 그릇에 무언가를 담아주는 것도 중요하지만, 처음부터 담겨 있는 것들이 그릇 밖으로 나가게 해서는 안 될 터이다. 아이들을 있는 모습 그대로 받아들여야 한다. 아이들이 자신의 그릇에 담고 있는 본연의 성격이나 성향을 무시한 채 부모가 원하는 것들을 마구잡이로 집어넣어서는 곤란하다.

아이들이 원하는 것은 어쩌면 아주 단순할지도 모른다. 자신을 있는 그대로 봐주는 것. 남과 비교하지 않고 못하면 못하는 대로 봐주고 부족하면 부족한 대로 봐주길 원하는지도 모른다. 사실 어린아이들은 자신이 못해도 못하는 줄 모르고 자신이 부족한 줄 모른다. 자신과 관계되는 것이 제일 좋고 멋지다. 그림을 개발새발 그려놓고도 매우 만족한다. 자신의 그림이 제일 예쁘다고 생각한다. 자기 엄마는 아무리 못생겨도 꽃처럼 예쁘다고 한다. 아이들은 원래 자신감이 넘치고 자존감이 넘치는 존재인지도 모르겠다.

아이가 7살 때 여행을 갔다. 아빠 없이 떠나는 여행이라 아이를 챙길 형편이 아니었다. 아이는 줄도 혼자 서야 했고, 출입국시 자신의 여권을 들고 혼자서 검색대를 통과했다. 아이는 매우 상기된 표정이었다. 여지껏 온전한 한 사람으로써 대접받기보다는 어른에게 딸린 부록 같은 존재였다. '1'이 아닌 '0.5' 정도의 자리만 차지하고 있던 아이가 어딜 가나 당당한 '1'이 되어 우뚝 서 있었다.

'고흐 박물관'에서는 한글 번역 지원이 되어 아이에게 번역기를 주었다. 네덜란드에서는 12세 미만의 아동에게 번역기가 무상으로 제공되었다. 아마 무상이 아니었으면 아이에게 빌려줘야 하나 고민을 했거나, 하나만 빌려 아이와 번갈아 들으면서 실랑이를 벌였을 지 모른다. 아이는 자기 몫으로 주어진 낯선 기계를 이리저리 만지더니 한글 해설이 되는 그림 앞에서 진지하게 그림을 보며 해설을 들었다.

혼히들 아이들이 미술관을 싫어해서 대충 둘러보고 나온다고 했다. 실제로 그전 여름 휴가 때 간 대만의 박물관에서는 아이가 빨리 나가자고 성화였다. 이번 여행에서도 아이가 힘들어하면 보고 싶은 그림만 보고 나올 생각이었다. 하지만 이번엔 전세가 완전히 역전이었다. 제일 나이 어린 아이가 제일 오래, 제일 열심히 그림을 보았다. 같이 간 일행은 미리 나와 카페에서 우리를 기다렸다. 아이는 해설을 하나도 놓치지 않고 들었다. 내가 그림에 대한 해설이 끝나기 전에 그림 앞을 떠나면 아직 해설이 끝나지 않았는데 왜 가냐며 나를 꾸짖기까지 하였다. 아이는 엄마(어른)와 자기가 똑같은 해설기를 귀에 끼고 그림 앞에서 그림 하나하나를 보는 과정에서 한 사람의 인격체로 존중받는 느낌을 강하게 받은 듯 했다. 그 느낌이 너무 좋아 자칫 지루할 수도 있었던 미술관은 아이에게 즐거운 장소가 된 것이다.

어린아이로 취급받는 느낌과 인격체로 존중받는 느낌의 차이를 몸소 경험한 아이는 이제 어딜 가나 당당하게 그러한 대접을 요구했다. 그리고 존중받은 만큼 그에 상응하는 역할을 해야 한다고 생각한 듯 의젓하게 행동했다.

우리 아이 친구인데도 유난히 애기 같고 귀여운 아이가 있다. 한 번은 오랜만에 만난 혜진이를 보고 반가워서 "혜진이 정말 애기 같아. 너무 귀여워"하고 말했다. 그날 모임 내내 혜진이는 어쩐 일인지 나를 싫어하는 것 같았고 나한테 삐진 것 같았다. 이유를 몰랐다. "언니가 되고 싶은데 애기 같이 귀엽다고 해서 화가 났다"고 혜진 엄마가 내게 귀뜸을 했다. 나는 칭찬이라고 했는데 아이 입장에서는 기분이 몹시 나빴던 모양이다.

우리 아이도 마찬가지다. 자기 엄마가 친구 엄마들 중에 나이가 제일 많은 것이 지금은 마냥 좋다. "엄마가 제일 언니야?" 하며 기분 좋아했다. 엄마 속도 모르고 아이는 자기 엄마가 제일 언니라고 좋아한다. 어리다는 말을 싫어하고 어른 대접을 받길 원하는 걸 보면, 아무래도 아이들은 어린이가 '어리석다'라는 말에서 나온 것을 아는 모양이다.

우리나라 식당에 가면 아이들에겐 플라스틱 컵과 그릇을 준다. 2~3살 어린 아이들은 캐릭터가 그려진 그릇을 좋아한다. 아이들이 4살 정도만 되어도 자신의 컵은 놔두고 엄마, 아빠 컵에 물을 먹으려고 한다. 어른들은 유리컵에 물을 먹다 컵이 깨져 행여 다치기라도 할까 염려되어 주지 않으려 한다. 아이에게 유리컵에 물을 주면 어떨까? 아이들은 어른들이 생각하는 것 이상으로 컵을 조심히 다루고 얌전히 물을 마신다.

여행을 가기 전에는 아이와 돈가스를 먹게 되면 가위나 칼로 미리 잘라서 아이에게 주었다. 위험하기도 하지만, 먹는 내내 신경 쓰이고 귀찮아서 잘라 주었다. 이제는 아이에게도 자기 몫의 칼과 포크를 준다. 아이는 힘들지만, 자기에게 주어진 돈가스를 끝까지 혼자 힘으로 잘라서 먹는다. 아직은 편하지 않고 서툴다. 어찌나 힘을 주는지 다 먹고 나면 기운이 도로 다 빠질 것 같다. 하지만 이런 과정을 거치지 않고 나이만 먹는다면 제대로 하기는 힘들 것이다.

아이들이 스스로 뭔가를 하고자 하면 맡기자. 그 일이 아주 위험해서 아이의 안전을 위협하거나 사회적으로 비난받을 일이 아니면 맡겨 보자. 옆에서 지켜보는 것이 더 답답하고 고문일지도 모른다. 어른이 도와주는 것보다 시간이 몇 배로 많이 걸릴 수도 있다. 그 일이 성공적으로 끝나지 못할 수도 있다. 하지만 아이들은 자신이 선택해서 하는 일을 더 열심히 하고 더 재미있어한다. 어른들의 눈으로는 서툴고 불안하지만, 아이들은 전혀 개의치 않는다. 자신들이 만든 결과물에 대해서도 마찬가지이다. 자기가 한 것에 만족하는 아이들이 대부분이다. 만족하지 못하는 아이들은 대부분 어른들의 반응에 좌우될 가능성이 높다.

아이들은 그림 한 장을 그려놓고도 벽에 붙여달라고 성화이다. 그림을 그리는 모습을 보면, 망설임이 없다. 틀릴까, 잘못 그릴까 두려워하지 않는다. 말 그대로 '일필휘지'가 따로 없다. 초등학교를 들어가기 전에는 지우개를 사용하는 일도 드물다. 무언가를 그리라고 하면 잠시의 망설임도 없이 척척 그려낸다. 그림에 재능이 있는 아이든 그렇지 않은 아이든 다르지 않다.

내가 아는 한 대부분의 아이들은 스케치북에 자신 있게 선을 긋는다. 아이들의 선은 부드럽다. 억지로 그리지 않기 때문이다. 느끼는 대로, 마음 가는 대로 그리기에 가능한 일이다. 아이들의 그림을 보고 잘 그렸느니 못 그렸느니 평가하는 것은 의미가 없다. 아이들의 그림은 어른들의 평가를 무색하게 만드는 힘이 있다.

이런 아이들의 그림에 어른들의 입김이 들어가기 시작하면 아이들은 그림을 그리면서 머뭇거리게 된다. 선이 경직되고 그리고 지우기를 반복하게 된다. 그러다 자신감이 없어지고 "난 그림을 못 그려"라고 이야기한다. 유치원 때는 잘 그리던 그림일기가 초등학생이 되면 하기 싫은 숙제가 되는 것이다. 비단 그림에만 해당되는 이야기는 아니다. 즐겁게 부르던 노랫소리도 잦아들고 무엇이든 하려고 도전하는 아이가 뒤로 주춤거리며 물러난다.

아이들은 존중받기를 원한다. 또한, 아이들은 자신들을 믿어주기를 원한다. 아이들의 말에 귀를 기울여주고, 아이들을 있는 그대로 받아들이는 것이 곧 아이들을 존중하는 것이라 생각한다. 아이들이 잘 해낼 수 있을 거라 믿어 주는 자세가 필요하다. 믿기에 기다려 줄 수 있고, 기다려 주기에 잘해낼 수 있는 것이다.

믿지 못해 간섭하고 믿지 못해 엄마가 대신해 준다. 아이를 믿지 못해 불안하고 믿지 못해 다른 아이의 잣대를 갖다 대는 것이다. 믿는 만큼 자란다는 말을 흔하게 한다. 상식이 되어 버린 저 말이 정말 상식이 되기를 바래본다. 존중받으며 자란 아이는 남을 존중할 줄 알고, 믿음 속에 자란 아이가 남을 믿어 줄 수 있다는 말이 식상한 말이 아니라 상식이 되기를 바래본다.

❺

부모교육

세상에서 제일 좋은 엄마는 '우리 엄마'다.

부모교육을 받은 적이 단 한 번도 없고, 육아 서적 한 권 읽은 적이 없는 '우리 엄마'다. '공감'이라는 용어는 들어보지도 못했던, '우리 엄마'다. '어린아이도 인격적으로 존중받아야 한다'는 메시지가 무슨 의미인지도 몰랐던 '우리 엄마'다.

대학 1학년 때, 난 '테트리스'라는 게임에 빠져 있었다. 그 당시 게임은 컴퓨터로 하는 게임이 아니라 전자오락기라고 부르는 게임 전용 기계로 하는 게임이었다. 전자오락실이라고 요즘 아이들이 가는 피시방 같은 곳에서 게임을 했다. 전자오락실에는 독서실 책상처럼 생긴 기계에 모니터가 있고 모니터 아래엔 왼손으로 조이스틱을 오른손으로 버튼을 조작할 수 있도록 만들어진 전자오락기가 빽빽이 들어서 있었다. 전자오락실 안에 들어가면 온갖 게임기에서 나는 소리로 시끄러웠고 어두컴컴하고 공기가 탁했던 기억이 난다. 전자오락실은 늘 학생들로 북적였다. 인기가 많은 게임기 앞에는 대기하는 사람들이 서 있기도 했다.

난 테트리스라는 게임을 잘했다. 친구와 게임을 해서 진 기억이 거의 없다. 테트리스는 게임 화면 위에서부터 아래로 5~6가지 모양의 색색 블록이 내려오면 블록이 바닥에 닿기 전에 적재적소에 맞는 블록을 쌓아 빈틈없이 가로줄을 맞추면 사라지는 블록게임이다. 게임 도중 레벨 업이 될 때마다, 어릿광대 복장을 한 캐릭터가 나와 춤을 추었다. 그 춤을 출 때 '띠띠 띠리리리 띠띠 띠리리리…' 하면서 나오는 멜로디가 아직도 선명하다.

대학 1학년 1학기 기말고사를 마치고 종강파티를 하는 날이었다. 종강파티 중간에 선배들께 대충 인사를 하고 나와 나는 전자오락실로 갔다. 삼천포 고향 집에 내려갈 준비를 하고 게임 딱 한 판만 하고 내려갈 생각이었다. 테트리스 게임에 빠진 나는 레벨이 올라갈수록 의자 앞쪽 끝에 엉덩이만 살짝 걸친 상태에서 몸을 곧추세우고 마치 게임기 안으로 들어가기라도 할 것처럼 게임에 몰두했다. 고향 집에 가려고 챙겨온 가방은 의자 뒤쪽 빈 공간에 놓여 있었다. 100원짜리 동전 하나만 넣고도 꽤 오랜 시간 게임을 할 정도로 난 게임을 잘했다.

드디어 학교 앞 오락실 게임기에서 1등을 했다. 난 자랑스럽게 'KJH'라고 내 이름의 이니셜을 써넣었다. 이제 집에 갈 일만 남았다. 일어서서 가려는데 의자 뒤에 있어야 할 가방이 없었다. 눈앞이 깜깜했다. 가방 안에는 지갑, 안경, 사전, 책 등이 있었고 무엇보다 얼마 전 부모님이 정말 큰마음 먹고 사주신 AIWA에서 나온 소형 카세트가 있었다. 오락실 안팎을 다 뒤져도 가방은 보이지 않았다.

오락실 밖에서 헤매는 모습을 선배들께 들켰다. 종강파티 중간에 나오면서 선배들께는 고향 가는 차 시간 때문에 가야 한다면서 나왔던 것이다. 선배들을 보자 나도 모르게 눈물이 툭 터졌다. 지갑이 없어서 집에 갈 차비도 없었다. 선배들이 십시일반으로 돈을 모아 주었다. 가방도 없이 빈 몸으로 집에 가야 했다. 가방을 찾느라 시간이 많이 지체되었다. 집에 도착해야 할 시간이 지나 있었다.

고향 가는 차 안에서 이 사태를 어떻게 해결해야 하는 지에 대해서 생각했다. 사실대로 말했다간 말 그대로 '다리몽댕이'가 부러질지도 몰랐다. 엄마는 야단을 치실 때는 무서운 분이셨기도 했지만, 엄마 아빠를 실망시켜 드리고 싶지가 않았다. 넉넉하지도 않은 형편에 타지 공부를 시키는 데 전자오락실에서 게임에 정신이 팔려 가방을 잃어버렸다는 것을 어떻게 말을 한단 말인가.

머릿속에 여러 가지 시나리오가 왔다 갔다 했다. 앞뒤 말이 맞아야 했다. 물건 하나를 잃어버린 것이 아니라 가방을 통째로 잃어버린 것이다. 이 위기를 어떻게 넘겨야 하나, 어떤 거짓말을 해야 내가 야단을 맞지 않을까란 생각뿐이었다. 원래 도착하기로 한 시간보다 많이 늦어졌기에 부모님은 걱정하시며 나를 기다리고 있었다. 그때는 핸드폰도 삐삐도 없던 시절이었다. 공중전화로 '몇 시 차를 타고 갑니다'라고 전화를 걸던 시절이었다.

현관문을 열고 들어서는 순간 나도 모르게 서럽게 '엉엉' 울었다. 정말 어린 아이처럼 '엉엉' 울었다. 계획된 울음은 아니었다. 예상치 못한 나의 행동에 놀라신 부모님은 무슨 일이냐 물으셨다. 그때 내 입에서 거짓말이 거짓말처럼 자연스럽게 나오기 시작했다. 마치 실제 있었던 일인 것처럼 아주 상세하게 거짓말이 나왔다. 전자오락실은 도서관으로 변했고 게임에 빠져 있던 나는 책을 대출하기 위해 대출 목록을 찾는 나로 바뀌었다. 책을 찾는 동안 나의 가방은 대출 목록이 꽂혀 있던 책상 위에 자리를 잡았다. 나는 매우 상세하게 실제 도서관의 모습을 묘사했다. 마치 그 일이 실제 일어났다고 나조차 믿을 정도로 구체적으로 상황을 설명했다.

부모님은 "그래. 요즘 도서관에서 도둑을 많이 맞는다더라"라고 맞장구를 치시며, 그 일이 실제로 당신들의 딸에게 일어났다는 사실에 안타까워하셨다. 말을 하면서 난 정말 도서관에서 가방을 잃어버리기라도 한 것처럼 '엉엉' 울었다. 나는 교활하게도 "새로 산 카세트도 있었는데"라고 말하는 대목에선 거의 목 놓아 울었다. 그때 어머니께서 날 안으며 말씀하셨다.

"아이고 내 새끼 울지 마라. 카세트야 다시 사면되지만, 내 새끼 마음 다친 건 우짜모 좋노."

어머니의 이 말을 듣는 순간 내 눈에선 죄책감으로 진짜 뜨거운 눈물이 쏟아졌다. 어머니의 이 위로의 말을 난 어떤 부모교육에서 배울 수 있을까. 철수에게 제일 좋은 엄마는 '철수 엄마'이고, 영희에게 제일 좋은 엄마는 '영희 엄마'이다. 나에게 제일 좋은 엄마는 바로 '우리 엄마'이다.

"여기 오신 어머니들은 부모교육을 안 받으셔도 되는 분들입니다."

인근 대학교에서 실시하는 부모교육에 참석했을 때, 강사님께서 말씀하셨다. 대부분의 부모교육이 무료로 진행된다. 사전 접수를 하는 경우도 있지만, 현장 접수도 가능하다. 이날 받은 교육은 한 달 전에 사전 접수를 하고 아주 적은 금액이긴 하지만 교육비를 내고 받는 교육이었다.

교육이 이른 시간이 진행되는 터라, 아이를 어린이집에 등원시키고 서둘러 교육장소로 갔다. 무척 오랜만에 가는 대학캠퍼스라 설레었다. 모교는 아니지만, 교육을 받기 위해 가끔씩 가는 곳이라 낯설진 않았다. 봄 햇살이 따뜻했고 나무의 새싹들이 푸릇푸릇했다. 무엇보다 나의 눈길을 끈 것은 학생들이었다. 내가 늙었다고 생각한 적은 없었는데 그들이 젊다는 생각은 들었다. '당신들에게도 스무 살이던 때가 있었던가'로 시작하던 영화의 한 장면이 생각났다. 스무 살의 여대생 세 명이 대학 캠퍼스에서 자전거를 타고 내려오던 장면이 오버랩되었다. 영화 속의 대학생이 아니라 실제 내 눈앞에 있는 그들에게서 후광이 느껴졌다. 눈이 부셨다.

내가 스무 살이던 때, 선생님께서 하신 말씀이 거짓말은 아니었다. 그때 선생님께서 말씀하셨다. "너희들을 보면 눈이 부시다. 대학을 가고 안가고는 중요하지 않다. 너희들 자체로 빛이 난다"고. 그렇게 말씀하신 선생님은 곱추셨다. 오늘 난 저들이 눈이 부시다. 대학 캠퍼스에 들어서는 순간 나에게도 젊음의 에너지가 스며들었나 보다. 설레고 통통 튀는 느낌이다.

교육장 안에는 꽤 많은 엄마들이 자리를 잡고 있었다. 강의 듣기 좋은 자리를 찾아 앉았다. 강의가 진행되었다. 유아교육학과 교수님들로 구성된 강사진이었다. 4시간이나 이어진 강의가 지루할 틈이 없었다. 강의를 듣는 동안 알고는 있었으나 실제 육아에 접목하지 못한 부분들도 많았다. 특별히 새로울 건 없지만, 되새김할 기회가 되었다. 내가 부모 교육을 끊임없이 받는 이유이기도 하다. 한 번 들어 이해하고 알아서 척척 할 수 없기에 계속 듣는다. 그렇게 계속 들으면서 내 것으로 만들고 아이와 함께 적용할 수 있는 부분들을 찾아가기 위해서다. 반복 학습이다.

강의 끝 부분에 강사님께서 여기 오신 어머니들은 부모교육을 안 받아도 된다는 말씀을 하셨다. 시간을 내어 사전 신청을 해야 하고 교육비까지 내면서 교육을 들으시는 어머니들은 이미 잘하고 계신 분들이다. 정말 부모교육이 필요한 어머니들은 오시지 않는다. 꼭 참석했으면 하는 어머니들은 관심도 없으시다면서 안타까워하셨다.

부모교육을 듣는다고 다 좋은 부모가 되는 것은 아니다. 교육을 들어서 좋은 부모가 될 수 있다면 '아이들만 성적순'이 아니라 '좋은 부모도 성적순'으로 줄을 세워야 할지도 모른다. 행복이 성적순이 아니듯, 좋은 부모도 성적순은 아닌 것이다. 교수님이 하시는 말씀은 부모의 자세에 대해서 이야기하시는 것이리라. 교육을 받고, 받지 않고의 문제가 아니다. 아이에게 좋은 부모가 되어야겠다는 마음가짐과 부모로서의 자기를 돌아볼 줄 아는 자세를 말하는 것이 아닐까 생각된다.

아이가 생각하는 '좋은 부모'와 부모가 생각하는 '좋은 부모'가 반드시 일치하지는 않을 것이다. 아이의 연령대에 따라 좋은 부모의 기준은 달라질 수도 있을 것이다. 그러나 그 어떤 경우에도 흔들리지 않는 좋은 부모로서의 개념은 있어야 한다. 부모의 입장에서 내 아이를 키우는 데 최우선이 되어야 할 올바른 개념을 정립하기 위한 노력 중 하나가 '부모교육'이라 생각한다.

부모교육을 가면 강의 마지막 부분에 부모님들의 질문을 받는 시간이 있다. 어머니들은 손을 들어 아이를 키우면서 어떻게 해야 할지 모르는 상황에 대해 자세히 이야기한다. '형제가 장난감 하나로 다툰다. 똑같은 걸 두 개를 사줘야 하는지, 아니면 한 개로 같이 쓰는 것을 가르쳐야 하나'를 묻는다. '아침마다 자신이 원하는 옷을 찾기 위해 옷장 속의 옷을 다 꺼내는 멋쟁이 딸아이를 어떻게 해야 하나'를 묻는다. 말만 하면 삐지는 아이, 무조건 먼저 하겠다는 아이, 밥을 안 먹는 아이,

밥을 너무 많이 먹는 아이… 사소한 문제들이지만 매일 반복되기에 감당이 안 되는 일들이다.

질문하는 엄마들은 내 아이에게 딱 맞는 '솔루션'을 듣기 위해 질문을 한다. 아주 구체적으로 '그럴 땐 이렇게 하세요'라는 답을 듣고 싶다. 없는 용기를 내어 질문을 던지면 돌아오는 답은 두루뭉술하다. 아주 유명한 의사 선생님도, 유아교육 전문가도 마찬가지다. 답변을 듣고 문제가 해결된 것 같은 표정을 짓는 어머니들을 본 기억이 거의 나지 않는다. 앉아서 듣고 있는 나도 강사님의 답변이 틀린 말은 아닌데 손에 잡히지 않는 뜬구름 같다는 생각이 드는 경우가 태반이다.

강사님들의 답변이 그럴 수밖에 없는 데는 이유가 있다. 아이들이 사람이기 때문이다. 똑같은 상황이라도 아이들마다 대처방법은 다르다. 똑같은 아이라도 그때의 상황에 따라 다르고 그날의 경험에 따라 달라진다. 그래서 강사들이 그 아이에게 딱 맞는 솔루션을 제공할 수가 없다.

어머니의 말만 듣고 아이의 개인적인 특성과 상황을 정확히 알 수도 없거니와 설령 안다고 해도 뾰족한 정답은 없다. 기본적이고 상식적인 범위 안에서 이럴 수도 있고 저럴 수도 있는 답변을 할 수밖에 없다. 육아 서적이라고 크게 다르진 않다. 몇몇 아이의 사례가 나오고 해결방안들이 나온다. 내 아이와 비슷한 사례를 찾아 읽어보고 아이에게 적용하기도 한다. 부모교육이나 육아 서적이나 한계가 있다. 철마다 듣는 부모교육, 십수 권 읽은 육아 전문 서적의 지식이 내 아이를 키우지는 못한다.

그럼에도 불구하고 난 끊임없이 부모교육을 듣고 육아서적을 읽는다. 아이를 완벽하게 키우기 위해서가 아니다. 적어도 몰라서 저지르는 실수는 없어야 한다는 생각이다. 어설프게 알아 저지르는 실수를 줄이고자 함이다. 아이가 자라는 만큼 나도 성장하기 위함이다. 지금은 아이를 안아주는 따뜻한 사랑이 필요하지만, 때가 되면 아이를 떼어 낼 수 있는 차가운 사랑도 해야 하기 때문이다.

직업적 특성상 가끔씩 부모교육을 한다. 주로 아동의 언어 발달에 대한 주제이고 최근에는 스마트폰 사용에 대한 주제를 다루기도 한다. 풍부한 경험에서 우러난 강의가 아니다. 부모교육을 할 때 고백을 한다. 아이가 아직 어리다. 그래서 어머니들께 부모교육이라는 이름으로 강의를 하기에 부족하다. 아이 키운 지 10년도 안 된 사람이 어떻게 부모교육을 하겠는가라고. 내가 하는 부모교육은 일반 어머니들보다 조금 더 알고 있는 전문적인 지식을 나누는 자리에 불과하다.

나는 매일 어머니들과 센터 대기실에서 육아에 관한 이야기를 나눈다. 대기실에서 어머니들과 나누는 이야기는 살아있는 이야기다. 누가 누구를 교육하는 것이 아니라 서로가 서로에게 배우는 시간이다.

어머니들의 고민과 바램은 마치 한 사람의 목소리처럼 같다. 그 목소리에는 물론 나의 목소리도 포함된다. 비슷한 고민을 나누고 아이에게 같은 소망을 품을 수 있는 자리이다. 아이가 자랄수록 어머니들에게 더 많은 도움을 받고 있고 위로를 받고 있다. 세상의 모든 엄마는 좋은 엄마다. 난 그 좋은 엄마들에게 매일 엄마 교육을 받고 있고 또한, 나누어 주기도 한다. 아마도 우리 엄마는 북적거리는 시장 자판에서 좋은 엄마 교육을 받았나 보다. 나물을 파는 할머니가, 못 하나로 장어껍질을 멋지게 벗기는 생선가게 아주머니가, 포목점을 하는 호박 할매가 어머니의 부모교육 선생님이었는지 모를 일이다.

6

아픈 아이를 둔 부모의 마음

'매몰차다' '인정머리 없다' '칼 같다' '날이 서 있다' '비판적이다'

예전에 내가 주로 듣던 말이다. 나의 어머니가 나를 걱정하며 늘 내게 했던 말이기도 하다, 친구나 선배들이 나에 대해 평가할 때 한 말이기도 하다.

지금도 대학 선배 중 한 명은 내가 말을 하면 "네가 제일 무서워"라고 한다. 대학 때의 일이다. 동아리 동기 남학생들이 동기 여학생들의 프로필을 작성하며 이야기를 나누었는데 그 자리에서 나에 대해 쏟아진 말들이 거의 일치했다고 한다. "저럴 거면 학원을 가지 동아리에 왜 들어왔냐?", "옆에 가면 칼에 베일 것 같다.", "정이 안 간다."…

내가 가입한 동아리는 클래식 기타 동아리였다. 클래식 기타를 배우고 싶어 들어갔기에 열심히 기타를 쳤다. 빈 강의 시간이면 걸어서 족히 10분은 가야 하는 동아리 방까지 기타를 치기 위해 갔다. 동아리 방이 있는 건물은 학교 맨 꼭대기에 있었다. 등산하는 마음으로 가야 하는 곳이다. 동아리 방이 모여 있는 건물 로비에서 동기들은 삼삼오오 앉아 간식을 먹거나 커피를 마시고 있었다. 커피 한잔 먹고 가라고 나를 불렀다. 힘들게 올라왔기에 로비에 주저앉아 수다를 떨 시간이 없었다. 거절하고 기타를 치러 갔다. 매번 그랬다. 나는 '기타를' 쳤고 친구들이 보기엔 '기타만' 쳤다. 기타만 칠 것 같으면 학원을 가야 했다는 것이 친구들의 말이었다. 나름 나를 걱정한 남학생 두 명이 자기들끼리 나눈 이야기를 해주었다. 내가 상처받을까 염려하며 조심스럽게 말을 꺼냈다. 그때 그 친구들 말을 들으면서 나는 코웃음을 쳤다. 상처는 무슨? 아무 상관이 없었다. 그러거나 말거나였다. 정말 매몰차고 인정머리 없었다.

요즘의 나를 아는 사람들은 나에 대한 예전의 저런 평가들이 낯설 것이다. 나이가 들어 여유도 생겼고 대학 다닐 때에 비해 살이 쪘기에 '후덕한' 이미지도 한 몫 한다. 하지만 내가 변한 결정적 이유는 따로 있다.

얼마 전까지 나에게 오는 사람들은 상처를 입은 사람들이었다. 몸이 아프거나 마음이 아픈 아이들과 그 아이들의 부모님들이었다. 장애 아이를 가진 어머니들은 각자의 성격이나 성향, 처한 상황에 따라 달랐다. 아픈 아이로 인해 날이 설 대로 선 예민한 어머니, 하필 내게 이런 일이라며 억울하고 분한 어머니, 아이의 장애를 인정하지 못하는 어머니, 아이의 장애를 받아들인 뒤 아이를 위한 최선이 뭔지를 찾기 위해 동분서주하시는 어머니, 아픈 아이가 있어도 웃음을 잃지 않는 어머니, 아이와 함께 먼 여정을 떠나야 할 것을 알기에 스스로를 강하게 다그치는 어머니, 무수히 많은 어머니들을 만나면서 내가 가진 칼날은 무디어져 갔다. 간혹 자신의 상황이 너무 힘들어 나에게 칼날을 들이미시는 분들도 계셨다. 예의 없이 대하거나, 상식 밖의 행동으로 마음 상하게 할 때도 있었다.

그러나 이미 그분들은 상처 투성이었다. 내가 칼날을 세울 일이 아니었다. 그분들의 상처가 날이 선 나의 칼날을 갈고 갈아 부드럽게 만들었다. 상대방의 불행으로 나의 행복을 확인하는 것이 나쁜 일임을 알고 있기에 말하기 조심스럽긴 하지만, 난 아픈 아이들과 부모님들로 인해 내가 가진 것에 감사할 줄 아는 사람이 되었다. 굵고 밉게 생겨 싫었던 내 종아리는 두 다리로 걸을 수 있다는 사실만으로 감사했다. 이렇듯 나를 바꾼 것은 우리 아이들과 어머니들의 상처였다.

오래 전 재활원에 근무할 때의 일이다. 도시 안에 있긴 하나, 도심에서 떨어진 산자락 밑에 위치한 재활원이었다. 재활원에 있는 아이들은 대부분 뇌성마비 아동이었다. 중증의 뇌성마비 아이들은 집에서 돌보기가 쉽지 않다. 그리고 아이들이 점점 커 가기에 그 어려움은 더 크다. 재활원에는 아주 어린 아이부터 스무 살 가까이 되는 청소년까지 연령이 다양했다. 아이들은 부모님과 떨어져 또래 친구들과 단체 생활을 했다.

그 당시 난 특수교육학과 편입시험에 떨어진 뒤 내가 진정으로 장애 아이들을 위한 일을 할 수 있을까를 알아보기 위해 재활원에 보육교사로 자원했었다. 재활원의 특성상 아이들과 24시간을 함께 지내야 했다. 나에게 맡겨진 8명 정도 되는 아이들의 엄마 노릇을 해야 했다. 일주일 중 6일 밤낮은 아이들과 지내고 하루는 개인적인 시간이 주어졌다.

뇌성마비 아이들은 몸이 자유롭지 못하다. 새벽 6시에 기상을 하면 8명 아이들의 이불 개기부터 하루 일과가 시작되었다. 죽을 먹는 아이, 음식을 씹을 수 없기에 모든 음식을 가위로 다지듯이 잘라 비벼줘야 하는 아이들의 아침을 다 챙긴 뒤, 약을 챙겨 먹이고 양치질까지

다 해준 뒤 아침을 먹었다. 어린이집이나 학교에 갈 아이들을 챙겨서 보내고 난 뒤에는 방 청소를 했다.

요일마다 해야 할 일이 정해져 있다. 이틀에 한 번 방바닥을 소독하며 닦아야 하고 일주일에 한 번 모든 이불을 옥상에 널어 소독을 해야 했다. 워낙 많은 방들이 있기에 방마다 요일 스케줄이 정해져 있다. 이불을 소독해야 하는 날에 비가 오면 무척 행복했던 기억이 난다. 대소변을 가리지 못한 아이들은 헝겊 기저귀를 했다. 제법 큰 아이들이었기에 기저귀의 양이 어마어마했다. 매일 8명 아이들의 빨래를 개고 기저귀를 개고 삼시 세끼 밥 챙기고 학교 보내고 치료실에 데려가는 일들의 반복이었다. 몸은 힘들었지만, 행복했던 기억들이다.

그때 같이 일하던 보육교사들은 모두 자기가 맡은 아이들의 엄마라고 생각했었다. 하루 받은 휴가로 시내에 나갈 때면 아이들 머리핀이며 간식을 사 오기도 하고, 재활원에서 특별한 간식이 나올 때면 자기 아이들에게 하나라도 더 주기 위해 덤벼들었던 기억이 난다. 재활원은 2주에 한 번씩 가족들의 방문을 위해 개방되었다. 마치 군대 간 아들 면회 오는 마음으로 어머니들은 아이들이 좋아하는 음식을 해오셨고, 아이들은 2주에 한 번 가족들과 함께 집으로 갔다.

2주에 한 번 아이들을 데리고 집으로 가기에 아이들이 집에 오는 날은 잔칫집 분위기가 난다는 어머니가 계셨다. 아픈 아이를 본인이 직접 돌보지 못하고 남의 손에 맡겼다는 이유로 아이를 볼 때마다 미안하고 애틋하다고 했다. 오랜만에 오는 아이를 위해 평소에 하지 않던 음식을 하고 친한 이웃이나 친척들과 나누기 위해 초대를 한다고 했다. 아이의 부모님들은 아이와 같이 보내는 시간이 귀하고 행복하다고 했다.

기쁜 마음에 초대한 손님들은 아이를 볼 때마다 불쌍하고 측은한 시선을 보낸다고 서운해하셨다. 손님들은 아이의 부모님에게도 '고생이 많다' '얼마나 힘들겠냐' 등 위로의 말을 하기에 처음 몇 번은 참고 들었다고 하셨다. 한 번은 너무 속이 상해 "우리 아이가 뭐가 불쌍하냐? 아이가 아플 수도 있는 거지. 우리는 이 아이가 지금 집에 와서 너무 기쁘고 행복하다. 제발 그런 식으로 말하지 마. 그런 말 할 거면 우리 집에 오지도 마"라면서 쓴소리를 하셨단다. 어머니의 말을 듣는 순간 나도 뜨끔했다. 우리 아이 부모님들이 아이로 인해 슬프고 아프기만 한 것은 아니었다.

아이의 나이에 따라 어머니들의 표정과 태도는 자연스럽게 변화한다. 어린아이의 어머니는 '희망'과 '절망'이 뒤섞은 표정이다. 어떤 날은 기대에 찬 표정으로 의욕적인 모습을 보이기도 하고, 또 어떤 날은 막막한 표정으로 한없이 가라앉아 있다. 갈피를 잡지 못하고 흔들리는 모습을 보이기도 한다.

하루 24시간을 오롯이 아이를 위해 쓴다. 하루 24시간도 모자랄 지경이다. 장애 아이를 키우는 것은 단거리 경주가 아니다. 처음부터 있는 힘을 다해 달려버리면 아이도 지치고 엄마도 지친다. 아이는 어리고 엄마는 서툴기에 당연하다. 아이가 자라면서 엄마도 함께 성장한다.

아이가 중고등학생인 부모님들은 한결 편안하고 여유 있는 모습이다. 아이의 장애를 받아들이는 것은 희망의 끈을 놓는다는 의미는 아니다. 자신의 아이를 포기한 어머니를 난 아직 만난 적이 없다. 아이에게 최선을 다하시면서 짬짬이 자신들의 취미 활동을 하시는 어머니를 보면 행복해 보인다. 자신을 돌보면서 느끼는 행복감은 그대로 아이에게 전달된다. 항상 웃으며 밝은 표정의 어머니들은 아이들도 같은 표정을 짓고 있는 경우가 많다. 바다가 하늘빛을 그대로 담고 있듯, 아이들도 부모님의 감정을 고스란히 담고 있다. 자원봉사를 하시는 분들을 보면 존경스럽다. 자신들의 상처를 보듬어 안기도 쉽지 않았을 터인데 더 낮은 곳에서 몸으로 하는 자원봉사를 하시는 분들을 보면 절로 고개가 숙여진다.

나는 장애 아이를 둔 부모님의 마음을 모른다. 미루어 짐작할 뿐이다. 내가 아이를 낳기 전에는 아이들이 보였다. 아이들을 보면 안쓰러웠다. 내가 아이를 낳고 나니 아이들의 엄마가 보였다. 안쓰럽다는 감정을 넘어 아팠다. 눈물이 났다. 학부모를 대하는 '선생님'에서 다 같이 자식 키우는 '엄마'의 마음으로 어머니들이 보였다.

선생님으로 아이를 바라보던 시선에서 이제는 엄마의 마음으로 아이를 안는다. 난 장애 아이를 둔 부모님의 마음은 모른다. 하지만 아이를 둔 부모님의 마음은 안다. 그러기에 난 장애 아이를 둔 부모님의 마음을 안다고 말할 수 있다. 장애 아이나 비장애 아이나 자식이기에 다 똑같은 마음일 것이기 때문이다.

장애 아이를 낳는 것은 누구의 잘못도 아니다. 말 그대로 복불복이다. 지금 아니라고 끝까지 아닌 것도 아니다. 극단적으로 말하자면 현대 사회를 살아가는 모든 사람들은 너나 할 것 없이 장애인이 될 가능성을 안고 살아간다고 해도 과언이 아닐 것이다. 도처에 위험이 도사리고 있다.

군 제대를 축하하는 자리에서 헹가래를 치다가 떨어져 제대한 그날 중증의 장애인이 된 청년의 기사를 본 적이 있다. 하루에 일어나는 교통사고만 해도 600건이 넘고, 하루 평균 부상자 수도 900명이 넘는다. 어느 누가 안전지대에 있다고 말할 수 있을까? 그리고 어른은 어른

대로 아이는 아이대로 각종 스트레스에 노출되어 있다. 학교 폭력이나 직장 폭력으로 마음의 병을 얻은 사람들의 기사도 끊이지 않고 있다.

장애 아이를 두었다고 늘 한숨짓지는 않는다. 비장애 아이를 두었다고 늘 웃는 것도 아니다. 자식 키우는 일은 누구에게나 똑같이 행복이기도 하고 또 고행이기도 한 것 같다.

2,

나에게 아버지는
어떤 존재인가?

❶
아버지의 전공은 교육학?

교직 이수를 하면서 결코 선생님은 하지 않으리라 마음먹었다. 우리 어머니가 생각하시는 최고의 직업이 선생님이다. 어머니 표현을 따르자면 '제일 추울 때 놀고, 제일 더울 때 놀고, 놀아도 월급 나오고, 사람들에게 선생님 소리 들으면서 존경받는 직업'이다.

오빠가 학교 선생님이다. 어머니는 나도 학교 선생님이 되길 원하셨다. 내가 교직 이수를 하지 않겠다고 했을 때, 공부를 못해 자격이 안 된다고 생각하시기에 교직을 이수했다. 실제로 그 당시 교직 이수를 신청하는 학생들이 많았기에 성적순으로 당락이 결정되었다. 교직 이수를 하면서도 난 선생님이 되고 싶은 생각은 없었다. 이런 생각은 어머니가 모르도록 꼭꼭 숨겨두고 교육학 관련 과목을 근근이 이수했다.

교육학은 대체로 지루했다. 원해서 한 것이 아니었기에 열심히 하지 않았고 열심히 안 하니까 잘하지도 못했다. 시험을 치기 전 소위 말하는 '초치기'로 공부를 했기에 시험 답지를 제출하는 순간 머릿속에서

'휘리릭' 날아갔다. 거짓말처럼 교육학과 관련한 지식은 쥐꼬리만큼도 기억나지 않는다. 강의 시간에 배운 내용은 기억나지 않지만, 그 당시 과제물을 제출하기 위해 읽었던 두 권의 책 제목은 선명하게 남아 있다.『페다고지』와『노동자의 자녀가 노동자가 되기까지』란 책이다.

『페다고지』는 제목만 기억나지 어떤 내용인지는 전혀 기억나지 않는다. 운동권 냄새가 물씬 나는 나는『노동자의 자녀가 노동자가 되기까지』는 제목만 읽고 울컥했다. 구체적인 책 내용은 생각나지 않지만, 가슴 먹먹했던 기억은 아련히 남아있다. 이 책을 읽은 뒤로 술에 취해 길에 누워 있는 노숙자를 보면 저 사람이 저럴 수밖에 없는 이유에 대해서 생각했다. 부조리한 사회의 모습들이 하나씩 눈에 들어오기도 했다. 그래도 난 선생님을 할 마음이 전혀 없었다. 교생 실습을 하면서 그 생각은 더욱 굳어졌다.

선생님을 해서는 안 되겠다고 결심한 이유는 세 가지였다. 첫째, 모든 학생들을 똑같이 사랑할 자신이 없었다. 표정 관리가 잘 안 되고 한 번 싫으면 두 번 쳐다보지 않는 그 당시 내 성격을 잘 알기에 '편애'는 불을 보듯 뻔했다. 둘째, 선생님이 될 실력이 없었다. 내가 완전히 이해하지 못하고 완벽하게 알지 못하는 것을 어떻게 가르칠 수 있겠는가? 셋째, 선생님이란 직업이 고리타분해 보였다. 흔히 말하는 '샌님' 같은 이미지가 싫었다.

지금 생각해 보면 그때는 생각하지 못한 이유가 하나 더 있는 것 같다. 존경할 만한 선생님을 만나지 못했던 것이다. 자신이 가르치는 모든 아이들의 꿈이 '선생님'이라고 말하는 제자를 둔 선생님이 제일 좋은 선생님이란 말을 들은 적이 있다. 어디서 들었는지 기억나지는 않지만 이 말을 들으면서 크게 공감하였다. 내가 만난 선생님 중에 존경하고 닮고 싶은 사람이 있었다면 선생님이란 직업에 대해서 달리 생각해 볼 수도 있었겠다는 생각이 든다.

생각해보면 '선생님'은 학교에만 존재하는 것은 아니다. 어린아이에게도 배울 것이 있다는 말이 있다. 어디에서건, 누구에게든 배울 자세만 되어 있다면 선생님은 도처에 있다는 말이 된다. 실제로 아이들이 하는 이야기를 옆에서 듣고 있으면 "아이고 선생님~"이란 말이 저절로 나올 때가 있다.

지금은 어엿한 성인이 된 조카 비와 을이 7살과 6살 때 일이다.

"누나 오늘 나 부원장님한테 혼났어. 아무것도 안 했는데 막 소리쳤어." 옆에서 듣고 있던 나는 조카가 야단맞을 행동은 아무것도 안 했는데 혼이 났을 거라 생각하고 살짝 흥분해서 거들었다. "그런 게 어딨어? 아무것도 안 했는데 왜 야단을 쳐?" 을이도 억울하다는 듯 고개를 끄덕이며 "응, 응 난 진짜 아무것도 안 했는데…" 가만히 듣고만 있던 누나 비가 조용히 물었다.

"그럼 네가 아무것도 안 하고 있을 때 다른 친구들은 뭐 했는데?"

허를 찌르는 조카의 질문을 듣는 순간 창피했다. 어른인 나는 앞뒤 재보지도 않고 버럭 흥분했는데 7살 먹은 아이가 저렇게 차분하게 역발상적인 질문을 하다니…. 을이가 답을 했다. "다른 친구들은 모두 버스 타러 갔어." 그날 나의 선생님은 7살 조카 아이였다.

이야기가 이렇게 흘러가면 결국엔 내가 학교에 다닐 때는 배울 자세가 되어 있지 않았다로 귀결된다. 비단 나뿐 아니라 '질풍노도'의 시기라 일컬어지는 그 또래의 평범한 아이들 대부분이 나와 비슷하리라 여겨진다. 배우려는 학생이나 가르치는 선생님의 잘못을 따지고자 함은 아니다. 그냥 선생님이 되기 싫었다는 이야기를 장황하게 하는 것이다. 배우고자 하는 자세만 있다면 도처에 좋은 선생님이 널려있다는 말을 하고 싶은 것이다.

배우고자 하는 자세로 이야기하자면 우리 아버지를 빼놓을 수 없다. 아버지는 늘 배우고자 하는 자세로써 우리에게 가르침을 주신 분이다. 아버지는 무슨 일이든 이해를 바탕에 두셨던 분이셨다. 스스로 이해를 하셔야만 받아들였다. 그 무엇은 사람일 수도 있고, 상황일 수도 있고 사건일 수도 있고, 단순한 물건의 쓰임새일 수도 있다.

이해를 하기 위해 질문을 하고, 고민을 하고, 연구를 하셨다. 그렇다고 아버지가 모든 것을 이해했다는 말은 아니다. 지적 능력의 한계, 경험의 부재, 아버지만의 편견이나 선입견 등의 이유로 모든 것을 이해할 수는 없었다. 아버지께서는 하실 수 있는 한 이해해 보려 하다가 도저히 안 될 경우 "이건 내가 도저히 이해할 수가 없구나"라고 말씀하시며 자신의 한계에 대해 안타까워하셨다.

가끔씩 아버지께서 이해하고자 하는 부분이 어이없는 경우도 있었다. 내가 처음 차를 샀을 때의 일이다. 아버지와 중고차 시장에서 '티코'라는 차를 샀다. 대학원 마지막 학기였다. 직장을 다니면서 논문을 쓰고 논문 실험을 위해 동분서주 할 때라 대중교통이 불편해서였다. 수동 기어 차였다. 창문도 자동이 아니라 자동차 문 안쪽에 달린 손잡이를 돌려야 열리는 구닥다리 자동차였다.

자동차를 타고 집에 온 뒤 제일 먼저 한 것이 컴퓨터에서 '초보운전'이라는 문구를 출력해서 붙이는 것이었다. 아버지께서 컴퓨터를 사용해 보시진 않았지만, 처음 본 것은 아니었다. 컴퓨터에서 출력한 문서는 본 적이 있으셨다. 매주 교회에서 나오는 주보도 컴퓨터로 출력된 거였으니 별스러울 것은 없었다. 그런데 아버지께서 컴퓨터 모니터에 있는 글자가 옆에 있는 프린터기로 나오는 것은 처음 보신 모양이었다. 모니터의 글자가 그대로 프린터에서 나오는 걸 보시고는 충격을 받으셨다. 아버지께서는 예전의 인쇄물처럼 뭔가 인쇄를 하기 위한 절차가 있다고 생각하셨나 보다.

아버지께서 신기해 하시길래 아버지께서 말씀하시는 걸 그 자리에서 타이핑해서 출력해 드렸다. 아버지는 믿기지 않는 표정으로 몇 번이고 모니터에 있는 글자가 출력되는 과정을 반복하셨다. 아버지께서는 "어허… 이건 내가 도저히 이해할 수 없구나" 하시면서 본인의 이해 능력이 부족함을 한탄하는 듯한 표정을 지으셨다. "아버지 이건 이해의 문제가 아니에요. 그냥 그렇구나 하는 거예요. 저도 어떤 원리로 이렇게 되는지 몰라요. 텔레비전은 이해가 되세요? 그냥 텔레비전을 켜면 드라마, 뉴스를 하니까 보는 것처럼 이것도 그런 거예요."

아버지에게 텔레비전은 일상의 일이기에 신기할 것도 없었으나, 컴퓨터는 달랐다. 아버지는 집에서 전자 타자기를 사용하셨다. 컴퓨터는 전자 타자기 위에 모니터만 달려있다고 생각하신 게 분명했다. 그래서 컴퓨터를 우습게 본 것이다. 아버지는 몇년쯤 뒤에 노인대학에서 컴퓨터반이 개설되었을 때 등록하시고 컴퓨터를 배우셨다.

우리가 쉽게 '그냥'이라고 지나칠 수 있는 부분도 허투루 넘기시는 분이 아니셨다. 어떤 상황이나 사물을 접하실 때, 그것에 대한 원인을 찾으려 했고 이해하고자 노력하셨다. 내가 고1 때 대학을 가지 않겠노라고 했을 때도, 대학 4학년 등록을 앞둔 시점에서 휴학하겠노라 했을 때도, 내가 왜 그런 생각을 하게 되었는지 물으시고 나의 행동을 '이해'하려 하셨다. 어린 손녀가 울 때도 직장동료가 사고를 쳤을 때도 마찬가지셨다. 아버지는 두부 공장에서 같이 일하시는 직장 동료에 대해 이야기하실 때, "내가 도저히 이해할 수 없다"라는 표현을 하시곤 했다. 새로 산 전자 기기나 공장에 새 기계를 샀을 때도 작동원리를 꼼꼼히 살피셨다. 늘 배우려는 자세였고 공부를 하셨다.

내가 초등학교 4학년쯤 되었지 싶다. 특별한 날도 아닌데 짜장면을 먹겠냐고 아버지께서 내게 물으셨다. 두말할 필요가 없지 않나? 짜장면과 볶음밥이 배달되었다. 나는 짜장면을 맛있게 먹었고 볶음밥은 우리 집 개가 먹었다. 이름도 기억나지 않는 개다. 진돗개도 아니었고 특별히 귀하게 취급받던 개도 아니었다. 그냥 똥개였다. 개가 며칠 동안 밥을 먹지 않아 신경이 쓰였던 아버지는 개를 이러저리 살피셨다.

그 당시 부모님과 나는 삼천포에 있는 쥐포 공장 사택에 살았었다. 일반 가정집이 아니었고 누구나 드나들 수 있도록 문이 활짝 열려 있는 공장 마당에서 키우던 개였다. 개도 밥맛이 없어 안 먹을 수 있는데 그게 신경 쓰였던 것이다. 아버지는 개가 여느 때와 다르다는 걸 발견했다. 임신한 것이었다. 개가 새끼를 배고 있어 나름 입덧을 했나 보다. 아버지는 입덧하는 개의 입맛을 찾아주기 위해 애를 쓰셨다. 아버지는 어머니가 안 계신 틈을 이용해 나에겐 짜장면을 개에겐 볶음밥을 시켜주셨다. 볶음밥 한 그릇만 배달이 안 되기에 난 개 덕분에 짜장면을 얻어먹은 것이다. 그때 마당 평상에서 짜장면을 먹으면서 개가 먹는 볶음밥이 먹고 싶어 힐끔거리며 봤던 장면이 지금도 떠오른다. 아버지가 이해하고자 하는 범위 안에는 우리 집 개도 포함이 되었다. 아버지께서는 그 뒤에도 개에게 카스텔라와 우유를 섞어서 먹이셨고 어머니는 개한테 별짓을 다 하신다면 투덜대시던 기억이 난다.

어떠한 일이든 누구에게든 겉으로 드러나는 사실만으로 섣부르게 판단하시지 않으시는 분이셨다. 아버지께서 하신 말씀이나 행동을 되짚어 생각해보면 '진정한 교육자의 모습이란 저런 것이 아닐까'란 생각을 하게 된다.

지금은 제목만 기억나는 『노동자의 자녀가 노동자가 되기까지』라는 책에서 어렴풋이 기억나는 장면이 있다. 술에 취해 비틀거리는 중년의 사나이에 대한 설명이었던 것으로 기억한다. 술에 취해 비틀거리는 모습은 무책임하고 자기 절제력이 없어 보인다. 하지만 그 사람이 가족의 생계를 위해 모든 자존심을 다 버리고 쫓겨나지 않으려고 매달리고 굽실거렸을 하루를 묘사하고 있었다. 그 장면이 내 뇌리에 박혔는지 사람이나 상황을 겉모습만 보고 판단하지 않아야겠다고 생각했었다. 무슨 결심이든 생각만큼 쉽지 않은 탓에 난 여전히 성급하게 판단하고 겉모습에 속는 행동을 하고 있다.

'선생님 며느리 안 본다'란 말이 있다. 선생님이란 직업적 특성상 남을 가르치려는 습성을 빗대어 나온 말일 것이다. 이런 측면에서 본다면 아버지께서는 '선생님'은 아니셨다. 누구를 가르치려 들거나 지시하시는 경우가 거의 없었다. 사소한 심부름 하나도 시키는 분이 아니셨다. 물 한잔도 직접 떠드셨다.

어쩌다 물을 떠 오라고 하실 때도 명령어를 쓰신 기억이 없다. "물 한 잔 줄래?"라고 부탁을 하셨다. 커피를 드신 뒤에는 컵을 개수대에 직접 넣으셨고 씻기에 편하라고 물을 부어놓으셨다. 아버지께서는 선생님이 아니라 교육자셨다. 말이 아닌 몸으로 가르치셨고 배우려는 자세로 우리를 가르치셨다. 아버지를 볼 때면 '진정한 교육자는 타고나는 것일까?'란 생각을 하게 된다. 누구에게 배운 것도 아니고 교육학과 관련된 책 한 권 읽은 적도 없으시다. 아버지께서는 그러한 이해의 폭과 깊이를 어디에서 배우신 걸까?

중학교 졸업장

❸

"중학교 1학년 때 대동아 전쟁이 일어났어. 미국이 적국이 되었지. 영어는 적국의 언어가 되어 한 달도 채 못 배웠단다. 책은 모두 수거해서 불태웠지"라고 아버지께서는 백두산 여행길에서 돌아오시며 내게 말씀을 하셨다.

아버지와 난 한겨레 신문사에서 모집한 제1회 백두산 기행 팀으로 백두산에 갔다. 같이 여행을 간 일행들은 예사롭지 않은 분들이 많으셨다. 소위 말해서 의식 있는 지식인들이 대부분이었다. 옥살이를 오래 하셨다던 운동권 출신의 논설위원도 계셨다. 이력을 알 수는 없지만, 백발의 노신사분도 계셨다. 겉으로 풍기는 이미지가 많이 배우신 분 같았다.

한겨레 신문에서 백두산 기행 팀을 모집한다는 광고를 보고 참가 신청했던 아버지와 난 정말 평범한 모녀였다. 모녀가 같이 온 팀이 유일했다는 사실이 특이했다면 특이했다. 한겨레 신문의 성격상 여행 경로나 여행 중 행사가 다른 패키지여행과는 달랐다. 그 당시만 해도 방치되었던 광개토대왕비나 장군총 같은 고구려 유적지, 윤동주 시인님의 모교인 대성중학교, 용정, 연변, 압록강 등을 여행했다. 여행 중간

틈틈이 세미나를 했었다. 백두산 정상에 안개가 걷혔다는 소식을 듣고 세미나 도중에 부랴부랴 올라갔던 기억이 난다.

베이징에 갔을 땐 북경대 교수님을 모셔놓고 북한의 정세에 대한 세미나를 했었다. 세미나를 마치고 진행된 질의 응답 시간에 아버지께서 손을 들고 질문을 하셨다. 북한에 둘째 큰아버지와 큰고모님이 계시기에 아버지는 북한 정세에 관심이 많으셨다. 버스를 타고 가는 동안에도 세미나의 연장선인 듯 통일과 관련한 주제로 이야기가 이어졌다. 아버지에게 마이크가 돌아오면 그 어떤 사람들에게 뒤지지 않을 견해로 자신의 의견을 말씀하셨다.

한번은 아버지께서 조리 있게 열변을 토하신 말미에 "내 이야기를 이것으로 갈음하겠습니다"라고 하시면서 자리에 앉으셨다. 동행했던 한겨레 신문사에서 나온 직원분이 "영감님, 선거에 나가셔도 되겠습니다"라는 말을 하셨을 정도다.

동화로 가는 기차역에서 연착되는 기차를 기다릴 때였다. 기차역 안의 사람들은 마치 피난열차를 기다리는 것 같았다. 구비되어 있는 의자에 비해 사람이 너무 많았다. 우리 일행도 다를 바가 없었다. 가방을 바닥에 놓은 채 쿠션 삼아 기대어 삼삼오오 둘러앉아 이야기를 나누면서 기차를 기다렸다. 아버지는 우리 일행에서 떨어져 중국 현지인들 옆자리로 가셨다. 힐끗 보니 중국인과 열심히 이야기를 나누고 계셨다. 두 사람은 주거니 받거니 이야기를 하면서 가끔씩 큰소리로 웃기도 하며 꽤 오래 이야기를 했다. 같이 앉아있던 우리 일행들이 "아버님 중국어 잘 하시나 봐?"라고 내게 물으셨다. 뜻밖이었다. 일본에서 학교에 다녔기에 일본어 잘하시는 것은 아는데 중국어는 금시초문이었다.

아버지는 우리 일행이 있는 자리로 와서 저 중국인이 어디 산다더라, 어디로 간다더라면서 나누었던 이야기를 해주셨다. "아버지 중국말 하실 수 있어요?"라고 묻자, 아버지께서 씨익 웃으시며 하시는 말씀에 내가 더 크게 웃었다. "아니 몰라. 종이에 한자를 써가면서 했지. 너를 지적하고 나를 가리키며 '母女'라고 쓰면서 이야기하고, 그러면 그 사람도 한자로 이야기하고." 그런데 우리가 보기엔 글자를 쓰는 장면보다 열심히 이야기하는 장면이 더 많았다. 그러자 아버지께서 "몰라, 지는 지 얘기하고 내는 내 얘기했지. 나는 우리 딸이랑 여행을 왔는데 너무 좋다. 백두산이 감동적이더라. 이런 얘기하면서 내가 좋아 웃은 거지. 아마 그 사람도 나랑 비슷한 얘기를 하는 것 같았어. 여행하면서 기차 기다리는 사람 마음이 다 거기서 거기지."

도전의식과 호기심은 그 어떤 젊은이 못지않으셨던 아버지다. 우리도 여행 중에 다른 관광버스처럼 노래를 부르기는 했다. 차를 타면 주제가처럼 '백두산으로 찾아가자. 만주 벌판 말을 달리는~'으로 시작하는 백두산과 '서울에서 평양까지 택시 요금 5만 원~'으로 시작하는 통일의 염원을 담은 노래를 불렀다. 그 흔한 발 마사지 한번 받지 않은 중국 여행이었다.

여행 중에 버스가 고장이 났다. 심각한 고장이라 차를 고치는 데 반나절이 걸렸다. 우리는 차를 고치기 위해 들어간 중국의 평범한 소도시에서 계획에도 없던 자유여행을 했다. 나를 비롯한 젊은이들은 유창하지는 않지만, 영어로 대충 의사소통을 했다. 백발의 노신사분과 아버지가 우리를 따라다니셨다. 그곳에서 만났던 중국 대학생들이 영어를 유창하게 잘한다는 사실에 놀랐다. 발음도 매우 좋았다. 우리가 영어로 이야기하다가 막힐 때면 백발의 노신사분이 도와주셨다.

중국 대학생들이 영어를 잘해서 놀랐던 것만큼 놀랐다. 아버지께서는 비슷한 연배의 신사분이 영어를 하시는 게 부러우셨나 보다.

삼천포로 내려가기 위해 비행기를 기다리는 공항에서 자신이 영어를 배우지 못한 사연을 설명하셨다. 아버지께서 대동아 전쟁을 말씀하시고 적국의 언어라 배울 수 없었던 사연을 이야기하시는데 그 표정이나 말투가 마치 '내가 영어를 못하는 게 내 잘못이 아니야, 시대가 그랬어'라고 말씀하시는 것 같았다. 지적인 호기심과 도전의식이 남달랐던 아버지셨지만, 자신의 도전 의식이 '영어'에 미치지 못한 사실을 뒤늦게 깨달은 듯했다. 그리고 뒤늦은 후회도 하셨다. 그래서 여행에서 돌아온 뒤 아버지께 기초 영어책을 사드렸다. 아버지는 어린아이처럼 기뻐하셨고, 알파벳을 쓰면서 외우기 시작하셨다.

백일도 되기 전에 할아버지가 돌아가셔서 아버지는 유복자처럼 자라셨다. 한국에서 먹고 살기가 힘들었던 할머니는 어린 아버지를 데리고 일본으로 밀항을 하셨다. 둘째 큰아버지와 큰고모가 일본에서 터를 잡고 사셨기 때문이다. 일본에서 소학교와 중학교를 나온 아버지는 16살에 해방이 되었다는 소식을 듣고 다시 한국으로 돌아오셨다. 한글을 배운 적이 없어 한국에 나온 뒤 독학으로 공부했다고 말씀하셨다. 그래서인지 맞춤법이 많이 틀리셨다. 아버지 나이 16살에 해방이 되었고, 21살에 한국전쟁이 발발했다. 한국사의 격동기를 온몸으로 맞으셨다.

조정래 작가의 『태백산맥』이란 책을 밤을 새워가며 읽었던 기억이 있다. 아버지, 작은 형부와 이야기 도중 우연히 태백산맥 책 이야기가 나왔다. 『태백산맥』을 한 권도 읽은 적이 없는 아버지는 책을 읽은 나와 작은 형부와의 대화에서 전혀 막힘이 없으셨다. 형부와 나는 태백산맥 책보다 아버지 이야기가 더 실감 나고 재미있었다.

이야기 도중 알게 된 사실은 아버지께서 빨치산 토벌대였다는 거다. 아버지께서는 어제 일처럼 기억하고 계셨다. 온몸에 이가 너무 많아서 솔잎으로 옷깃에 묻은 이를 틀어냈다는 말을 할 때는 온몸이 가려울 지경이었다. 책에는 나오지 않는 살아 있는 이야기였다.

일본에서 공부하셨기에 평소에도 일본 교과서에 실렸던 일화나 일본에서의 경험에 대해서 자주 말씀하시곤 했다. 내가 대학생 때로 기억되는 걸 보면 아버지께서 환갑이 지난 뒤였던 것 같다. 아버지께서 낮잠을 주무시는데 잠꼬대로 노래를 부르셨다. 내가 알아들을 수 없는 노래였다. 군가 느낌이 나는 노래였는데 일본어로 부르고 계셨다. 40년도 더 지난 일들이 아직도 아버지의 꿈속에는 나타나나 보다. 낮잠 중에 누워서 불러서인지 목을 옥죄는 듯한 음성으로 힘겹게 노래를 부르셨다. 얼굴까지 발갛게 달아올라 있었다. 아버지는 꿈속에서 15살 중학생이었는지도 모르겠다. 영어책은 불타고 있고 대동아 전쟁의 학도병으로 나갈지도 모른다는 공포감을 안고 군가를 불렀을지도 모르겠다. 15살 파릇파릇한 젊음은 있었으나 가난해서 배고프고, 나라가 없어 서러웠을 시절의 아버지가 군가를 부르고 계셨다. "아버지!" 하며 흔들어 깨우자 아버지께서 "꿍" 하며 돌아누우셨다.

내가 학교 다닐 시기에는 아버지의 학력에 대해 말할 일이 없었다. 공무원과 학교 선생님이란 직업을 빼고 나면 태반이 장사를 했고, 농사를 지었으며, 배를 탔다. '회사'라는 단어는 책이나 드라마에서 나오는 말이었다. 그 당시 삼천포에서 '회사'에 다니는 아버지는 한 명도 없었다. 내 고향 삼천포는 행정 구역상으로는 '삼천포시'였으나, 실제로는

'읍' 정도의 수준이었다. 내가 고등학교를 졸업할 때까지 교과목을 가르치기 위한 학원은 하나도 없었다. 미술 학원은 있었던 것 같고 피아노는 학원이 아니라 집에서 가르치는 교습소 정도였다.

도시 전체의 사정이 이러니 아버지 어머니의 학력 수준을 운운할 일은 전혀 없었다. 어쩌면 아버지 시대에 중졸은 고학력이었을지도 모르겠다. 한국전쟁이 발발하자 아버지께서는 군대에 자원입대를 하셨다. 처음 입대해서 명찰을 만드는데 자기 이름을 쓰지 못하는 사람이 절반 이상이어서 아버지께서 이름을 대신 써주었다고 말씀하셨다. 한글은 옆에서 하는 것 몇 번만 봐도 알만큼 쉬운 글자인데 아직 자기 이름 석 자도 쓰지 못하는 것은 아버지 입장에서는 이해하지 못할 일이었다.

'학교 졸업장은 중요하지 않다', '배움에는 끝이 없다'라는 말들은 아버지에게 해당되는 말이다. 언젠가 아버지께서 글자 공부를 하던 때를 회상하며 해 주신 이야기가 있다. 공책이나 연필을 살 돈은 당연히 없었다. 그래서 글자 공부를 하기 위해 모래판 공책을 만들어 썼다고 한다. 지금의 공책 크기만 한 나무판으로 아주 얇은 두께의 상자를 만들어서, 그 통에 모래를 담고는 나무 막대기로 글자를 쓰고 흔들어서 지우고 다시 쓰기를 반복해서 글자 공부를 했다는 것이다. 그 도구는 아버지 또래 친구들은 하나씩 다 가지고 있었던 모양이었다.

학교를 일본에서 나왔기에 일본어를 잘하시는 것은 당연한데 그 많은 한자는 어디서 배웠는지 모를 일이다. 예전에 할아버지 산소에 가면서 "내가 어렸을 적에는 저 재 너머 서당까지 걸어 다녔다"라고 말씀하셨는데 그게 아버지께서 직접 경험하신 이야기인지 아니면 아버지도 들은 소리인지는 잘 모르겠다. 다른 사람들 하는 걸 보고 어깨

너머로 몰래 한글을 배운 이유는 부끄러워서라고 했다. 나이 16살에 해방이 되어 고국 땅에 왔는데 그 나이 되도록 고국어를 모르는 게 부끄러웠다고 말씀하셨다. "글자를 모르면 왜 까막눈이라고 하겠느냐? 앞이 깜깜해서 아무것도 보이지 않는 밤길을 다니는 것 같다"고 말씀하셨다.

좀 빗나간 이야기이긴 하지만, 아버지께서 본인 입으로 아주 강력하게 "배움에 끝이 없다. 나는 지금 이 나이에도 배우고 있다"고 열변을 토한 일이 생각난다. 대학을 졸업하고 취직이 생각만큼 쉽지 않았다. 아는 어른들이 소개하는 곳에서 일하기는 싫었다. 나 혼자 힘으로 내 일자리를 찾고 싶었다. 전과를 해서 대학원을 갈 것인지 계속 취업 준비를 할 것인지 고민이 많던 시절이었다.

그러는 짬짬이 고향 집에 갔었다. 집에서 하루를 묵고, 창원으로 돌아가야 했다. 아버지께서 두부 배달하러 가는 길에 나를 시외버스터미널까지 태워준다고 하셨다. 트럭에는 아버지와 같이 일하시는 아저씨가 계셨다. 어릴 적부터 보던 아저씨라 서로 어렵진 않았다. 아저씨는 타고 가는 차 안에서 별생각 없이 나의 근황을 물으셨다. 딱히 할 말이 없던 나는 "아, 네, 저 아직 공부하고 있어요"라고 이야기했다. 아저씨는 또 크게 의미를 두지 않고 "어, 니 대학 졸업하지 않았나?"라고 물으셨다. 아저씨 말씀이 끝나기 무섭게 아버지께서는 평소답지 않게 크고 확신에 찬 목소리로 "공부는 끝이 없는기라. 배움에 끝이 오데 있노? 내는 육십이 넘은 이 나이에도 배우고 있다. 세상에 배울 게 천지다. 김군 니도 비는 시간에 욧마이(카드놀이를 일컫는 일본 외래어)나 하고 놀지 말고 공부를 좀 해라"라고 엉뚱하게 화살이 아저씨에게로 날아갔다.

아버지께서는 배움에는 끝이 없다는 것을 주장하고 싶기보다는 행여 아직 취직도 안 하고 있다는 말이 상처가 되어 내가 주눅이 들까 봐 자신도 모르게 언성이 높아졌던 것이다. 어지간해서는 큰소리 내 시지 않고 남에게 핀잔을 주시지 않는 성격을 아는지라 아저씨도 나도 의아해서 아버지를 보았다. 아버지는 입을 꾹 다문 채 모르는 척 운전에 전념하셨다. 아저씨도 상처 주려고 내게 한 말이 아니고 나도 아저씨 말에 상처받지 않았는데 아버지의 딸 사랑이 살짝 도를 넘어 버렸다. 터미널에 도착할 때까지 어느 누구도 말을 하지 않았다. 터미 널에 도착한 나는 아무 일 없던 것처럼 평소와 같이 밝게 인사를 하 고 돌아섰다.

대학 졸업장을 들고도 자기 밥그릇 하나 변변하게 챙기지 못하는 내가 부끄럽던 시절이었다. 그러기에 아버지의 중학교 졸업장이 더 빛 나 보였던 시절이기도 했다. 졸업장은 정말 좋이 쪼가리에 불과하다. 중요한 것은 배움의 자세이고 배움을 실천하는 자세이다. 아버지는 박 사가 아니라 박사 할아버지도 넘보지 못할 배움의 힘, 실천의 힘을 가 지고 계신 분이셨다.

❸

아버지와의 대화

아버지와 나, 우리는 죽이 잘 맞았다. 항상 의견이 일치하였다. 성격이 비슷했고 취향도 비슷했다. 우리는 한마디로 단짝이었다. 어머니는 아버지와 성격이 정 반대셨다. 어머니가 평소에 입에 달고 사신 말이 있다. "저 영감탱이, 내가 환갑만 넘으면 이혼할 거다. 내 죽으면 따로 묻어라." 나에게는 말할 수 없이 좋은 아버지였지만, 어머니에게 좋은 남편은 아니었나 보다. 사람들이 아버지 같은 사람 없다고 다들 칭찬을 하시면 "하이고~ 너거들이 한번 살아봐라. 내만 억울하다. 저렇게 사람 좋아 보여도 고집이 얼마나 센데, 무슨 일 터지면 목소리 큰 내만 나쁜 사람 되는 거지"라면서 흥분하시곤 했다. 말씀은 그렇게 하셔도 아버지 돌아가시자 "아이고, 입의 혀처럼 해 주던 영감이었는데…" 하시면서 서럽게 우셨다. 아버지 돌아가신 뒤 아버지에 대해서 그리워하거나 눈물을 보이시면 우리는 "이혼한다면서? 울긴 왜 울어?" 하면서 엄마를 놀리곤 했다.

아버지와 내가 유별나게 친하니까 어머니는 가끔 서운한 마음을 드러내기도 하셨다. 시장에 심부름 갈 때도 아버지랑 팔짱을 끼고 다녔다. 한 날은 어머니께서 "시장 사람들이 마치 홀아비 혼자서 키우는 외동딸 같다더라"면서 우리 둘을 싸잡아 빈정거리시듯 말씀을 하셨다. 어떤 때는 날 보고 "너는 아빠만 좋아하지?"라고 직설적으로 말씀하시기도 했다. 난 막내 특유의 애교를 떨면서 "아니야~~"라고 말하며 안아드렸지만, 엄마는 그 말을 믿지 않는 것 같았다.

그런데 난 맹세코 거짓말이 아니었다. 아빠와 더 친한 것 같지만, 엄마에 대한 애정도 만만치 않았다. 우리는 단둘이서 정말 많이 다녔다. 제1회 대전 엑스포 행사도 아버지랑 둘이서 갔다. 진주에서 개천 예술제가 열리면 아버지랑 둘이서 구경을 갔고 와룡산 등반도 둘이서 갔다. 백두산 여행도 둘이서 가고 날씨 좋은 날 산책도 둘이서 갔다. 내가 아버지와 둘이서 단짝이 되어 다닐 때 어머니는 친구분들과 좋은 곳을 다니셨다.

아버지와 내가 죽이 잘 맞는 대신 어머니와는 조금 삐걱대긴 했다. 성향이 다른 것이지 싫고 좋고의 문제는 아니다. '우리'와 '엄마'의 성격 차이는 가령 이런 것이다.

개천예술제가 열리는 진주에 갔다. 우리는 행사장 가까이에 가면 주차할 곳도 없고 먹을 것도 변변찮을 것이라 예상을 했다. 행사장에서 제법 떨어진 곳에 주차한 뒤 아버지와 나는 자주 가는 진주시청 근처에 있는 생김치 백반집으로 향했다. 그 식당을 선택하는 데 걸리는 시간은 채 5분도 안 된다. 우리의 대화는 주로 이렇다.

"거기(행사장) 가봐야 먹을 것도 별로 없다."

"돼지 바비큐 돌아가고, 파전이나 국밥일 거에요. 행사장마다 똑같아요."

"비싸기만 해요."

"비위생적이고."

"맞아요. 비싼 돈 주고, 대접도 못 받아요."

"시청 근처 생김치 백반집 가요."

"그래 시청 근처 식당이 맛있어."

"터미널 근처는 뜨내기손님들 상대하는 곳이라 음식이 맛이 없어."

다른 의견이 나올 이유가 없다. 우리는 진주에 볼일이 있을 때마다 가는 생김치 백반집에 단골처럼 들어가 밥을 먹고 나왔다. 나오는 길에 캔 커피도 슈퍼에서 사 가지고 행사장을 향했다.

우리는 행사장의 설치물들을 꼼꼼히 살피고 구석구석 하나씩 구경을 했다. 아버지께서는 독특한 조형물이 있으면 어떻게 만들었는지 유심히 살피셨다. 그리고는 "아, 저건 이 선을 이렇게 돌려서 저렇게 해서 만들었구나"라고 혼자서 추리하시고 스스로 흐뭇해 하셨다.

아버지께서는 행사장에 가실 때면 행사장마다 있는 천 냥 shop을 들리셨다. 천 냥 shop은 천 원짜리 물건을 모아 파는 잡화상 같은 곳이다. 거의 모든 물건 가격이 천 원이며 비싸도 2천 원을 잘 넘지 않았다. 아버지는 마치 장난감 가게에 온 아이처럼 설레셨다. 이 물건 저 물건 다 만져 보시고 꼭 몇 개를 사셨다.

우리는 행사장에서는 물 한 잔도 사 먹지 않았다. 그래도 충분히 즐거운 나들이였다며 차를 타고 오는 내내 우리의 선택에 만족해했다. 우리의 현명한 선택으로 쓸데없는 돈 쓰지 않고 알차게 하루를 보냈음을 자축했다. 이렇듯 즐거운 나들이에 찬물을 끼얹는 분이 바로 어머니셨다.

"아버지가 맛있는 것 사 주시더냐?"

"응 시청 뒤에 가서 생김치 백반 먹었어."

이야기가 잠시 내 고향 삼천포로 빠지자면 내가 제일 좋아하는 음식이 '생김치'다. 어머니는 내 그럴 줄 알았다는 표정으로 연설하신다.

"저 쫌팽이 영감탱이, 돈을 아낄 때 아껴야지. 그런데 가서는 바가지인 줄 알지만, 파전이랑 도토리묵 시켜놓고 술 한 잔 먹는 재미도 있어야 되는데… 쯧쯧쯧…"

아버지가 카메라를 처음 사셨을 때 일이다. 내가 초등학교 2학년쯤이었을 것이다. 아버지는 새 카메라를 샀으니 시험 촬영을 위해 날 데리고 삼천포 바닷가에 있는 노산공원에 데리고 갔었다.

노산공원은 그 당시로는 삼천포에 유일하게 있는 공원이었다. 노산공원은 바다를 바로 끼고 있는 공원이었다. 친구들과 노산공원에 갈 때면 돌계단 입구에서부터 가위바위보를 하면서 계단을 올랐다. 돌계단 오르는 길목으로 아카시아 나무가 울창했다. 가위바위보 게임과 더불어 아카시아 잎을 하나씩 떼면서 우리는 공원을 갔었다.

나무가 울창해서 여름이면 그늘이 시원했다. 계단을 다 오른 뒤 조금만 가면 팔각정 모양의 지붕을 가진 음악다방이 있었다. 난 어린 나이였기에 그 다방에 들어갈 일이 없었다. 내가 그 다방을 들어갈 수 있는 나이가 되었을 때는 이미 구닥다리 다방이라 들어가고 싶은 생각이 들지 않았다. 음악다방을 지나면 비둘기집이 있었다. 비둘기들의 아파트인 셈이다. 철제로 된 사각형 조형물이었는데 비둘기가 한 마리나 두 마리쯤 들어갈 크기의 네모 칸이 따닥따닥 붙어 있었고 각 칸마다 둥근 모양의 입구가 있었던 기억이 난다. 비둘기 집 옆에는 매점이 있었는데 비둘기 밥을 팔았다. 아이들이 비둘기 밥을 사서 '휘익' 던지면 비둘기들이 몰려들었다. 주로 사진을 찍으러 온 사람들이 비둘기 밥을 샀다. 비둘기들이 배경이 되는 사진을 찍기 위해서였다.

비둘기 집이 있는 곳에서는 길이 양 갈래로 나뉘었다. 친구들과 공원에 가면 꼭 이 길에서 누가 먼저 가는지 시합을 했다. 조금 둘러가는 먼 길을 택한 친구들은 있는 힘들 다해 뛰었다. 조금 둘러가는 길은 나무가 울창해서 운치가 있었지만 무섭기도 했다. 노산공원에 있는 나무들은 유난히 뿌리를 드러내고 있는 나무들이 많았다. 흙 사이로 나무뿌리가 멋들어지게 휘어져 있었다. 노산공원의 길은 흙길이었다. 사람들이 많이 다녀서 단단하게 다져진 흙길은 바닷가 근처라 그랬는지 나무그늘 때문인지는 몰라도 늘 촉촉한 느낌이었다. 촉촉한 느낌이지만 단단하게 다져져 있어서 걷는 데 전혀 불편함이 없었다. 차분한 느낌이 나는 그 길이 좋았다. 친구들과 공원에 올 때면 충혼탑에서 묵념을 하기도 했다. 물론 초등학교 저학년 때의 일이다.

충혼탑을 지나면 바다가 보였다. 바람이 달랐다. 공원 끝에서는 바다로 바로 내려갈 수 있다. 어린 시절 노산공원 끝에 있는 바다는 우리의 놀이터였다. 바닷물이 빠지면 바위의 구멍마다 미처 돌아가지 못한 바닷물이 그대로 고여 바다로 남아 있었다. 바닷가의 바위는 짙은 밤색이었다. 그 밤색 바위에 돌로 글씨를 쓰거나 그림을 그리며 놀았다. 짙은 밤색 위에 돌로 글씨를 쓰면 하얀색이 나왔다. 내가 어릴 때만 해도 그 바닷가에서 수영하다가 해삼을 잡기도 했다. 바닷가 끝에도 매점이 하나 있었는데 비둘기 집 앞에 있는 매점보다 장사가 잘 되었다. 다들 바닷가에 오면 새우깡이나 음료수를 사서 바닷가 바위에 앉아 바다를 보았다. '다도해'라는 이름에 걸맞게 노산공원 앞바다에도 섬이 많았다.

노산공원에 나를 데려온 아버지는 소위 말하는 포인터에 나를 앉히거나 세워놓고 사진을 찍으셨다. 노산공원 끝에 있는 바닷가에 가서는 손을 바닷물에 담그게 하고 사진을 찍으셨다. 큰 나무에서는 내가 나무 뒤에서 반 정도만 몸을 내밀게 하고선 사진을 찍으셨다. 비둘기 앞에서도 사진을 찍었다. 아버지께서는 비둘기 밥을 사지는 않으셨다. 다른 사람들이 비둘기 밥으로 불러 놓은 비둘기를 멀찍이 배경으로 사진을 찍으셨다. 오후에 찍기 시작한 사진은 노을이 바다를 물들일 때까지 이어졌다. 아버지는 필름 한 통을 다 쓰셨다. 24판짜리 필름이었을 것이다. 지금처럼 디지털카메라가 아니기에 아버지는 사진을 찍을 때 신중하셨다. 24장의 사진을 찍는 데 거의 반나절이 걸린 셈이다. 그래도 아버지는 사진 찍는 재미에, 난 공원에 놀러 온 재미에 즐거운 시간이었다.

며칠 뒤 사진이 나왔다. 사진은 대체로 만족할만 했다. 해 질 무렵의 사진은 빛이 부드러웠다. 내 얼굴에 비친 노을빛이 따뜻한 느낌이 났다. 사진은 빛의 예술이라더니 틀린 말은 아니었다. 아버지와 난 사진을 보면서 사진 찍을 당시의 상황을 이야기하고 '이때 이랬으면 더 좋았을걸', '표정이 어색하다느니' 등의 말을 하면서 또 다시 즐거운 시간을 보냈다.

첫 사진에 만족한 아버지께서 어머니께 사진을 보여드렸다.

"아아 옷이 이기 뭐꼬? 사진을 찍으려면 옷을 갈아 입혀서 가든지. 아이구야, 아아가 양말도 안 신었네, 남사스러바서 이 사진을 다른 사람한테 어찌 보여 주겠노."

사진을 보시자마자 화를 내며 사진 속의 내 옷차림에 신경질적으로 반응을 하셨다. 어머니는 양말을 신지 않은 나의 발이 눈에 꽂혔는지 계속 같은 말을 반복하셨다.

어머니는 나름대로 이유는 있으셨다. 사진은 맘에 들어서 다른 사람한테 보여 주고 싶은데 양말도 신지 않은 내 발이 신경 쓰였던 것이다. 마치 양말을 신기지 않고 내보낸 것이 어머니의 허물로 여겨져서 싫었던 것이다. 어머니의 반응에 아빠도 언짢으셨는지 말이 없으셨다. 지금도 그 사진은 내 앨범에 꽂혀있다. 그 사진을 볼 때마다 그때의 공원이 생각나고 연이어 어머니의 잔소리가 생각나 나도 모르게 웃게 된다.

아버지는 어린 나를 데리고 참 많은 곳을 다니셨다. 혼자 경남 고성 산자락 밑에 있는 호수로 낚시를 갈 때도 나를 데리고 가셨다. 낚시를 따라가면 할 게 없다. 억새인지 갈대인지 모를 풀들이 내 키만큼 자라 있었다. 낚시터에서는 조용히 해야 하기에 재미는 없다. 그래도 아버지가 낚시를 가신다고 하면 꼭 따라나섰다. 낚시터는 재미가 없었지만 오고 가는 산길의 드라이브를 놓칠 수는 없었다. 트럭에 앉아 덜컹거리는 비포장도로를 가는 것도 재밌었고 지나치는 풍경도 좋았다.

그리고 놓칠 수 없는 아빠와 나만의 비밀이 있었다. 민물낚시의 밑밥은 떡밥이라고 해서 민물낚시용 떡밥 가루에 민물을 부어 만들어 사용했다. 미숫가루처럼 생긴 가루에 적당량의 물을 부어 반죽해서 동글동글 빚어 낚싯바늘에 끼워 사용했다. 아버지가 낚시를 하는 동안 심심한 나는 남아있는 떡밥 가루를 살짝 먹어 보았다. 모양만 미숫가루와 비슷한 줄 알았는데 맛도 비슷했다. 출출하던 나는 그게 맛있어 계속 찍어 먹었다. 아버지도 그런 나를 보고 별말씀이 없으셨다. 아버지 말씀이 물고기도 먹는 거라 위험하진 않을 거라고. 그다음부터는 남은 떡밥 가루는 당연한 듯 내가 먹었다. 아버지는 본인도 좀 찝찝하긴 하셨는지 엄마에게는 말하지 말라고 하셨다.

한번은 아버지께서 물 조절을 잘못하셔서 떡밥 가루가 남지 않은 적도 있었다. 간식이 없어져 버린 난 허전했고 아빠는 미안해했다. 시간이 흐름에 따라 떡밥에도 변화가 왔다. 아버지께서 한날은 흐뭇하게 웃으시면 옥수수식빵을 꺼내셨다. 대략 15cm 정도 길이의 작은 옥수수 식빵이 시판되기 시작하던 시기였다. 옥수수 식빵의 부드러운 속을 꼭꼭 눌러서 둥글게 만들어도 떡밥이 되었다. 이제 나의 간식은 옥수수 식빵 껍질이 되었다.

그런데 지금 생각하니 어머니께서 아버지께 잔소리를 할 법도 하다. 어떻게 어린 딸을 데리고 반나절은 넘게 걸리는 낚시터에 가면서 간식하나 준비하실 생각을 안 하신 걸까. 내가 처음 떡밥 가루를 먹었을 때 내게도 뭔가 먹을거리가 필요하다는 생각을 왜 못했을까? 옥수수 식빵을 두 개 사실 생각은 왜 안 하신 걸까? 어쩌면 이런 점이 아버지와 어머니의 차이인지도 모르겠다. 그리고 아버지와 내가 호흡이 척척 맞는 건지도 모르겠다. 낚시를 갈 때는 오로지 낚시만 생각하시는 걸 보면 나도 아버지와 비슷한 성격인지라 뭐라 할 말은 없다.

아버지는 두부 공장에서 두부를 만드시고, 배달을 하셨다. 일요일 아침이나 방학 때는 새벽 배달을 따라가곤 했다. 아버지는 시내 배달이 아니라 삼천포 인근에 있는 고성 시골 마을로 배달을 다니셨다. 아버지와 차를 타고 가면서 이런저런 이야기를 참 많이도 했다. 아버지는 여러 사람이 모인 자리에서 말을 많이 하시는 편이 아니시다. 대체로 조용하신 분이다. 아버지는 말보다는 이야기하시는 걸 좋아하셨다.

나는 아버지의 이런 이야기가 좋았다. 아버지와 나의 대화는 새벽 배달 길에서, 낚시터로 오가는 트럭 안에서 시작했는지도 모른다. 아버지와 타고 가던 트럭 안으로 들어오던 새벽 공기가 싸하니 기분 좋았다. 한번 시작하면 끝도 없는 아버지의 이야기도 좋았다. 어쩌면 그 이야기들이 지금 내 안에서 터져 나오려 하는지도 모르겠다.

❹
보통 아버지

'찰싹'

대문 안으로 들어서자마자 아버지께서 내 따귀를 세게 때리셨다. 맞은 나도 놀랐지만, 더 당황하신 건 아버지셨다. 그날은 가을 소풍날이었다.

고등학교 1학년 가을 소풍날이었다. 소풍 장소는 정확히 기억나지 않지만 뻔하다. 남일대해수욕장 아니면 모충공원, 와룡 댐 셋 중 한 곳이었을 것이다. 그 날 사건의 정황상 방향이 모충공원은 아니었다. 어쨌든, 장소는 중요하지 않다.

날씨가 유난히 좋았던 그 날, 아버지와 어머니는 우리 집 옆 텃밭에서 일을 하고 계셨다. 집 옆 빈 공터에 아버지와 어머니는 다양한 채소를 심으셨다. 그날 오후 아버지와 어머니께서 텃밭에서 일을 하고 있을 때, 소풍 갔던 아이들이 삼삼오오 짝을 지어 재잘거리면서 지나갔다. 아버지와 어머니는 곧 나도 오려니 하고 그때부터 기다리셨다. 떼 지어 몰려가던 아이들이 줄어들더니 어느 순간 아이들이 다 지나갔는지 안보였다.

가을인 탓에 해 질 무렵이 되자 날씨가 차가워졌다. 해가 넘어가자

갑자기 어머니 아버지는 걱정이 되었다. 생전 들지 않던 무서운 생각이 들었던 것이다. 그 날 아버지는 평소답지 않게 걱정을 하셨고 나를 기다리다 못해 찾으러 다녔다. 해가 지면서 주위가 어두워지자 걱정은 최고조에 달했다. 그때 내가 대문을 열고 들어온 것이다.

불안과 걱정이 안도감과 반가움으로 바뀌면서 아버지 자신도 모르게 손이 먼저 올라간 것이었다. 내가 기억하는 한 처음이자 마지막 손찌검이었다. 나는 영문도 모른 채 울먹였다. 아버지께서는 꽉 잠긴 목소리로 대체 어딜 갔었냐고 물었다. 아이들이 하나둘씩 지나가기에 나도 오려나 하고 기다리셨다고. "오늘따라 기분이 이상하고 갑자기 걱정되었다"라고 말씀하셨다. "전화라도 하지 그랬냐"며 말끝을 흐리셨다.

그러고 보니 나도 왜 전화 한 통화 안 하고 늦었을까란 생각이 들었다. 소풍을 마친 뒤 친구들과 시내 분식점에서 쫄면을 사 먹고 놀다 보니 시간 가는 줄 몰랐다. 연락도 없이 늦었기에 야단을 맞을 줄은 알았지만 예상치 못한 반응이었다. 다른 아버지들은 아이에게 손찌검한 뒤 그 뒷수습을 어떻게 하는지 모르겠다.

아버지께서는 오후 내내 나를 기다리는 동안 자신의 감정에 대해 이야기하셨다. 기다리는 동안 불안했다고 말씀하셨다. 나를 보는 순간 너무 반갑고 또 반가운 만큼 화가 갑자기 났다고 말씀하셨다. 아버지께서는 나를 때린 뒤의 어색함을 흐지부지 넘기시지 않으셨다. 나도 아버지께서 걱정하시던 그 오후의 행적에 관해 말을 했다. 아버지께서는 "오늘따라 별스럽게 왜 그렇게 걱정이 됐는지…"란 말로 자신의 손찌검에 대해 변명을 하셨다.

손찌검을 한 아버지의 행동은 '보통 아버지'인데, 그 뒤 나에게 자신의 감정을 진술하게 말씀하시던 아버지는 역시 '보통 아버지'는 아니셨다. 교육학과 심리학을 공부하고, 상담과 관련된 자격증이 있는 나조차 아이에게 나의 감정을 있는 그대로 풀어놓는 것은 쉽지 않은 일이다. 흔히 상담이나 의사소통 기술을 이야기할 때 나오는 '나 전달법'을 아버지는 하셨다. "네가 늦어서 화가 난 게 아니라, '내'가 불안하더라, '내'가 오늘따라 왜 그렇게 걱정이 되는지, '난', 네가 빨리 왔으면 좋겠더라." 아버지도 생각지 못한 자신의 손찌검에 대해서 나에게 '때려서 미안하다'라는 말로서 사과를 하시진 않으셨지만, 부드러운 말투와 눈빛으로 미안한 마음을 드러내셨다. 그날 오후 내내 아버지의 걱정과 불안의 강도를 생각한다면 따귀 한 대로도 모자랄 판이었는데 말이다.

아버지는 아주 가끔씩 버럭 화를 내시곤 했다. 어머니는 "저놈의 뿔따구"라면서 한마디 하시곤 했다. 잘 참으시다가 한 번씩 터지시는 것이다. 나의 전공과 관련해서 말을 하자면 아버지의 행동은 당연한 것이었다. 아버지는 과하게 억제를 하시는 경향이 있다. 억제를 하지 못해 감정조절이 안 되는 사람도 있지만, 너무 과하게 억제를 해서 감정조절이 안 되는 경우도 있다. 기본적인 선에서는 자신의 감정을 드러낼 필요가 있다. 화가 나거나 짜증이 날 때는 적당한 선에서 표출해야 한다.

자신의 감정을 너무 억누르는 경우 자기도 모르게 툭 터졌다가, 이내 자신의 행동을 반성하고 죄책감을 느끼게 된다. 그래서 마치 자기가 감정조절을 잘 못 한다고 생각하게 된다. 그때는 몰랐으나 지금 돌이켜 생각해보면 아버지의 경우가 이에 해당한다. 잘 참다가 툭 터지는 것이다. 우뇌가 과활성화되어 과부하가 걸려 있는 상태라고나 할까?

아버지께서는 술을 드시지 않으셨다. 담배는 내가 중학교 다니던 즈음에 끊으셨다. 아버지의 하루 일과는 늘 일정했다. 계절마다 약간 차이가 나긴 하셨지만, 새벽 2-3시 정도에 두부를 만드셨다. 완성된 두부를 트럭에 실어 놓으시고는 어머니께서 끓여 주시는 '영양가 많은 밥'을 드셨다.

어머니가 만드신 '영양가 많은 밥'은 그냥 흰밥을 물에 폭폭 끓인 것이다. 새벽일 하고 출출하신 아버지를 위해 아침마다 엄마는 '식은 밥'을 뜨거운 물에 삶아서 드렸다. 새벽에 드시는 거라 위의 부담을 줄이기 위해서 그렇게 하셨다. 김이 모락모락 나는 삶은 밥에 김치만 가지고 드시는데도 정말 맛있게 드셨다. 아버지 드시는 게 너무 맛나 보여 나도 한번 먹어봤는데 맛이 없었다. 내가 먹은 밥에는 '노동'이라는 조미료가 빠진 탓이다.

이른 새벽참을 드시고 시골로 두부 배달을 가셨다. 두부 배달을 마치고 돌아와서는 마당의 텃밭과 화분에 물을 주셨다. 어머니께서 아침상을 차리기 전까지 아버지께서는 아버지 손길이 필요한 곳을 찾아 끊임없이 일을 하셨다. 아버지께서 방 안에 앉아서 상을 받은 기억이 거의 없다. "아버지 아침 진지 드시라고 해라"라고 말하면 아버지를 모시러 갔었다. 아버지는 방에 들어와서 밥상이 없으면 다시 나가셨다. 어머니는 상을 내왔는데 아버지가 없으시면 국을 다시 데워야 했다. 그 문제로 어머니는 끊임없이 아버지께 불만을 토로했다. "밥상을 차려오면 제발 방에 있어라." "하던 일은 마무리 짓고 와야지 하다가 중간에 말면 안 된다." 갑론을박이 따로 없었다.

그렇게 아침을 드신 아버지께서는 요일마다 다른 스케줄이긴 하셨지만 서실에 가서 글씨를 쓰시거나 교회 모임에 가셨다. 그리고 가끔씩 '우리 다방' 레지 언니가 전화를 했다. 다방에서 카드놀이 하는 멤버가 부족하니 아버지가 필요하다고 와 달라는 요청을 하셨다. 특별한 경우가 아니면 집에 점심을 드시러 오셨다. 점심을 드신 후 낮잠을 주무셨다. 낮잠 시간은 1시간을 넘지 않으셨다. 낮잠을 주무신 후 아버지의 손길이 필요한 곳을 찾아 끊임없이 일을 하셨다. 오후 배달은 필요하면 나가셨다.

오후에도 한차례 텃밭과 화분에 물을 주셨고 어머니가 외출에서 늦으실 땐 옥상의 빨래도 걷어 놓으셨다. 마당의 강아지도 챙기셨다. 저녁을 드신 후에도 아버지의 일과는 정해져 있었다. 공장 장부 정리, 성경 공부, 그리고 일기를 쓰셨다. 아버지의 24시간을 생각해 보면 아무것도 안 하고 멍하니 계신 모습을 본 기억이 없다. 정해진 시간에 해야 할 것을 미루는 것을 보지 못했다.

아버지의 이 모든 행동이 어쩌면 '억제'에 기반을 두고 있었는지도 모른다. 아버지께서는 시간도, 돈도, 몸도 흥청망청 낭비하신 적이 없으시다. 아버지께서도 한없이 게으름을 피우고 싶었을 때가 있었을지도 모른다. 자신의 뜻에 거스르면 화도 내고 싶고 화가 나면 소리가 지르고 싶었을지도 모른다. 아버지는 이 모든 것을 참았다. 술을 드시지 않으니 감정을 드러낼 기회도 없으셨다. 그나마 피우던 담배도 교회에 열심히 다니면서부터 끊으셨다. 어머니는 아버지의 단칼에 끊어낸 '담배'에 대해서도, "독한 영감탱이"라고 지나가는 말로 하셨다.

말하긴 뭐하지만, 아버지의 '억제'가 가장 힘들었을 부분은 따로 있다. 돌아가신 어머니께는 죄송한 말씀이지만, 어머니의 '잔소리'다. 지금 생각해 보면 어머니의 염려 불안은 상식의 선을 넘었던 것 같다.

아버지께서 '기우'에 대해 설명해 주실 때 어머니를 예로 들었다. 어머니는 강박과 불안이 심한 편이셨다. 어머니의 강박과 불안이 '잔소리'로 표출되었다. 어머니께서는 불안하니 했던 이야길 또 하고 또 하신 것을 이제는 알겠다. 그때는 그냥 '잔소리'로 치부하여 고개를 절레절레 흔들었다. 아버지는 분쟁을 싫어하셨다. 그래서인지, 어머니의 어떠한 잔소리에도 아무 말씀을 하시지 않으셨다. 어머니가 하는 부탁은 거의 다 들어주셨다. 아버지께서 돌아가시자 어머니께서 '입의 혀처럼' 굴던 영감이라고 말씀하시며 우시는 건 당연한 일이었다.

아버지 돌아가신 뒤 어쩌다 어머니와 며칠을 보내게 된 작은 형부는 "아이고 아버님이 어머니 잔소리를 어찌 참아냈노"라며 혀를 내둘렀다. 그래도 강박과 불안에 힘들었을 어머니를 생각하면 마음이 아프고 미안한 마음이 앞선다.

아버지가 정말 불같이 화를 내는 경우는 운전하실 때다. 아버지는 운전도 차분하게 하시고 교통법규도 잘 지키신다. 그래서 '딱지'라는 것이 끊긴 적이 없다. 그런데 어쩌다 차를 보지 않고 무단횡단을 하는 사람으로 인해 놀라실 때는 불같이 화를 내신다.

간혹 연세 많으신 어르신들이 어처구니없이 무단횡단을 하실 때가 있다. 할머니의 걸음으로는 도저히 건널 수 없음에도 불구하고 막무가내로 도로를 건너실 때가 있다. 그럴 경우 아버지께서는 평소답지 않게 험한 말씀을 입에 올리시기도 한다.

"저놈의 할망탕구가 죽을라고 환장을 했나."

"죽을라모 혼자서 곱게 죽지, 남의 인생 망칠 일이 있나."

아버지께서는 특히 연세 많으신 어르신들이 무단횡단하는 것에 화를 내셨다. 아버지의 험한 말에 놀라서 "아버지 흥분하지 마세요"라고

말하자 아버지께서 화가 나는 이유를 말씀하셨다. 아버지의 화를 돋운 포인터는 '나이를 헛먹었다는 것이다.'

"나이가 저 정도 되었으면 생각이 있어야지. 단지 나이가 많으니 너희들이 양보해야지, 설마 나를 치고 가겠나, 이런 막돼먹은 생각이 맘에 안 드는 거다. 나이가 많으니 걸음이 젊은 사람들보다 빠르지 않다는 걸 뻔히 알면서 저렇게 행동하는 건 옳지 않아. 무엇보다 나이가 저 정도 됐으면 서두를 필요가 없는 거다. 조금 빨리 가면 얼마나 빨리 간다고. 저러다가 젊은 사람이 실수로 사고라도 내게 되면 늙은이는 늙어서라지만, 젊은 사람 인생이 뭐가 되누."

아버지의 말씀 중에 서두를 필요가 없는 나이라는 말이 가슴을 쳤다. 아버지께서는 단지 놀라서 화가 나신 것도 아니고 할머니 때문에 브레이크를 밟게 되고 시간이 지체되어서 화를 내신 것이 아니셨다. 나이를 먹은 만큼 그 나이에 걸맞은 생각과 행동이 있다는 것이다. 어린이는 어린이답고, 청년은 청년답고, 어른은 어른다워야 하는데, 어른스럽지 못한 행동이 같이 나이 먹어가는 사람으로서 눈살을 찌푸리게 한 것이다. 아버지와 개인적으로 아무 상관도 없으신 무단횡단하시던 할머니에 대해 불같이 화를 내신 건 애정의 다른 표현일지도 모른다. 아버지 자신과 할머니를 '같이 나이 먹어가는 사람'으로 동일시하셨기에 더 화가 났던 것이다.

여느 집과 마찬가지로 우리 집도 약간의 고부간의 갈등은 있었다. 이 갈등이 표면적으로 불거진 적은 거의 없었다. 그냥 오빠가 올 때면 어머니가 오빠에게 잔소리를 하는 정도였다. 누구의 잘못이 아니라 성격이나 성향의 차이가 만들어 낸 것이었다. 어머니의 성격이 평범하시진 않으셨고 올케언니도 소신이 뚜렷한 성격이었다. 어머니께서 오빠에게 큰소리로 자신의 언짢은 마음을 이야기하실 때면 오빠는 가만히 듣고만 있었다. 그때 아버지의 반응이 재밌으셨다.

그 날도 여지없이 부엌 쪽에서 들리는 어머니의 목소리가 컸다. 아버지와 난 방에 있었다. 아버지께서 남의 집 얘기하듯 내게 묻는 것이다. "저라모 누가 제일 힘든 줄 아나?" "오빠겠지요." "맞다. 너거 오빠가 제일 힘들다. 옛날에 큰어머니와 너거 할머니가 딱 저랬거든, 그때 너거 큰아버지가 억수로 힘들어 했다." 마치 자신은 저 사람들과는 아무 상관없는 듯이, 약간은 장난기마저 느껴지는 목소리였다. 아무 상관도 없는 할머니에 대해서는 불같이 화를 내시면서 정작 아버지께서 개입해서 말려야 할 상황에는 한 발 떨어져서 '강 건너 불구경'하시듯 하는 아버지의 태도를 어떻게 이해해야 할지 모르겠다.

"난, 아버지가 어려웠다. 내가 무슨 말을 하면 늘 반대부터 해서 아버지 앞에만 가면 주눅이 들었어."

오빠의 이 고백은 나에게 엄청난 충격이었다. 얼마나 충격적이었냐면 오빠가 그 말을 한 장면이 그대로 각인이 되었다. 아버지 돌아가신 지 한참 지난 뒤, 전라도 근처 여행길에서 돌아오는 차 안이었다. 사천 휴게소를 지나서 곤양 IC로 들어서는 길목이었다. 중요하지도 않고 인상적이지도 않은 그 장소를 지나칠 때마다 오빠가 했던 그 말이 생각날 정도이다. 아버지가? 우리 아버지가? 내가 알고, 나의 아버지를 아는 모든 사람들이 기억하는 아버지와 다른 사람인 것 같았다. 언니들도 아버지에 대한 감정은 나 못지않다. 모두들 아버지는 자기를 특별히 아끼셨다고 주장하며 살아가고 있다. 딸들에겐, 어머니에겐, 다른 사람에겐 친절하고 긍정적인 에너지를 나눠주시는 분이 오빠에게는 아니었나 보다.

어쩌면 아버지에게 아들인 오빠가 특별했는지도 모르겠다. 겉으로는 아들 딸 구별 없이 대하시고 오히려 딸을 더 애지중지 하셨다. 하지만 오빠에게 아버지는 다른 여느 아버지와 같은 '보통 아빠'였나 보다. 대부분의 '한국 아빠'들처럼 아들을 좀 더 강하게 키우고 싶으셨나 보다. 아들에 대한 기대와 소망이 딸들의 그것과는 달랐나 보다. 누구에게 더 기대를 하고 누구에게 더 큰 소망을 품었다는 의미는 아니리라. 딸들은 애지중지 사랑만으로 키워내서 다른 집으로 시집을 가서도 그렇게 사랑만 받기를 원했는지 모른다.

아버지가 어렵고 아버지 앞에만 가면 주눅이 들었다는 오빠의 말이 무슨 의미인지는 알 것 같다. 오빠는 아버지의 길을 따라가고 싶었을지도 모르겠다. 아버지의 뒤를 따르고 싶은 아들의 조급함이 아버지를 어렵게 만들고 아버지 앞에서 주눅들게 만들었는지도 모를 일이다. 아버지는 보통 아버지셨다. 특별하지도 않고 흔히 볼 수 있는 보통 아버지, 그 보통 아버지를 이젠 볼 수 없기에 특별해졌는지 모르겠다.

❺
일등 아버지

바람이 심상치 않았다. 마치 창문이 깨어질 것처럼 덜컹거렸고 플라타너스 나뭇가지도 부러질 것 같았다. 나와 친구들은 바람이 그치기를 바라는 마음과 더 세게 불어서 창문이라도 깨어졌으면 하는 마음을 동시에 품은 채로 약하게 탄성을 지르고 있었다. 학교에서 야간 자율학습을 취소하고 집에 일찍 보내주기를 바라는 마음에서였다.

가을에 태풍이 자주 왔었던 기억이 난다. 태풍은 얄밉게도 일요일에 불거나 밤사이에 다 휩쓸고 지나가서 휴교한 기억이 한 번도 없다. 밤 내내 나무뿌리가 뽑힐 것처럼 불어대던 바람도 아침이면 거짓말처럼 조용했다. 태풍은 구석구석 조금씩 남아있던 여름의 기운을 단번에 몰아냈다.

태풍이 지나가고 나면 하늘은 높고 바람은 상큼했다. 그런데 이번엔 웬일로 바람이 조금 이른 시간부터 불기 시작했다. 이 상태로 계속 가면 자율학습을 조금이라도 빨리 마칠 수 있을 것 같았다. 다들 공부는 뒷전이고 온통 바람에 신경이 쏠려 있었다. 야간 자율학습 담당 선생님도 복도를 왔다 갔다 했지만, 마음은 우리와 별반 다르지 않은 것 같았다.

지금 생각하면 비단 그날 밤만 그런 생각을 한 것은 아니었다. 중3 이라고 하지만 진주에 있는 고등학교에 갈 친구들 몇 명을 제외하고 는 크게 공부에 전념하지 않았다. 말 그대로 시간만 죽이는 야간 자율학습이었다. 입시와 관련된 학원이 하나도 없던 지방의 소도시였기에 공부는 오로지 학교에서 혼자 해야 했다. 공부를 하는 친구들은 몇 명 없었다. 나 역시 공부보다는 소설책을 읽거나 엎드려 자거나 옆짝지랑 낙서로 얘기하며 시간을 보냈다. 진주에서 연합고사를 칠 몇 명의 아이들을 제외한 나머지 아이들의 시간은 그대로 죽은 시간이었다. 그 사실을 모르는 사람은 아무도 없었다. 그래도 우리는 주구장창 학교에 앉아 있어야 했다.

바람은 여전히 거세게 불었다. 야간자율학습 담당 선생님은 이러지도 저러지도 못하는 상황이었다. 교실은 조금씩 술렁였지만, 야간 자율학습은 계속 진행되었다. 바람 소리는 우리가 떠드는 소리를 삼킬 정도로 커졌다. 아이들은 이제 소곤거리지 않고 앞뒤로 돌아보며 이야기를 하기도 했다.

우리 학교는 시내에서 조금 떨어진 곳에 있었다. 우리 학교 옆에 남자 중학교와 고등학교가 붙어 있었다. 같은 재단의 학교였다. 학교 뒤쪽에는 양계장으로 가는 길이 있었다. 양계장이 끝나는 곳에 산이 맞붙어 있었다. 우리 학교로 들어가는 길은 남학교 운동장 옆으로 난좁은 길을 지나가야 했다. 저녁에는 아이들이 다 같이 몰려나와야 무섭지 않았다. 나무가 우거져 터널을 만들었고 그 나무터널에서는 여름이면 송충이가 떨어졌다. 정말 재수 없는 날엔 송충이가 머리에 떨어지기도 했다. 우리는 가방을 머리 위에 얹은 채로 그 길을 지나왔었다.

학교의 위치가 이렇다 보니 선생님 몰래 혼자 도망을 가는 것은 상상도 못 할 일이었다. 그렇게 어수선한 야간 자율학습 시간을 꾸역꾸역 다 채웠다. 야간 자율 학습을 마치는 종이 울렸다. 종이 울리자마자 교실 뒷문이 열리면서 아버지께서 내 이름을 불렀다. 아이들은 "와, 좋겠다" 하면서 날 부러워했다. 나도 신이 나서 나갔다. 비가 오는 것도 아니어서 아버지께서 데리러 오실 거라곤 생각지도 못했다. 평소에도 예보에 없던 비가 오는 날에 제일 먼저 우산을 들고 오시는 분이 우리 아버지셨다. 아버지의 트럭을 타고 제일 먼저 어두운 학교를 빠져나왔다. 아버지께서 엄마 걱정하시겠다면서 어서 가자고 하셨다. 나를 데리러 온 지가 한 시간이 넘었다고 하셨다. 바람이 심상치 않게 불어 야간 자율 학습을 일찍 마칠 것으로 예상을 하셨단다.

아버지께서는 공부도 중요하지만, "이렇게 바람이 불면 집에 있는 부모님들도 걱정하실 것이고 바람 때문에 나뭇가지가 부러지고 물건들이 날아다니는데 행여 아이들이 다칠 수도 있는데"라며 말끝을 흐리셨다. 아버지께서 내 앞에서 차마 선생님들에 대해 안 좋은 얘기를 하실 수 없어 하실 말씀을 다 안 하시는 것 같았다.

아버지께서는 사람이 '유도리'가 있어야 한다고 말씀하시곤 했는데 그날 선생님께서는 그 '유도리'가 없었다. '유도리'는 '유연하다'라는 의미로 쓰이는 우리 동네 사투리이다. 공부도 중요하고 자율학습 시간을 준수하는 것도 중요하지만, 아버지 입장에서 그 날의 바람의 강도는 자율학습 시간을 '유연하게' 조정할 필요가 있었다는 얘기다. 어찌 됐던 그 날도 아버지는 나를 제일 먼저 데리러 오셨다.

아버지께서는 날씨가 유난히 춥거나 안 좋을 때는 늘 나를 데리러 오셨다. 요즘이야 학교 앞에 가면 아이를 태우러 온 차가 줄을 서 있지만, 그 당시에는 그런 일이 없었다. 비가 오면 동생이 있는 친구는 동생이 우산을 가져오기도 했다. 간혹 아무도 우산을 가져오지 않아 비를 맞고 집에 가는 친구들도 있었다. 나는 늘 아버지께서 오셨다. 우산만 주고 가는 경우도 있었지만 대부분 기다렸다가 나와 같이 집으로 가곤 했다.

아버지는 이런 이유로 자주 학교에 오시긴 했지만, 아버지가 오셔야 하는 졸업식 같은 공식적인 행사에 오신 적은 없었다. 친구들의 부모님에 비해 연세가 많으셨던 우리 부모님은 학교의 행사에 오시지 않았다. 유치원 졸업 사진도 큰언니랑 찍었고, 학교 졸업식에도 큰언니가 왔었다. 초등학교 운동회 때도 큰언니가 왔었다. 어머니와 아버지가 필요한 행사에는 큰언니와 큰형부가 오셨다. 큰언니는 나보다 15살이 더 많았다. 내가 초등학교 3학년 겨울에 큰언니가 시집을 갔다. 그때 난 이제 소풍 갈 때 김밥은 누가 싸주며 운동회 때는 누가 오는지에 대해 걱정했었다.

아버지 나이 마흔에 나를 낳으셨다. 아들 손자 한 명 더 봤으면 좋겠다는 할머니의 소망이 나를 태어나게 했다. 요즘엔 마흔에 아이를 낳는 것이 다반사다. 나 역시 마흔하나에 딸아이를 낳았다. 하지만 그 당시로써는 늦둥이치고도 꽤 늦은 늦둥이였다. 기대하던 아들이 아니어서 할머니는 실망하셨을 테고 할머니의 실망이 동네 사람들에게도 전달되었는지 나의 어릴 때 별명은 '진찬이'였다. '진찬'이란 말은 우리 동네에서 쓰는 사투리다. 표준어의 의미로 '괜히, 공연히, 쓸데없이'란 의미를 가지는 부사어다. 우리 동네 사람들은 하지 않아도 될 일을 했을 때 "진찬이 했네"라고 말했다.

나는 딸로 태어남으로써 '쓸데없이' 태어난 아이가 되었다. 동네 사람들과 친척들은 나를 '진찬이'라고 불렀다. 특히 시골에 사시는 큰고모는 나를 보면 장난기 없는 표정과 엄한 목소리로 "으이구, 진찬이 낳아가지고 지 애미 애비 고생시킨다"고 말했다. 그런 고모를 보고 "우리 집에 오지 마!"라고 소리를 질렀던 기억이 난다. 거의 모든 사람들이 나를 '진찬이'라고 불러도, 어머니 아버지는 나를 그렇게 부른 적이 없으시다.

비록 아버지의 생활 연령은 다른 아버지들에 비해 높았으나 자식에 대한 교육 철학은 젊은 아빠들보다 더 진보적이었다고 말할 수 있다. 아버지께서 진보적이라고 말할 수 있는 예는 이런 것이다. 큰언니가 나보다 15살이 많으니 내가 태어나기도 전이거나 갓난아이였을 때의 일이리라. 아버지는 언니에게 짐 자전거로 자전거를 가르치셨다. 어머니께서는 여자애에게 자전거를 가르친다고 아버지께 싫은 소리를 하셨다. 그 당시에는 다리를 벌리고 저으면서 타는 자전거를 여자애에게 가르치는 일이 드물었다고 한다. 그때 아버지께서 "배우는데 남자 여자가 어디 있나. 도둑질 빼고는 다 배워야 한다"라는 말로 어머니의 입을 닫게 하셨다고 한다.

우리 집에서는 남녀차별이라는 말은 다르게 사용해야 했다. 밥상은 당연히 아버지나 오빠가 들었고 무거운 이불 빨래도 아빠와 오빠가 했다. 연탄불 가는 것도 남자들의 몫이었다. 아버지라는 이름으로 강압적이거나 권위적인 태도를 취하신 적이 없으셨다.

요즘 떠오르고 있는 유대인 학습법인 '하브루타'를 아버지께서 아실리가 없으신 데도 아버지께서는 "너는 어떻게 하고 싶은 거니?"라는 질문을 하시기도 했다. 배운 아버지들처럼 공부를 직접 가르치시지는 않으셨다. 고등학교 다닐 때 제2외국어가 일본어라 아버지께 물었던 기억은 있으나 아버지께서 직접 일본어를 가르치시지는 않으셨다. 하지만 일상생활에서 한마디 말로, 행동 하나로 우리를 가르치셨다.

아버지께서는 '공부하라'는 말씀을 하시지는 않으셨지만, '책을 읽어라'는 말씀은 하셨다. 초등학교 4학년쯤에는 "만화책이라도 괜찮으니 책을 좀 읽어라"라고 부탁을 하실 정도였다. 학교 성적이 나쁘다고 야단을 치시지는 않으셨지만, 학교의 과제물이나 학교생활에 필요한 것들은 꼼꼼하게 챙기셨다. 방학 숙제 중에 만들기 숙제나 그림 그리기 숙제는 각별히 챙기셨다. 한 달에 걸쳐 수집을 해야 하는 숙제의 경우는 나보다 아버지께서 더 챙겨 주셨다. 중학교 학력으로 공부를 가르치시는 것은 무리라고 생각하셨지만, 그 외 아버지의 능력으로 하실 수 있는 것은 최선을 다해 노력하셨다. '결초보은', '계륵', '기우' 같은 말들은 평소 아버지에게서 들은 것들이었다. 책이 아닌 일상생활 속에서 비슷한 일화가 나오면 이야기를 해 주셨다.

학년이 바뀌어 새 교과서를 가져온 날에는 달력과 비닐로 곱게 책껍질을 싸 주셨다. 매일 필통을 확인하며 연필을 직접 깎아 주셨다. 연필 깎기라는 것이 처음 나왔을 때 나는 몹시 갖고 싶었다. 삼각형 모양의 연필 깎기를 가진 아이들이 하나둘 생겼다. 그때까지 아버지께서 항상 연필을 깎아 주셨다. 아버지께서는 연필심을 짧게 깎으셨고 끝도 뾰족하게 하지 않으셨다. 연필 깎기로 깎은 연필은 끝이 뾰족해서 글씨가 더 잘 써질 것 같았다. "아빠, 우리도 연필 깎기 사요. 아버지 연필 깎으시려면 힘드시잖아요"라고 말하며 은근 아버지께서 힘드시니 연필 깎기를 사자고 얘기했다. 아버지께서 웃으시며 "밥 먹고 연필 깎을 힘도 없으면 우짜노"라고 말씀하셨다. 그래서 연필 깎기로 깎으면 끝이 뾰족해서 글씨가 잘 써진다는 말을 하자 연필 깎기로 깎은 연필은 끝이 너무 뾰족해서 위험하다고 말씀하셨다. 연필이 너무 길면 부러지기 쉽고 뾰족하면 위험하니 짧게 그리고 뾰족하지 않게 깎아 주셨다. 짧게 깎는 대신 여러 자루의 연필을 주셨다.

아버지는 캐비닛에서 새 연필과 새 공책 등을 꺼내 주셨다. 아버지의 캐비닛은 보물 상자 같았다. 높이가 1m 정도 되고 너비는 70cm, 폭은 50cm 정도 되는 회색의 철제 캐비닛이었다. 가운데 다이얼을 돌려 잠금장치를 할 수 있었다. 아버지께서 다이얼로 비밀번호를 걸어놓아 우리가 열 수는 없었다. 아버지는 일기를 쓰시고 그 캐비닛에 넣으셨고 귀한 물건도 그곳에 넣으셨다. 가끔씩 선물 받은 귀한 과자도 그곳에서 꺼내 주기도 하셨다.

한번은 캐비닛에서 빵을 꺼내서 내게 주셨는데, 빵에 푸른곰팡이가 피어있었다. 아버지는 아까워 어쩔 줄을 몰라 하셨다. 날 주려고 챙겨놓고 깜박 놓치신 거였다. 내가 초등학교 입학할 무렵에 사신 캐비닛을 아버지 돌아가실 때까지 사용하셨다. 어머니는 아버지께서 캐비닛을 애지중지하시니 그곳에 큰돈이라도 숨겨놓았나 농담을 하시곤 했다. 아버지가 돌아가시자 그 말씀 하시면서 캐비닛을 열어보았는데 아버지 일기장과 몇몇 서류들이 전부였다. 돈은 한 푼도 없었다.

'민주적'이라는 말이 어울리는지는 모르겠지만, 아버지를 보며 '민주적'이라는 생각을 하곤 했다. 우리들이 쉽게 용납할 수 없는 일을 했을 때나 허락하기 힘든 일을 하고자 했을 때 아버지께서는 양반다리를 한 자세에서 눈을 감으시고 몸 전체를 좌우로 흔드시며 생각에 잠기셨다. 화를 내시며 바로 반응하는 경우는 드물었다. 국민이 모든 결정의 중심에 있는 것이 민주적이라면 아버지는 우리에 관한 모든 결정의 중심에 우리를 두셨다. 그래서 어떻게 하고 싶은 것이냐 묻고 기다려 주셨다. 늦은 나이에 꼴등으로 나를 낳으셨지만, 누구에게 지지 않는 일등 아버지로서의 자세를 갖추고 계셨던 것이다.

6

아버지의 아버지

권영애 선생님의 『그 아이만의 단 한 사람』이란 책을 읽고 독서토론을 할 때였다. 당연히 나의 단 한 사람은 나의 아버지이시다. 나는 책을 읽으며, 내 아이가 권영애 선생님 같은 분을 만나기를 소망했다. 그리고 나의 아버지가 그러했듯 내 아이에게 단 한 사람이 내가 될 수 있도록 노력해야겠다고 생각했다.

독서토론은 4명씩 모둠을 이루어 진행되었다. 같은 모둠에 계신 선생님께서 "우리 아이들은 복이 많다. 우리 부모님들은 우리를 위해 이렇게 노력하지 않은 것 같은데 우리는 아이를 어떻게 키울까 고민하며 최선을 다하지 않느냐"라고 말씀하셨다. 그 말을 듣고 나는 "우리 부모님은 아닌데요. 전, 저희 어머니 아버지가 했던 것의 반만큼만 내 아이에게 해도 좋은 부모가 될 수 있을 것 같아요"라고 이야기했다. 그러면서 자연스럽게 나의 단 한 사람인 우리 부모님(부부는 일심동체이기에 한 사람으로 생각하고)에 대해서 이야기했다.

토론 말미에 돌아가면서 독서토론의 느낌을 나누는 시간에 난 아버지와의 작은 일화 하나를 이야기하는 것으로 나의 느낌을 대신했다. 나의 이야기를 들으신 진행자 선생님께서 좋은 부모님에 대한 이야기를 연이어 해주셨다. "좋은 부모가 되는 길이 두 가지가 있다고 들었어요. 하나는 좋은 부모님을 만나는 겁니다. 좋은 부모님 밑에서 자라면 어릴 때부터 학습이 되는 거지요. 좋은 부모님의 모델이 명확하니 그 길을 따라가면 저절로 좋은 부모가 될 수 있다는 이야기지요. 다른 하나는 자신의 뼈를 깎는 노력이 필요하다는 겁니다. 좋은 부모에 대한 모델이 없으니 나 스스로 좋은 부모가 되기 위해 부단히 노력을 해야 하는 겁니다." 선생님의 말씀을 들으며, 좋은 부모를 두었다는 뿌듯함과 더불어 내 아이에게 아직은 좋은 부모는 아니라는 것을 알기에 부끄러운 생각도 들었다.

아이를 낳기 전의 일이다. 난 만삭의 몸이었다. 41살에 첫아이를 가졌으니 노산에 초산이었다. 그래도 큰 걱정은 없었다. 우리 아버지도 마흔에 나를 낳았으니 내가 마흔 넘은 나이에 아이를 낳는 것이 별스럽진 않았다.

어느 날 조카가 말했다. "이모, 이모가 아기 낳으면 세대 차이가 너무 많이 나는 것 아냐?" "괜찮아, 할아버지랑 나도 40년 차이가 나. 그래도 우린 친구처럼 정말 잘 지냈으니까 걱정 안 해도 돼." 말 그대로 난 걱정을 전혀 하지 않았다. '아버지가 내게 하신 것처럼 할 자신이 있어'라고 다짐을 한 것은 아니다. 굳이 '다짐'을 해야 할 이유도 없었다. 그냥 되는 줄 알았다. 아버지께서 했으니 당연히 아버지처럼 된다고 생각했다. 난 아버지보다 배운 것도 많고 육아서적도 많이 읽었으니 더 잘할 거야. 게다가 딸이니까 더 친하게 지내야지. 같은 여자끼리.

조카가 나를 보며 진지하게 얘기했다. "할아버지는 특별히 착한 사람이야. 이모가 할아버지처럼 할 수 있어?" 조카가 '특별히 착한 사람'이라고 표현한 것은 세상에서 제일 좋은 사람이라는 칭찬의 말임을 안다. "이모가 할아버지처럼 이모 아이 말을 잘 들어줄 수 있어?"라고 이야기했다. 사실 조카가 내게 그 이야기를 할 때 기분이 살짝 언짢았다. 조카와 난 꽤 친한 사이였고 평소에 조카를 지지하고 있다고 생각했다. 항상 조카 편임을 자처했기에 나에 대한 이미지가 할아버지에 대한 이미지와 비슷할 줄 알았다. '할아버지처럼 아이 말을 잘 들어줄 수 있어?'라고 물었을 때, '난 충분히 너의 말을 잘 들어주는데 내게 왜 그런 말을 하는 거니?'라고 묻고 싶었다. 그러면서 동시에 '아버지는 참 대단하신 분이네. 자식들뿐만 아니라, 손자들의 마음까지 얻다니'라고 생각했다. 그리곤 아주 잠시 고민했다. '내가 너무 쉽게 생각했나?' '내가 아버지와 다른가?'

내 생각이 짧았음을 요즘 뼈저리게 느끼고 있다. 조카의 우려대로 나는 '특별히 착한 사람'이 아니었다. 내 아이의 이야기도 잘 듣지 않았다. 욕심쟁이처럼 좋은 부모님께 받은 것을 나만 갖고 내 아이에게 내놓지 않은 셈이다. 내 아이와의 관계에서 첫 단추를 잘못 끼운 느낌을 지울 수가 없어서 단추를 다시 풀고 옷을 새로 입으려고 한다. 옷을 다 입은 뒤 첫 단추를 잘못 끼운 걸 안 게 아니라 다행이다 생각하고 있다. 아직 단추를 몇 개 잠그지 않은 상태라 다행이다 생각하고 있다. 난 아주 좋은 부모님 밑에서 자랐음에도 불구하고 잘하지는 못하고 있다. 좋은 부모에게 받은 것을 그대로 자식에게 주는 것도 쉬운 일은 아니었다. 뼈를 깎는 노력은 나에게도 필요한 것이다.

좋은 부모가 되는 두 가지 길에 대한 이야기를 듣고 난 뒤 '좋은 부모'를 만난 것이 얼마나 행운인가란 생각이 들었다. 일단 첫 번째 조건은 갖추었으니 노력을 조금만 한다면 잘해낼 수 있으리라는 생각이 들었다. 오로지 '나와 내 아이'와의 관계만 생각했다. '아버지와 나'가

'내 아이와 나'로 철저히 바뀌었다. '좋은 엄마' 되기가 힘들었다. 그러다 문득 아버지 생각이 났다. '아버지는 어떻게 좋은 아빠가 될 수 있었을까?'라고 생각하는 순간 주체할 수 없이 눈물이 쏟아졌다. 머리를 한 대 얻어맞은 기분이 들었다. 예고도 없이, 눈물이 글썽일 시간도 없이 왈칵 '쏟아졌다.'

아버지에겐 아버지가 없었다.

아버지의 아버지, 그러니까 나의 할아버지는 아버지가 태어난 지 100일도 되기 전에 돌아가셨다. 아버지께서는 고성 '음촌'이란 곳의 야산에 있는 할아버지 산소에 가시면 마을을 내려다보시며 할아버지 얘기를 해 주셨다. '음촌'은 아버지의 고향이자 할아버지의 고향이기도 하다. 햇볕이 잘 드는 마을은 '양촌'이라 불렸고, 아버지의 고향은 햇볕이 잘 들지 않아 '음촌'이라 불렀다고 했다. 아버지의 아버지께서 살았던 마을을 내려다보며 이야기를 해주셨다. 생각해 보면 아버지께서 내게 해 주신 말씀도 친지들이나 동네 사람들에게 들었던 얘기일 것이다. 100일도 되기 전에 돌아가신 할아버지에 대해서 아버지도 나만큼 모를 테니까.

할아버지는 등에 난 조그만 '종기' 때문에 돌아가셨다고 한다. 지금은 도로가 뚫리고 차가 있어 시내에 있는 병원까지 20~30분이면 가지만 그 당시 그러니까 1930년에는 걸어서 가야 했다. 지금도 시골인데 그 당시에는 거의 산골짜기 마을이었으니 시내에 나갈 일은 거의 없었을 것이다. 게다가 시내에 간다고 해도 제대로 된 병원도 없었다고 했다. "요즘이면 죽을병이 아닌데…"라며 아버지는 말끝을 흐리셨다. '등창'이 곪고 곪아 고름이 되어 그것이 원인이 되어 돌아가셨다고 하니 이해가 되진 않았다.

아버지께서는 할아버지의 '등창' 이야기를 매우 구체적으로 이야기하셨다. 시내 양방병원에 가시진 않았지만, 한약방에서 만든 고약을 붙이기도 하고 온갖 민간요법으로 병을 고치려 애를 쓰셨다는 이야기를 하셨다. 조금만 서둘렀어도 그렇게 죽진 않았을 거라며 그 당시 사람들이 얼마나 무지했었는지에 대해 싸잡아 몰아붙이시기도 했다. 아마 고름이 등의 척추나 척수에 자리를 잡아 몸 전체로 균이 퍼졌을지도 모를 일이다.

　어쨌든 할아버지는 등에 난 '작은 종기'로 인해 돌아가셨다. 아버지는 이 이야기를 나에게 몇 번을 해주셨다. 아버지께서 할아버지 산소에 가시면 하는 이야기는 정해져 있었다. 할아버지 등에 난 '등창' 이야기와 '비석' 이야기다. 할아버지 산소 앞에는 비석이 두 개가 있다. 하나는 가로로 누워서 땅 속에 거의 파묻혀 있다시피 하고 그 위에 일반 비석처럼 세로로 서 있는 비석이다. 할아버지께서 돌아가신 뒤 오래되니 비석이 비바람에 깎여 비석에 새겨진 글씨를 알아볼 수가 없어 다시 세웠다고 하셨다. 그 전에 있던 비석을 버릴 수가 없어 주춧돌 삼아 가로로 놓고 그 위에 새로 비석을 만들어 세웠다고 말씀하셨다.

　새로 세웠다는 비석도 오래되긴 마찬가지였다. 할아버지 비석은 내가 좋아하는 빛깔로 되어 있다. 대부분 새 비석들은 매끈한 느낌의 대리석으로 되어 있다. 할아버지 비석은 그냥 오래된 바윗돌 같은 느낌이다. 만지면 거칠거칠한 느낌이 나고 그 위에 이끼 같기도 하고 곰팡이 같기도 한 것들이 피어 있었다. 회색빛의 비석에 푸른빛이 돌거나 카키색 빛이 도는 이끼들이 자연스럽게 어울렸다. 세월만이 낼 수 있는 빛깔이라 멋스러웠다. 아버지께서는 할아버지와의 추억이 없으셨다. 그래서 매번 같은 이야기를 할 수밖에 없었다.

어찌 된 일인지 난 그 이야기를 들을 때마다 재미있었다. 다 아는 이야기지만 중간에 아는 체 하지 않고 끝까지 들었다. 아버지께서 할아버지 이야기를 해 주실 때는 할아버지 산소에 왔으니 할아버지와 관계된 이야기를 하나 보다 했다. 자식들에게 할아버지 이야기를 하는 장면은 책이나 드라마에도 흔하게 나오는 장면이었다. 아버지와 어머니께서 연세가 있으시니 할아버지와 할머니께서 돌아가시고 안 계신 것은 당연한 일이었다. 아버지와 어머니에게 할아버지와 할머니의 부재는 아무렇지도 않을 것이라 여겼다. 당연한 일이라 여겼기에 슬프지도 않고 그립지도 않겠지라고 생각했다. 아니, 아버지 어머니와 할아버지 할머니의 연결고리에 대해 '생각'조차 하지 않았다.

한 치 앞도 보지 못하는 자의 어리석음이란 나를 두고 하는 말인지도 모른다. 아버지와 어머니가 돌아가시고 나는 아무렇지도 않게 잘 지내고 있지만, 그분들의 부재는 너무나 비현실적이다. 아버지와 어머니께서 '죽음'이라는 절차를 거치고 나를 떠날 수 있다는 사실은 자명한 일임에도 불구하고 그것은 현실적인 일로 받아들여지지 않는다. 시간이 지난다고 없어질 슬픔이 아니고 세월이 흐른다고 옅어질 그리움이 아니라는 것을 안다. '그립다고 써보니 차라리 말을 말자, 그냥 긴 세월이 지났노라고만 쓰자'라고 노래한 윤동주 님의 '편지'는 지금의 내 마음을 그대로 드러내는 것 같다. 내가 할아버지의 부재를 당연하고 아무렇지도 않은 일이라 여겼듯이 내 아이도 나의 아버지에 대해 같은 생각을 할지도 모를 일이다.

아버지의 아버지에 대해 생각을 하다 쏟아진 눈물은 주체할 수가 없었다. 아버지는 '아버지' 없이 자랐구나. 아버지는 '아버지' 없이 그 긴 인생을 살아냈구나. 아버지 본인은 정작 그 대상을 향해 '아버지'라고 한 번도 불러보지 못했구나. 아버지는 '아버지'가 얼마나 그리웠을까. 100일도 되기 전에 돌아가셨기에 아버지에 대한 기억 한 자락, 붙잡을 추억 하나 없었구나.

'아버지' 없이 평생을 살아낸 아버지가 애처로워 견딜 수가 없었다. 친구들의 아버지를 보면서 얼마나 부러웠을까. 아버지 없이 자라면서 얼마나 기가 죽고 주눅이 들었을까. 아버지가 없어 얼마나 서러웠을까. 아버지가 상상 속에서 그린 '아버지상'은 어떤 것이었을까. 아버지 없는 유년기를 보내면서 어떤 아버지를 그렸을까. 아버지 없는 청소년기, 청년기를 보내면서 어떤 아버지를 꿈꾸었을까. 실제의 아버지를 한 번도 경험하지 못했던 아버지는 어떻게 아버지를 꿈꾸었을까.

어쩌면 아버지의 꿈은 '아버지'가 되는 것이었는지도 모르겠다. 자신이 꿈꾸던 아버지가 되기 위해 뼈를 깎는 노력을 했을지도 모를 일이다. 아버지에게 아버지가 없었다는 사실을 인지한 순간, 아버지 없이 자랐을 아버지의 설움이 그대로 내게 전해졌다. 내 나이 33살에 아버지께서 돌아가셨다. 이미 다 자란 성인임에도 불구하고, 아버지가 돌아가신 뒤 주눅이 들었다. 아버지가 돌아가신 뒤 그 휑함은 지금도 내 가슴을 서늘하게 한다. 내가 이럴진대 아버지는 어땠을까? 아버지가 그리워 울었을 어린 시절의 아버지를 안아주고 싶다.

아버지께서 내게 할아버지 이야기를 어떤 마음으로 했는지 알 것 같다. 지금 나 역시 내 아이에게 나의 아버지 이야기를 한다. 나의 이야기를 통해 아버지는 살아 움직인다. 내 아이도 자연스럽게 외할아버지 이야기를 한다. 할아버지 또한 아버지의 이야기를 통해 나에게 오셨다. 아버지의 이야기로 살아나신 할아버지는 나의 이야기 속에서도 살아 움직이신다. "아가, 할아버지의 아버지는 등에 난 작은 종기 때문에 돌아가셨데, 그러니 아주 작은 상처라도 우습게 여기면 안 되는 거란다."

❼

내 인생 최고의 멘토

"안녕하세요. 전 언니랑 같이 공부한 동생입니다. 언니가 늘 아버님 이야길 해서 뵙고 싶었습니다." 대학원 수료식 때, 같은 학기 차 동생이 아버지께 대뜸 자기소개를 하며 공손하게 인사를 했다. 아버지께서는 당황하시며 무슨 이야기를 하는 건지란 표정을 지으셨다. 졸업식장이 북새통이라 아버지께 따로 설명할 틈이 없었다.

고등학교 다닐 때까지 졸업식에 한 번도 오시지 않으셨던 아버지는 나의 대학 졸업식과 대학원 수료식에는 참석을 하셨다. 아버지는 나의 가운을 입고 사진을 찍으셨다. 예전엔 졸업식에서 흔히 볼 수 있었던 풍경이었다.

졸업식이 끝나고 집으로 돌아오는 차 안에서 아버지는 자신을 소개한 동생이 무슨 말을 하는 거냐고 물으셨다. "그냥, 내가 평소에 아버지 얘기를 좀 해"라고 지나가듯 말했다. 말 그대로다. 작정하고 이야기를 하는 것은 아니다. 아버지께서 평소에 내게 하신 말들이 일상에서 자연스럽게 녹아 나오는 경우가 많았다. 아버지께서 내게 해주신 말들은 아주 사소한 상황에서부터 머리를 끙끙 싸매며 문제 해결을 해야 하는 경우까지 다양하게 적용 가능했다.

아버지께서는 교훈이 되는 이야기나 무엇인가를 가르치고자 할 때 '지시하듯이', '가르치듯이' 하지 않으셨다. 요즘 유행하는 '스토리텔링'으로 들려주셨다. 그 당시에도 스토리텔링이라는 용어를 사용했는지는 모르지만, 아버지와 내가 그 용어를 몰랐던 건 확실하다. 아버지의 스토리텔링은 이런 식이었다.

"옛날에 일본에서 학교 다닐 때, 교과서 그림 중에 개구리가 버들잎을 따려고 뛰어오르는 그림이 있었다"로 시작하셨다. 개구리는 연못 위로 축 늘어진 버들잎을 따기 위해 연잎 위에서 높이 뛰어올랐는데 버들잎이 개구리가 생각한 것보다 높아 딸 수가 없었다. 개구리는 한두 번의 실패에 포기하는 것이 아니라 버들잎을 따기 위해 몇 차례나 뜀박질을 계속했다. 개구리의 뜀박질은 버들잎을 딸 때까지 계속되었으며, 마침내 개구리는 버들잎을 딴다는 이야기였다.

'칠전팔기'의 교훈을 담은 이 그림을 이야기하시면서 아버지께서는 자신이 무슨 일을 하다가 포기하고 싶을 때 이 그림을 생각한다고 하셨다. 나에게 직접적으로 '너도 그리하라'는 이야기를 하기보다 자신의 이야기를 하셨다.

일본의 교과서에 실린 개구리 그림을 직접 본 적은 없지만, 나 또한 아버지와 마찬가지로 그 그림을 가끔씩 떠올린다. 아버지의 스토리텔링이 확실하게 먹혀들어간 것이다. 아버지께서 내게 주고자 하는 메시지를 이야기로 재미있게 전달한 결과가 지금까지 이어지고 있으니 말이다.

"살려고 지원 입대를 했다." 전쟁이 났다는 소문이 들렸다. 전쟁이 나도 북한군을 직접 보지 못했기에 할머니는 아버지와 큰아버지께 물을 길어 오라고 심부름을 시키셨다. 난 그 말을 듣고 깜짝 놀랐다. 전쟁이 났으면 빨리 도망을 가야지 이해를 할 수가 없었다. 아버지께서는 전쟁이 나도 학생은 학교에 갔다고 말씀하셨다. 그 말엔 더 충격이었다. 시험을 앞두고 공부를 하나도 안 했을 때는 전쟁이라도 나서 이 상황을 피하고 싶다는 생각을 하던 나이였다. 큰아버지와 아버지께서 물을 싣고 오는 수레 위로 폭격이 떨어졌다. 할머니께서는 혼비백산 달려온 큰아버지와 아버지께 쌀 한 줌씩을 주시며, 고향으로 도망가라고 하셨다. 쌀 한 줌을 들고 전북 군산인지 영광인지에서부터 걸어서 지리산을 넘어 경남 고성까지 갔다.

지리산을 거의 다 넘을 때까지 들고 온 쌀 한 줌은 손도 대지 못했다. 전쟁이 터지자 곳곳에서 '왼손'을 든 사람들이 나타났다 아버지께서는 '좌익'이란 용어 대신 '왼손'이란 말을 했다. "그 당시엔 머리에 먹물 든 사람들은 대부분 왼손을 들었다"고 표현하시곤 했다. 지리산에서 밥을 해먹다가는 연기로 인해 자신들의 정체를 들킬 것 같아 지리산을 거의 다 넘었다고 생각하는 지점에서 밥을 해 먹었다. 그렇게 숨어 숨어서 고향 땅으로 내려왔다.

경남 고성까지 내려온 뒤 고모 집에서 숨어 지냈다. 아버지는 고모가 시집간 뒤 태어난 막내 동생이었다. 고모는 시집 눈치 보면서도 아버지 없이 자란 막냇동생이 군대에 끌려갈 것이 두려워 아버지를 바깥에 절대 못 나가게 하셨다. 남해의 이름 모를 섬에 숨어 있을까란 생각이 들기도 했다. 그러다 문득 이래 죽으나 저래 죽으나 죽을 놈은 죽을 거라는 생각이 들었다. 숨어 있다 끌려가 죽느니 차라리 군대에 가서 군인으로 죽는 게 나을 거란 생각이 들어 지원 입대를 하게 되었다.

아버지께서는 제주도에서 신병 훈련을 받았다. 군대란 곳에 입대했더니 제대로 된 놈은 한 놈도 없더라고 하셨다. 자기 이름 석 자를 쓸 수 있는 놈이 몇 놈 안 되더라고 하셨다. 비가 오는 날에는 훈련을 받지 않고 천막 아래에서 쉬었다.

제주도에는 비는 많이 오는데 물이 부족했다. 누가 먼저 시작했는지 모르지만, 한 사람이 천막을 살짝 당겨 천막 위에 고여 있던 빗물을 받아먹었다. 방수를 위해 천막에 기름칠을 한 탓에 물에서 기름 맛이 났다. 물맛을 따질 상황이 아니었다. 한 사람이 그렇게 물을 받아먹자, 너도나도 다 천막을 당겨 물을 받아먹으려고 했다. 처음엔 몇 군데서 당기지 않으니 천막 위에 물이 고이고 그 물이 천막이 기운 방향으로 흘렀으나 너도나도 천막을 다 당기니 천막이 팽팽해져 물이 고이지 않았다.

목마른 군인들이 너나 할 것 없이 천막 테두리를 당겨 혀를 내밀며 물 한 방울이라도 먹으려는 모습이 그려졌다. 아버지께서는 이 이야기를 하시며 개인의 욕심과 협동에 대한 메시지를 전달하고자 하셨다. 모든 사람들이 다 천막을 당겨 물이 고이지 않은 것을 말씀하시며 한 치 앞도 보지 못하는 어리석은 인간의 욕심에 대해 이야기하셨다.

물이 고일 때까지 기다려 한 명씩 돌아가면서 물을 마시면 모든 사람들이 다 물을 마실 수 있다. 이론적으로는 그렇긴 하지만 사람들은 자기 차례가 오기 전에 비가 그쳐 자신만 물을 먹지 못할 것이 더 염려된다. 이러한 이유로 물이 고이기를 기다리지도 못하고 자기 차례를 양보도 하지 못한다는 것이다. 욕심이 결국 그 누구도 물을 먹지 못하게 하고 아까운 빗물은 고이지도 않고 다 흘려보내 버리는 결과를 초래했다. 개인적인 욕심과 협동, 기다림, 양보 등의 메시지를 담은 이 이야기를 아버지께서는 장황하게 내게 들려주셨다. 쌀 한 줌으로 산속에서 밥을 해먹는데 연기가 나지 않게 밥을 하는 방법을 자세하게 설명을 해주기도 하셨다.

아버지는 말씀이 많으신 분이 아니셨다. 잔소리도 하지 않으셨다. 하지만 이야기가 한 번 나오면 청산유수였다. 평소에 말이 없지만, 이야기가 시작되면 한 장면도 빠뜨리지 않고 전후 상황을 다 이야기 하셨다. 그래서 가끔씩 어머니께 핀잔을 듣기도 하셨다. 어머니 성격으로는 할 말만 딱 하고 결론을 빨리 이야기해야 하는데 앞뒤 설명이 너무 많으시다는 것이었다. 지금 생각하면 아버지는 스토리텔링을 하신 거였다. 자신이 전하고자 하는 메시지를 이야기 속에 넣으신 것이다. 자신의 경험을 가져와 이야기를 들려주시면서 재미를 더하셨다.

아버지의 이야기는 내 기억 속에서 고스란히 살아 있다. 그 이야기들은 내가 어떤 결정을 내릴 때, 문제를 해결하고자 할 때, 크고 작은 갈등이나 고민이 있을 때 살아 움직인다. 아버지의 이야기 속에서 답을 얻고, 아버지의 이야기로 위로받고, 아버지의 이야기로 다시 힘을 낸다. 아버지의 이야기는 비단 나뿐 아니라 다른 이의 문제에도 끼어든다. "우리 아버지 말씀이…"로 나도 모르게 아버지 이야기를 하게 된다.

아버지가 하신 말씀은 아버지만의 말씀도 있지만 누구나 알고 있는 속담이나 명언일 경우도 많다. 너도 알고 나도 아는 이야기인데도 아버지를 통해 처음 접하게 된 이야기이거나 아버지께서 자주 하신 말씀은 나도 모르게 "우리 아버지께서 말씀하시길…"로 이야기하게 된다. 이러한 현상은 언니들의 말에서도 자주 나타난다.

얼마 전 코팅을 할 일이 생겼다. 작은 언니네 어린이집에서 코팅을 하는데 하나씩 해야 하는 것이 귀찮아 한꺼번에 하려다 망쳐서 결국엔 일이 더 많아졌다. 옆에서 보고 있던 언니가 "으이구… 아버지가 게으른 놈이 짐 많이 진다더니, 네가 결국 그 짝이네"라고 말했다. "그래,

맞네, 내가 그 짝이네"라며 웃었다.

'게으른 놈이 짐 많이 진다'라는 말은 아마 속담일 것이다. 그런데도 우리는 이 말을 아버지가 했다고 이야기한다. 아버지께서 우리가 쟁반에 그릇을 한꺼번에 많이 담아 옮길 때도, 두 번 하기 싫어서 한 번에 무리하게 일 처리를 할 때 이런 말씀을 하셨다.

"옛날에 주인이 두 머슴에게 일을 시켰단다. 짐을 옮기는 일을 시켰는데 한 사람은 자신이 들 수 있는 만큼 들고 여러 번 왔다 갔다 하면서 짐을 옮기고 다른 한 사람은 자신이 들 수도 없을 정도로 많은 짐을 들고 낑낑대며 옮겼어. 그래서 같이 짐을 옮기던 사람이 왜 그렇게 힘들게 짐을 많이 들었냐고 물으니 여러 번 왔다 갔다 하기 싫어서 한꺼번에 많이 든다고 했단다. 앞의 사람은 자신이 할 수 있는 만큼 들고 힘들이지 않고 짐을 다 옮길 동안 게으른 사람은 여러 번 왔다 갔다 하진 않았지만, 무거운 짐이 힘들어 속도도 느리고 짐을 다 옮긴 뒤에도 힘들어했다는구나."

가끔씩 내가 게으른 놈이 되어 무거운 짐을 낑낑 들고 있다가도 이 말이 생각나면 생각을 고쳐먹는다.

아버지의 이야기나 아버지의 평소 행동들은 나의 생활 전반에 끼어든다. 물론 그 '끼어듦'은 나의 자유 의지다. 사람 사는 게 어느 시대, 누구에게나 비슷하기에 아버지의 일상은 고스란히 나의 일상에 그대로 적용이 가능하다. 특별하지 않은 아버지의 일상과 또한, 특별하지 않은 나의 일상은 오버랩 되는 부분이 많다. 살아가면서 부딪히는 문제들은 수학문제처럼 답이 딱 하나 있는 것이 아니다. 정답이라기보다는 해답이다. 이럴 수도 있고 저럴 수도 있는 답들. 보다 덜 나쁜 선택. 나중에 후회하게 될 것을 알면서도 택하게 되는 잘못된 선택들.

그때는 그게 정답인 줄 알았는데 나중에 알고 보니 아닌 것들. 다른 사람이 틀리고 나만 맞는 줄 알았는데 지나고 나니 나만 틀렸을 때 느끼는 당혹감들. 하기 싫어도 해야 하는 것들, 하고 싶은데 할 수 없는 것들. 이런 무수한 상황과 선택의 순간에 아버지의 이야기가 스며들어 왔다.

어쩌면 아버지의 '끼어듦'은 의식적이라기보다 무의식에 더 가까운지도 모르겠다. 남편 친구들과의 모임에서 우연히 아버지 이야기를 하게 됐다. 이야기를 듣고 있던 남편 친구가 말했다.

"그러니까, 아버지가 멘토시네요"

'멘토'라는 말을 듣고, 처음엔 긍정도 부정도 아닌 표정을 지었던 것 같다. 아버지는 사회적으로 성공한 사람이 아니다. 돈을 많이 번 것도 아니고, 남에게 내세울 만한 자식을 키워낸 사람도 아니다. 그저 좋은 사람, 법 없어도 살 사람, 부지런한 사람, 정직한 사람, 남에게 손가락질 받을 행동을 하지 않는 사람이다. 번듯하게 내세울 것 하나 없으신 그냥 보통 사람이다. '멘토'는 사회적으로 성공을 거두었거나 대단한 업적을 세운 사람이어야 한다고 생각했었나 보다.

아버지는 '현명하고 신뢰할 수 있는 상담 상대'라는 사전적 의미의 멘토에 딱 맞는 사람이었다. '경험과 지식이 많은 사람이 스승 역할을 하여 지도와 조언으로 상대의 실력과 잠재력을 향상할 수 있는 관계'를 말하는 '멘토링' 또한 아버지와 나의 관계에서 어긋남이 없었다. 아버지가 나의 멘토임은 부인할 수 없는 사실이었다. 그리고 지금도 아버지는 멘토의 역할을 착실히 수행하고 계신다. 이제는 당당하게 이야기한다.

"나의 멘토는 저의 아버지이십니다."

3,

그 시절,
아버지는

❶

그래서 넌 어떻게 하고 싶은 거니?

"그래서 넌 어떻게 하고 싶은 거니?"

대학을 가지 않겠다고 말을 하는 내게 아버지께서 처음 던지신 질문이다.

내 고향 삼천포에는 여자 고등학교가 하나 있었다. '삼천포 여자 종합 고등학교'다. '인문계'와 '상업계'가 같이 있는 종합 고등학교였다. 교문을 통해 학교에 들어서면 넓은 운동장 끝에 학교 건물이 보였다. 교문과 정면으로 마주한 옥상에 태극기가 있었다. 교문에서 오른쪽으로 가면 인문계 반이, 왼쪽으로 가면 상업계 반이 있었다. 인문계 반의 화장실은 수세식이었고 상업계 반은 재래식 화장실이었다. 우리는 재래식 화장실을 '퍼세식'이라고 불렀다.

인문계는 8시 전에 등교를 했다. 상업계는 아침 보충수업과 자율학습이 없어 등교 시간이 더 늦었다. 그래서 고등학교에 갓 입학했을 때는 선생님들이 우리의 얼굴을 잘 모르기에 지각이다 싶으면 교문에서 왼쪽으로 걸어가기도 했다. 우리 학교는 반 이름이 '1, 2, 3…'이라는 숫자가 아니었다. 매화, 난초, 국화, 대나무(죽), 소나무(송), 은행나무(행), 진, 선, 미, 정이라는 멋스러운 이름이었다. '매, 난, 국, 죽, 송, 행'은 인문계 반이고 '진, 선, 미, 정'은 상업계 반이었다.

우리 학년이 입학했을 때, 인문계 반이 늘어나 '은행나무' 반이 처음 생겼고, '정' 반이 없어졌다. 갈수록 인문계 반이 늘고 상업계 반이 줄어드는 추세였다. 나는 '1학년 행' 반이었다. 그러니까 '행' 반은 전교 통틀어 우리 반뿐이었다. 교실도 태극기 아래 정중앙에서 왼쪽에 있었다. 오른쪽 인문계 반에는 교실이 없어 상업계 반쪽에 있는 교실을 사용했다. 교실의 위치가 이런 관계로 '수세식' 화장실이 멀었다. 그래도 우리는 꾸역꾸역 수세식 화장실을 사용했다. 우리는 인문계였으니까.

대학을 가지 않기로 마음먹은 것은 고등학생이 된 지 채 한 달이 되기 전이었다. 공부를 잘한 것은 아니었지만, 그렇게 절망적인 성적은 아니었다. 처음 입학했을 때 반편성 시험 결과를 토대로 우열반을 만들어 보충수업을 따로 했다. 보충 수업 시간에 우등반에 뽑힌 아이들은 매, 난 두 반으로 옮겨서 보충수업을 받았다. 나도 '우등반'에 뽑혔으니 그렇게 절망적인 성적이 아니었다는 말의 증거로는 충분하다. 난 대학에 가기가 싫었다. 빨리 졸업해서 취직이란 걸 하고 싶었다. 용기를 내어 아버지께 말씀을 드렸다. 대학에 가고 싶지 않다고, 보충수업과 자율학습을 할 필요를 느끼지 못한다고 이야기했다. 아버지는 야단을 치시지도 않았고, 나를 설득하지도 않으셨다. 그저 내가 '어떻게' 하고 싶으신지 물으셨다.

"취직을 하고 싶어요."

"취직을 하려면 무엇을 해야 할지 생각해 놓은 것은 있나?"

아버지는 또 물으셨다. '취직'이라는 것을 하기 위해 내가 무엇을 할지 생각한 것이 있느냐고. 그 당시 상업계 다니는 친구들은 주산, 부기, 타자 이 세 가지를 필수로 배우고 있었다. 나도 취직을 하기 위해서는 그것을 해야 한다고 생각했다. "먼저 타자를 배워야 할 것 같아요."

그 다음 날부터 나는 상업계 친구들과 타자 학원에 다녔다. 그 당시 타자기는 '4벌식 타자기'였다. 담임선생님께는 아버지의 허락을 받았노라 말을 하고 보충수업과 자율학습을 빠졌다. 타자학원을 한 달 정도 다녔던 기억이 난다. 상업계 아이들 무리 속에 섞여 타자를 배우기는 했으나 인문계 반과 마치는 시간이 달라 내가 원하는 시간에 학원을 다닐 수가 없었다. 이런저런 이유와 핑계로 타자학원은 자격증 하나 따지 못하고 흐지부지 그만두었다.

포부도 당당하게 대학을 가지 않겠노라고 선언을 해 놓고선 학교 공부도 제대로 하지 않고 취업 공부도 제대로 하지 않았다. 아버지께서는 묵묵히 지켜볼 뿐 어떠한 말씀도 하지 않으셨다. 그 뒤로 별다른 핑계가 없어 자율학습도 보충수업도 받았다. 정말 그냥 시간만 보내고 있었다. 고등학교를 졸업하고 대학은 고사하고 취직도 못 했다. 나는 다시 대학을 가야겠다고 아버지께 말씀을 드렸다. 재수를 할 수 있는 학원이 삼천포에는 없었다.

난 처음으로 집을 떠나 마산으로 갔다. 아버지와 학원 근처에 있는 방을 구하기 위해 첫 새벽에 올라왔다. 방을 구하러 다니기에는 이른 시간이라 학원 근처의 지하 다방에 갔다. 아버지는 계란 노른자를 넣은 커피를 주문했다. 나도 고등학교를 졸업했기에 아버지께서 커피를 시켜 주셨다. 그 전에도 집에서 커피를 타 먹기도 하고 자판기에서 커피를 뽑아 먹은 적은 많았다. 하지만 다방에서 커피를 그것도 계란 노른자를 넣은 커피는 처음이었다.

낯선 도시, 낯선 다방에서 아버지와 나는 별다른 말을 하지 않았다. 집안 형편이 그렇게 넉넉하지 않다는 걸 알기에 난 죄인이 된 기분이었고 아버지는 어린 막내딸을 떼놓아야 하기에 이런저런 생각이 많으셨다. 커피를 한 모금 마시는데 계란 노른자가 입으로 들어왔다. 생노른자를 먹을 준비도 하지 않았는데 커피를 따라 미끄러지듯 내 입안으로 들어왔다. 터지지도 않고 내 입안으로 들어온 노른자를 어찌해야 할지 몰라 당황했다. 어영부영 준비 없이 맞게 된 나의 스무 살 같았다. 그 와중에 커피 맛은 달았고 계란 노른자는 고소했다.

대학을 가지 않겠노라 이야길 할 때도, 고등학교를 졸업하고 대학을 가야겠노라고 말을 했을 때도, 야단을 맞거나 싫은 소리를 들은 기억이 없다. 내가 애써 나쁜 기억을 지우려고 한 것은 아닐까 돌이켜 곰곰이 생각해도 아버지께서 하신 행동은 나의 의견을 물으시고 아버지께서 하실 수 있는 한 나를 도와 주고 그리고 기다려 준 기억뿐이다.

대학 3학년 기말고사 성적이 나왔다. 전 과목이 'A+'인줄 알았다. 아니 전 과목 'B'여도 상관없었다. 'F'는 없어야 했다. 모든 과목이 'A+'이었다. '교육철학' 한 과목만 빼고. 교육철학은 'F'였다. 대학 시험을 통틀어 유일하게 받은 'F'였다. 성적표를 받고, 얼굴이 화끈거렸다. 부끄러웠다. 이 'F'란 놈이 다른 'A+'을 다 덮어버렸다. 한 과목이라도 'F'가 뜨면, 장학금을 받을 수 없었다. 'F'를 받을 만큼 리포트가 엉망이었다는 생각도 들지 않았고 시험을 엉망으로 친 기억도 없었다.

혹시 다른 학생과 성적이 바뀐 것이 아닌가 해서 조교에게 연락을 했다. 교수님으로부터 나의 성적이 맞다는 답변을 들었다. 평소 나의 수업태도는 'F'였다는 것을 알기에 더 부끄러웠다. 설마 'F'를 주겠냐는 생각에 대충 베껴 낸 리포트가 생각이 났고 논리적이지 못한 시험 답도 생각났다. '교육철학' 자체가 없었다고 말하는 게 나을 것이다. 앞에도 말했지만, 교육이수는 나의 뜻이 아니었기에 교육학 과목을 마지못해 들은 결과가 'F'라는 성적으로 나타났다. 쥐구멍이라도 찾고 싶었다. 부끄러워 더 이상 학교에 다닐 수 없었을 것 같았다.

"아버지 미국에 있는 이모할머니댁에 가고 싶어요"라고 말하며 나는 또다시 아버지 앞에 앉았다. 성적 이야기는 쏙 뺀 채, 영어공부를 하고 싶다는 이야기를 했다. 미국에 보내만 주시면 아르바이트를 하면서 돈을 벌겠다고 이야기했다. 아버지께서는 한참을 눈을 지그시 감으시고 몸을 좌우로 흔드셨다. 아버지께서 내가 어려운 부탁을 하거나 중요한 결정을 내리기 위해 생각을 하실 때 나오는 행동이셨다.

그 당시 미국을 가려면 절차가 복잡했었다. 비자를 받기 위해 인터뷰를 해야 했고 무엇보다 정확한 액수는 기억나지 않지만, 3천만 원 ⑺ 정도의 돈이 내 이름으로 된 통장에 있어야 했다. 취업 비자도 없이 미국에 간 뒤 불법으로 체류하던 사람들이 많았던 시기였다. 본인 이름으로 된 통장에 3천만 원 정도의 돈이 있으면 미국에서 불법 체류할 이유가 없다고 생각했기에 요구한 서류였을 것이다. 그때가 1992년 1월쯤이었으니 3천만 원은 상당한 큰 액수의 돈이었다.

아버지는 이번에도 '어떻게' 해야 하는지 물으셨다. 집에 그 정도의 돈이 없었기에 돈을 빌려 내 통장을 만든 후 비자 신청이 끝나면 통장을 해지하고 돈을 다시 갚기로 계획을 세웠다. 아버지께서는 미국의 이모할머니께 연락하고 통장을 만드는 일을 하시기로 했다. 난 비자 만들 준비, 인터뷰 준비를 했다.

미국에 가기로 결정한 뒤 여러 사람들에게 이런저런 이야기를 듣고 도움을 받았다. 미국에 다녀 온 사람들도 만나고 미국으로 갈 계획인 사람들도 만났다. 다들 희망적인 이야기로 나를 응원했다. 나와 친한 선배가 자기 자취방 주인 할아버지 할머니도 미국에 오래 사시다 오셨다면서 한번 만나 이야기를 들어보는 것이 어떠냐고 제안했다. 인터넷도 없던 시대라 정보를 얻기 위해 물불을 가리지 않고 사람들을 만났기에 흔쾌히 제안을 받아들였다.

"니 미국 뭐하러 가는데?"

할아버지는 대뜸 내게 물으셨다.

"영어 공부하려고 갑니다"

라고 말하면서 미국에 계신 이모할머니댁에 묵을 예정이며 아르바이트를 하면 돈을 벌어서 공부할 계획이라고 말씀을 드렸다. 그 당시에는 영어 학원은 있어도 어학원이 없던 시절이었고 어학연수 코스에 대한 정보도 거의 없었다. 어학원을 입학해서 가는 것이 아니었기에 내가 가서 모든 것을 알아봐야 할 상태였다.

"누가 너한테 아르바이트 자리 준다더냐?"

"취업비자도 없이 들어온 너 같은 동양 여자애한테 누가 일자리를 준다더냐?"

"말도 안 통하는 너한테 일을 시켜놓고 돈을 줄 것 같으냐?"

"일하면서 공부하는 것이 얼마나 힘든 줄 아느냐?"

"하루 종일 일하다 지쳐서 공부할 엄두를 내지 못할 것이다."

"영어를 해야 늘지, 일한다고 말할 기회가 있기나 한 줄 아느냐?"

"이모도 아니고 이모할머니 집인데 그 눈치를 니가 어떻게 견딜래?"

"너 없는 자리에서 그 집 며느리가 너에 대해 귀찮은 내색을 하는 것을 듣기라도 하는 날에 그 사람들 얼굴을 볼 수 있을 것 같으냐?"

"너희 이모할머니는 며느리한테 눈칫밥 안 먹고 산다더냐?"

생각지도 못한 말들을 할아버지는 하셨다.

추측건대 할아버지 할머니께서 미국 아들 집에 사시다가 본인들 없는 자리에서 본인들을 귀찮아하는 소리를 들은 모양이었다. 할아버지의 말에도 난 눈칫밥을 견딜 수 있을 것 같았고 많은 돈을 벌 것이 아니기에 아르바이트 자리를 구할 수 있을 것 같았다. 어학 연수원에 다니지 않아도 미국에서의 생활만으로 영어가 늘 것으로 생각했었다.

그런 내 생각을 간파라도 한 듯 할아버지께서는 결정적인 한마디를 던지셨다.

"겉멋 부리지 말거라. 여기서는 부모가 돈 다 대주고, 공부만 하라는데도 안 하는 공부를 그 먼 타국에서 일하면서 공부를 한다고? 거기서 일하면서 공부할 마음으로 여기서 공부에만 매달려 봐라."

'겉멋 부리지 말라'는 할아버지의 말은 나를 확 깨어나게 하였다. 난 영어공부를 하러 가고 싶었던 것이 아니라, 'F'라는 성적을 피해 도망가고 싶었던 것이다.

아버지께 미국에 가지 않겠노라 말씀을 드렸다. 선배네 자취방 주인 할아버지를 만난 이야기를 드리며, 제 생각이 짧았다고 이야기를 했다. 그리고 'F' 학점이 있는 성적표를 내밀었다. 아버지께서도 내가 미국에 간다고 했을 때 고민이 많고 걱정이 많으셨다고 말씀하셨다.

"왜 말리지 않으셨어요?"

"네가 현명한 결정을 내리리라 믿었다. 하지 말라고 하면 더 하고 싶은 게 사람 마음이다. 내가 반대를 했으면 넌 가야 할 이유만 찾아서 헤맸을 것이고 그 할아버지의 말도 귀에 들어오지 않았을 것이다"

아마 아버지께서는 내가 미국에 간다고 결정을 내려도 그 결정이

'현명한 결정'이었다고 말씀하실 분이셨다. 아버지께서 생각하시는 '현명한 결정'은 다른 사람이 아니라 '내가 내리는 결정'이었다.

아버지는 '기다려 주는 사람'이었다. 아버지의 기다림은 내 속에서 스스로 뭔가를 결정 내리고 선택할 수 있는 기회를 주었다. 그 기다림은 시간이 정해져 있지 않았다. 그 시간은 내가 결정을 내리는 그 순간까지였다. 아버지는 나 스스로 대학을 가겠노라 결정내릴 때까지 3년을 넘게 기다리셨다.

나는 아버지께서 돌아가실 때 결혼을 하지 않은 미혼이었다. 흔히 말하는 노처녀였다. 주위 친지들과 이웃들은 아버지께서 돌아가시기 전에 결혼하라는 말씀을 하지 않더냐고 내게 물었다. 아버지는 돌아가시는 순간까지 결혼에 대해 어떠한 말씀도 하지 않으셨다. 돌아가시는 순간까지 기다림은 계속되었다.

나의 결혼은 나의 결정이고 나의 선택이어야 했다. 대학을 가지 않겠노라고 말할 때도, 다시 대학을 가겠노라고 했을 때도, 미국을 가겠노라고 했을 때도, 서둘러 뭔가를 하라고 떠미는 분이 아니셨다. 서른이 훌쩍 넘도록 결혼을 안 한 딸에게 선 보라는 소리 한번 안 하신 분이셨다.

살아가면서 선택의 순간이 끊이지를 않는다. 크고 작은 결정들을 끊임없이 하면서 살아가고 있다고 해도 과언이 아니다. 그럴 때마다 아버지가 내게 이야기하신다.

"그래서, 넌 어떻게 하고 싶은 거니?"

❷

성곡(筆谷) 딸이었어?

아버지는 필체가 썩 뛰어나진 않았다. 한자는 내가 잘 모르니 잘 쓴 글씨와 못 쓴 글씨를 판단할 자격이 없지만, 붓글씨로 써 놓은 한자는 보기에 근사했다. 한글 필체는 혼자 연습하셔서 그런지 뭔가 좀 엉성한 느낌이었다. 하지만 이 이야기를 아버지께 한 적은 한 번도 없었다. 엉성한 느낌이 든 것은 내 생각이었고 일반적인 시선으로 못 쓴 글씨는 아니었으니까.

아버지는 거의 매일 붓글씨를 쓰셨다. 하루의 반나절은 서실에서 보내셨다. 붓글씨 책상을 따로 마련해 두시고 집에서도 연습을 하셨다. 붓글씨 책상은 일반 책상보다 높이가 낮아 붓글씨를 쓰는 용도 외 책 읽기나 펜글씨를 쓰기에는 불편했다. 붓글씨 책상의 윗면은 화선지가 밀리지 않게 '융' 비슷한 헝겊을 감싼 얇은 판자로 되어있었다. 아버지의 붓글씨 도구들은 멋스러웠다. 벼룩은 A4 용지보다 큰 크기였으며, 벼룩을 담아 놓은 통은 값비싸 보였다. 연적과 낙관도 오래된 골동품 같았다. 화선지도 두께에 따라 2~3종류가 있었다. 우리 집은 명절날 부침개를 할 때 소쿠리에 까는 종이도 화선지였다.

새 학기가 되면 달력 뒷면으로 책 껍질을 싼 뒤에 교과목과 나의 이름을 적어주셨다. 다른 친구들은 볼펜을 이용해서 한글로 쓴 경우가 태반이었다. 아버지는 붓글씨로 그것도 한자로 교과목과 내 이름을 적어주셨다. 붓으로 쓴 내 이름은 고급스러운 느낌이 들었다. 대학 다닐 때 동아리에서 사용하는 악보 파일을 들고 와 아버지께 내 이름을 써달라고 할 정도였다.

얼마 전 짐 정리를 하다 그 파일을 발견했다. 아버지께서 붓글씨로 쓰신 내 이름은 오랜 시간이 지났음에도 빛을 바래지 않고 그곳에 있었다. 아버지께서 쓰신 내 이름을 보는데 마음이 따뜻해져 왔다.

난 글씨를 못 쓴다. 글씨만 봐도 그 사람이 어떤 사람인지 보인다는 말을 들으면 뜨끔할 때가 있다. 초등학교 다닐 때 아주 먼 친척분이 오셨다. 내가 숙제하는 모습을 보더니 "네 글씨 쓰는 것 보니까 공부를 썩 잘하지는 않겠네"라고 말씀하셨다. 어린 나이였지만 그 말을 듣고 마음이 상했다, 그분의 말씀이 틀리지 않아서 부끄럽기도 했다. 어린 나에게 상처를 준 그 친척분이 어서 돌아갔으면 하는 마음이 들었다.

그 친척분의 말을 들은 뒤부터 글을 쓰려면 그 말이 생각나 글씨를 어떻게 써야 공부 잘하는 아이처럼 보일까 고민을 했다. 누가 내 글씨를 보고 있으며 저 사람이 속으로 내가 공부 못하는 아이라는 것을 알게 되는 건 아닐까라고 생각했다.

지금 생각하면 난 참 모자란 아이였다. 공부를 못하는 아이의 행동을 했다. 공부를 열심히 해서 공부를 잘하면 해결될 문제였다. 공부할 생각은 하지 않고 어떻게 글씨를 써야 공부를 잘하는 것처럼 보일 것을 생각하다니, 공부를 잘하는 것과 공부를 잘하는 것처럼 보이는 것은 하늘과 땅 차이인데 말이다. 그 친척분 말대로 난 공부를 썩 잘하는 아이가 아니었고 뭔가를 집요하게 파고드는 성격이 아닌 탓에 글씨를 잘 쓰겠다는 마음도 어느새 옅어졌다.

"아버지 난 글씨를 너무 못 쓰는 것 같아요. 나도 글씨를 잘 쓰고 싶어요."

내가 이 말을 아버지께 한 건 중학교 다닐 때였다. 글씨를 예쁘게 쓰는 친구들의 노트를 볼 때마다 부러웠다. 똑같은 판서를 보고 썼는데도 일목요연하게 정리가 잘 된 것 같아 노트만 봐도 공부가 절로 될 것 같았다. 오래전 친척분의 말을 가져오지 않더라도 누가 봐도 내 공책은 공부 못하는 아이 공책이었다. 내 말에 아버지는 미소를 지으시며 말씀하셨다.

"글씨는 잘 쓴 글씨, 못 쓴 글씨가 없어. 정성이 들어간 글씨와 정성이 들어가지 않은 글씨가 있는 거지. 글씨는 정성만 들어가면 되는 거란다."

난 아버지의 이 말이 위로가 되었다. 아버지의 말씀을 들은 뒤로는 노트 필기를 할 때나, 서류를 작성할 때 정성을 들여 '또박또박' 글씨를 썼다. 그리고 누군가 내 글씨를 눈여겨보고 있어도 숨기려 들지 않고 당당하게 펼쳐놓았다. 더 이상 내 글씨가 부끄럽지 않았다. 내 글씨엔 정성이 들어갔으니까. 객관적인 입장에서 내 글씨체를 보면 '정성이 들어간 초등학생 글씨' 같다. 한번은 어머니께서 내 글씨를 보더니 "넌 어찌 대학 졸업한 애 글씨가 내 글씨보다 못하노"라고 핀잔을 하셨다. 그때도 난 당당히 말했다. "엄마, 아버지가 그러시는데 글씨엔 정성만 들어가면 된다고 했어."

선생님을 하는 친구 말이 아이들 글씨 쓰는 것만 봐도 공부할 마음이 있는지 없는지를 알 수 있다고 했다. 아마 그 친구가 하는 말이 아버지의 말과 연장선에 있지 싶다. 공부할 마음이 있는 아이는 자기도 모르게 글씨에 힘이 들어간다. 공부하기 싫어 대충 흘려 쓰는 아이의 글씨체와는 표가 나는 것이다. 이렇게 생각하면 오래전 먼 친척분의 말과도 같은 맥락이다. 그때 내 글씨에는 공부하고 싶은 마음이 들어가 있지 않았던 모양이다. 하기 싫은 숙제를 억지로 하니 글씨체가 어땠는지 짐작이 간다.

아버지의 말과 친구나 친척분의 말이 같은 연장선에 있는 것은 사실이지만 전혀 다르게 와 닿는다. 만약 친척분이 내 글씨를 보고 "정성이 부족하네"라고 말했다면 어땠을까? 공부를 못한다는 말을 들었을 때의 수치감은 없었을 것이다. 공부를 못한다는 말에 욱하는 마음의 반발보다는 나의 정성이 부족함을 반성했을 지도 모를 일이다.

'공부할 마음'이나 '공부를 못하는 글씨'라는 말과 '정성'이 부족하다는 것은 말하는 이의 초점 자체가 다르다. 아버지의 말에는 '글씨를 쓰는 이의 마음'이 우선이고 친구의 말은 '글씨를 쓰는 이의 공부할 마음'이 우선, 친척분의 말은 '공부 즉 성적'이라는 결과에 우선순위를 둔 말이라 생각된다.

글씨에는 정성만 들어가면 된다는 아버지의 말씀은 생각만큼 쉬운 일은 아니다. 내가 또박또박 쓰는 글씨에 진정성 있는 정성이 들어갔는지 묻는다면 자신 있게 답을 하지는 못하겠다. 단지 흘려 쓰지 않는다고 다 정성이 들어간 글씨라고 할 수 있을까? 아버지께서 말씀하신 '정성'은 어느 정도의 깊이일까? 글씨를 쓰면서 온갖 힘을 다해 성실하고 참된 마음을 갖는 것은 어떤 의미일까?

아이가 태어나고 아이의 이름을 쓰면서 아버지가 말한 '정성'의 의미를 조금은 알 것 같았다. 아이의 이름 석 자를 쓰면서 난 또박또박 쓰는 글씨 너머의 마음을 느꼈다. 아이를 향한 나의 참된 소망과 사랑이 깃든 마음으로 아이의 이름을 쓰게 된다. 내 이름을 쓰실 때 아버지의 마음이 고스란히 느껴졌다. 아버지께서 쓰신 내 이름을 보면서 내가 왜 기분이 좋아졌는지 이제는 알 것 같다.

누군가에게 편지를 쓸 때나 축하 메시지를 쓸 때, 나의 글을 읽게 될 사람을 위한 마음을 담아 쓰게 된다. 행복하게 잘 살았으면 하는 마음이 편지에 담기게 되는 것이다. 아버지께서 말씀하신 정성이 담긴 글씨는 글을 읽는 상대방을 생각하는 마음으로 쓴 글씨를 말하는 것이었다.

수업시간에 선생님께서 하시는 말씀을 받아 쓸 때도 마찬가지다. 선생님의 말씀에 귀를 기울이는 것은 선생님을 존중하는 마음이고 그 말씀 중에 중요한 것을 놓치지 않으려고 받아쓰는 것은 나를 위한 마음이다.

글씨에는 정성만 들어가면 된다는 아버지의 말씀에도 불구하고 나는 나만의 멋진 글씨체를 갖고 싶었다. 정성 들여 또박또박 쓰지 않고 대충 휘갈겨 쓰는 데도 멋스러운 글씨는 분명히 있다. 난 그런 멋스러운 글씨를 쓰고 싶었다. 아기자기하게 예쁜 글씨보다는 어른이 쓴 것 같은 글씨를 쓰고 싶었다. 글씨에서 넓은 마음이 느껴지고 나의 신념이 드러나는 글씨를 쓰고 싶었다. 그래서 서실에 가기로 결정했다. 대입시험 결과가 발표 난 뒤, 입학 때까지 두 달 정도 여유가 있어 아버지께서 다니시는 서실에 등록을 했다.

연필과 붓은 달랐다. 딱딱한 연필심은 나의 통제하에 움직였다. 부드러운 붓은 아니었다. 나의 마음과는 달리 붓은 자기만의 길을 갔다. 서실 선생님께서는 붓끝에 힘을 주라고 하셨지만 부드러운 붓에 힘을 어떻게 준단 말인가?

붓으로 글씨를 쓴다는 것은 먹을 가는 일부터 시작되었다. 붓을 잡고 글씨를 쓰기 전에 먹부터 갈아야 했다. 서실에서는 학교에서처럼 갈아 놓은 먹물을 사용하면 안 되었다. 글씨에 정성이 들어가는 과정의 시작이었다. 먹을 가는 일은 힘으로 되는 것이 아니었다. 벼루에 물을 붓고 먹을 세워 한 방향으로 긴 타원을 그리면서 먹을 갈았다. 먹을 빨리 갈고 싶은 마음에 힘을 주고 위아래로 빨리 갈고 나면 손과 팔이 아파 글씨를 쓰기도 전에 지치기 일쑤였다. 먹을 갈 때는 편안한 마음으로 천천히 갈아야 했다. 먹물의 농도를 맞추는 것도 쉽지 않았다. 먹이 잘 갈아지지 않은 날은 글씨가 더 엉망이었다. 먹물이 만들어지면 붓에 먹물을 묻혀 화선지에 글씨를 썼다. '글씨를 썼다'라고 말은 했지만 난 두 달 동안 '글씨'를 쓴 기억이 없다.

첫날에 모음 'ㅡ'를 썼다. 화선지 왼쪽에 붓을 눕혀 시작해서 중간쯤에 붓을 살짝 들어 선을 그은 다음 오른쪽에서 붓끝을 눌러 붓을 듦과 동시에 붓끝을 왼쪽으로 돌려 마무리를 지어야 했다. 처음부터 잘될 거라 생각한 것은 아니지만 힘들었다. 폭이 대략 50cm 정도 되고 길이가 1m 정도 되는 화선지에 'ㅡ'를 써 내려갔다. 다 써놓고 보니, 마치 살만 깨끗하게 발라 먹은 닭 다리 뼈를 내려놓은 것 같다. 대체 닭 다리를 몇 개나 뜯어 먹은 거야?

이렇게 화선지를 몇 장만 써도 반나절이 훌쩍 지나갔다. 먹을 갈고 닭 다리 몇 개 그리고, 또다시 먹을 갈고 닭 다리 몇 개 그리기를 반복했다. 한번 잘 써진다고 계속 잘 써지는 것이 아니었다. 어쩌다 한번 내 맘에 쏙 드는 선생님과 비슷한 'ㅡ'자를 써도, 다음엔 또다시 닭 다리 뼈가 나왔다.

잘하는 행동이나 행위를 의미 없이 반복할 때 지겹다는 말을 쓴다. 잘하려 해도 잘 안되는 행동이나 행위를 끝없이 반복할 때도 지겹기는 매한가지다. 잘하지도 못하면서 지겨웠다. 선생님께서 눈치를 채셨는지 며칠이 지나자 'ㅣ'자를 가르쳐 주셨다. 'ㅣ'도 'ㅡ'와 별반 다르지 않았다. 나만의 멋스러운 글씨체를 갖기 위해 등록한 서실에서 2주 넘게 두 개의 모음만 번갈아 가며 쓰고 있었다. 답답하긴 서실 선생님은 더 하셨나 보다. 자기도 모르게 혼잣말로 "이렇게 안 느는 학생은 처음이네"라고 조용히 읊조리셨고 난 눈치 없이 그 말을 들어버렸다.

난 아버지가 서실에 가지 않는 시간에 서실에 갔었다. 지금 생각하면 알다가도 모를 일이다. 모든 일을 아버지와 같이하는 것을 즐기던 나였는데 서실은 왜 다른 시간에 따로따로 갔을까? 서실 선생님께서 그 말씀을 하실 때, 아버지와 같이 오지 않아 다행이라 생각했다. 선생님의 말씀을 듣고도 못 들은 척 서실을 다녔다.

한 달이 가고 두 달이 갔다. 서실을 다니면서 중간에 그만두고 싶었으나 두 달만 견디면 된다는 생각으로 참았다. 만약 계속 다녀야 하는 상황이었으면 한 달도 버티지 못했을지 모른다. 원래 나의 계획은 두 달 동안 서예에 대한 기초를 다지고 학교에 가서 동아리로 서예반에 가든지 따로 서실에 다니는 것이었다. 서실에 다닌 지 한 달이 되기도 전에 난 지쳐있었다. 먹을 가는 그 순간부터 지쳤을지도 모른다. 먹도 제대로 갈 줄 모르면서 난 이미 붓을 들고 일필휘지로 글씨를 쓰는 상상만 했던 것이다. 아버지께서 말씀하신 글씨엔 '정성'만 들어가면 된다는 말은 까마득히 잊고 '겉멋'만 잔뜩 부리고 있었다.

드디어 서실 마지막 날이었다. 난 두 달 동안 글씨는 고사하고 자음도 써보지 못했다. 모음만 줄기차게 썼다. 아마 양계장 닭의 닭 다리

뼈는 죄다 내 화선지 위에 있을 것이다. 학교 입학을 핑계로 그만두기에 서실 선생님께는 중간에 포기하는 의지가 약한 아이로 보이지는 않을 거란 음흉한 생각을 하기도 했다.

나의 개인적인 짐을 챙기고 있는데 갑자기 어르신들 몇 분이 들어오셨다. 낯이 익은 아버지 서실 친구분들이셨다. 나를 보자 반기시며 대학 입학을 축하한다는 말을 건넸다. 서실 선생님께서 아는 학생이냐고 물으셨다. "아이고 선생님. 성곡(聖谷) 딸 아입니꺼?" 성곡(聖谷)은 아버지 호였다. 교회에 다니시는 아버지는 '성스러운 골짜기'라는 뜻을 지닌 '성곡(聖谷)'이란 호를 사용하셨다. 선생님께서 눈을 휘둥그레 나를 보시더니 한 말씀 하셨다.

"성곡(聖谷) 딸이었어?"

난 쥐구멍이라도 찾고 싶은 심정이었다. 내게는 그 말이 "성곡(聖谷) 딸이 글씨를 왜 그렇게 밖에 못 써?"라고 들렸다. 닭 다리 뼈를 발라 놓은 것 같은 못쓴 내 글씨가 부끄러운 것이 아니라 글씨를 쓰는 태도가 부끄러웠다. 마지못해 시간만 보내고 있었던 내 모습이, 정성스레 갈지 않은 먹물이, 붓끝에 힘을 주라는 말이 붓을 잡는 손에 정성을 들이라는 말임을 깨닫지 못한 내 모습이 부끄러웠다.

나도 모르게 아버지 얼굴에 먹칠을 한 것 같아 죄송했다. 다시 그 시절로 돌아가 서실에 가게 되면 선생님의 "성곡(聖谷) 딸이었어?"란 말이 "성곡(聖谷) 딸이라 역시 글씨 쓰는 자세가 다르네. 아버지께 잘 배웠네"라는 말로 들릴 수 있게 하고 싶다. 붓끝에 정성을 넣어 아버지 이름 석 자를 써보고 싶다.

❸

석양이 아름답던 그 날

어머니는 장거리 여행을 불편해하셨다. 대중교통을 이용한 장거리 여행은 생각지도 않으셨다. 아버지가 두부 공장 배달 일을 하시면서부터 트럭을 자유로이 사용할 수 있었다. 그래서 시외로 나가실 일이 있으면 트럭을 이용했다. 시외로 가실 때 아버지 혼자 가시면 심심하기도 하지만 졸음운전을 하실 수 있으니 항상 나를 같이 보내셨다. 나에게 그 귀중한 시간을 허락한 어머니가 새삼 고맙다. 아버지와 여행길에서 참 많은 이야기들을 나누었다. 아마 막내인 내가 아버지에 대해 이렇게 자세히 알고 있는 것도 아버지와의 여행길에서 나눈 이야기 덕분일 것이다.

트럭이 우리 집 주 교통수단이었던 시절이었다. 중3인지 고1인지 확실치는 않지만 그즈음에 아버지는 '포니'라는 승용차를 구입하셨다. 새 차를 구입하신 것은 아니고 중고를 싸게 사셨던 것 같다. 그때는 승용차가 있던 집이 무척 귀했다. 트럭만 있어도 다니는데 불편하지 않아 사람들이 트럭을 빌려 간 기억이 난다. 포니가 생긴 뒤부터 어머니도 가끔씩 같이 다니시긴 했지만 주로 아버지와 나만 여행을 다녔다.

내가 '여행'이라고 표현을 하지만 대부분 심부름이었다. 창원에 사는 언니 집에 새로 담은 김치를 배달하러 간다거나 고성 하이면에 혼자 사시는 큰고모님 댁 심부름, 큰고모와 같은 동네 사시는 외갓집 심부름, 공장에 필요한 기계의 부품을 사러 진주에 가는 것이 대부분이었다. 부산이나 전라도에 있는 큰 집에 가실 때는 승용차보다는 대중교통을 이용하셨다.

아버지와 승용차로 한 가장 긴 여행길은 삼천포에서부터 전라북도 익산 큰집까지의 여행이었다. 진주를 거쳐 산청, 생초, 함양, 진안, 임실, 남원, 전주, 익산 등을 지나는 먼 여행길이었다. 우리는 휴게소마다 쉬었다. 진안에서는 인삼 경매장 근처 다방에서 생삼을 우유와 간 것을 마셨다. 난 살짝 맛만 보았다. 몸에 좋을 것 같은 맛이었다. '60년 고개'란 이름이 붙은 산을 넘기도 했다.

아버지께서는 익산 큰집에 가실 때면 큰아버지와의 추억을 이야기하셨다. 큰아버지께서 돌아가셨다는 소식을 들으신 아버지는 '아버지 같은 형님'이 돌아가셨다며 소리 내어 우셨다. 아버지께서 울음을 참지 않으시고 큰 소리로 우는 모습은 처음 보았다. 아버지 없이 자란 탓에 큰아버지께서 아버지의 아버지 자리에 계셨던 모양이었다.

1988년은 내가 재수를 하던 해였다. 친한 친구들은 88 꿈나무가 되어 대학 캠퍼스를 누리고 있었다. 난 그 당시 정태춘 님의 '얘기2'라는 노래에 푹 빠져 있었다. 이론적으로는 재수를 하기에 눈에 불을 켜고 공부를 해야 했다. 하지만 늘 이론과 실제가 같은 법은 아니다. 난 고등학교 다닐 때보다 약간만 더 열심히 공부를 했다. 대신 밤에는 카세트테이프를 껐다 켰다 하면서 귀를 쫑긋 세우고 노래 가사를 받아 적었다. 아버지의 표현에 따르면 '중 염불하는 소리' 같은 정태춘 님의 노래 가사는 받아쓰기가 힘들었다.

'애기2'라는 노래를 들으면 난 몸속에서 뭔가 꿈틀대는 느낌이 들었다. 노래 가사 중에 '이 땅이 좁다고 느끼던 시절 방랑자처럼 나는 떠다녔네'란 부분을 들으면서 울컥 뜨거운 것이 올라왔다. '낙동강 하구의 심란한 갈대숲'이라는 부분에선 나도 심란해졌다. 한마디로 미칠 것 같았다. 재수라는 상황이 갑갑한 것도 있지만 이 땅이 좁다고 느낄 수 있을 만큼 다니고 싶었다. 그즈음이었다. 아버지께서는 창원 언니네에 엄마가 싸 주신 반찬을 가져오는 김에 나를 태워가기로 했었다. 마산에서 재수를 하고 있던 나는 창원 언니집으로 갔고 그곳에서 아버지와 차를 타고 삼천포로 가기로 약속을 했다. 아버지는 나를 데리러 오는 김에 언니네 반찬을 가지고 왔다고 말씀하셨다.

저녁은 엄마와 집에서 먹기로 했기에 오후에 삼천포로 출발했다. 삼천포로 가는 국도변으로 들어설 즈음에 해가 넘어가고 있었다. 창밖을 보고 있던 나는 나도 모르게 '툭' 내뱉었다.

"아빠, 난 내 나라 내 땅을 내 발로 다 밟아 보고 싶어. 안 그러면 너무 억울할 것 같아."

석양 탓이었다. 넓은 논이 펼쳐진 끝에는 마을이 보였다. 마을에서 바다로 가는 길은 아스라이 멀어져 갔다. 논 한가운데 일정한 간격을 두고 점점이 박혀 있는 전봇대는 숲 속의 나무만큼 자연스러웠다. 유난히 석양이 아름다웠다. 국도변의 플라타너스는 하늘을 가릴 정도로 무성했다.

"가면 되지 뭐가 걱정이냐?"

아버지의 이 말도 어쩌면 아버지 자신도 모르게 툭 튀어나온 말일지도 모르겠다. 아버지가 미처 생각하지도 못한 걱정을 난 미리 하고 있었다. "난, 여자니까… 여자 혼자서 전국을 여행한다고 떠돌아 다니면 위험하잖아. 난 괜찮은데, 내가 그렇게 돌아다니면 아버지 어머니 걱정하시잖아"라고 말했다. 떠나기 두려웠던 것은 아니었다. 너무 간절히 원하는데 안 될 것 같았다. 여자가 장돌뱅이처럼 떠도는 것은 위험할 것이라 생각했었다. '역마살'이라는 딱지가 나에게 붙을 것 같았다. 아버지는 한참을 말씀이 없으셨다. 내 말에 반사적으로 "가면 되지"라고 말을 뱉은 걸 후회하는 듯도 했고 내 말을 듣고 위험할 수도 있겠다는 생각이 뒤늦게 드신 것도 같았다.

"부모란 말이야… 자식이 어떤 일을 하려고 하는데 그 일이 어렵고, 힘들고, 위험할 것 같다고 생각되면 처음엔 반대를 해. 아무리 좋은 일이라도 자식이 위험에 빠지거나 고생을 한다고 하면 찬성할 부모는 없는 법이거든. 그런데 말이야… 자식이 부모의 반대에도 불구하고 죽어도 그 일을 하겠다고 하면 그렇게 반대를 했음에도 불구하고, 그 일이 제일 잘되기를 바라는 게 부모 마음이란다."

아버지께서는 망설이듯 이야기하셨다. 아버지께서 말씀하시는 동안 해는 어느새 사라지고 없었다. 해가 사라진 자리에 바다가, 하늘이, 구름이 온통 노을빛으로 물들어 있었다. 김기림님의 『길』이라는 수필 속의 표현처럼 노을빛에 함북 젖어 있었다. 나도 노을빛에 함북 젖고 싶었다. 아버지의 말씀이 내게 바다로 사라지는 저 길 너머 세상으로 나가라고 하는 것 같아 가슴이 벅차올랐다.

대학 2학년 겨울에 난 친구와 둘이서 배낭여행으로 전국 일주를 할 계획을 세웠다. 여행경비를 마련하기 위해 학교에 근로 장학생 신청을 하고 과사무실 청소를 했다. 비는 시간 틈틈이 할 수 있는 아르바이트를 했다. 여행 루트를 먼저 짰다. 그리고 우리가 여행할 곳의 정보를 얻기 위해 도서관을 들락거렸다.

지금은 인터넷으로 필요한 정보를 손쉽게 얻을 수 있지만 그 당시에는 컴퓨터는 전공자만 사용하는 귀한 물건이었다. 도서관 자료실에서 우리가 거쳐 가게 될 지역에 대한 정보들을 찾아 복사한 뒤 공책에 스크랩을 했다. 지금 생각하면 여행할 동네의 인구나 면적이 왜 필요했는지 모르지만 정말 잡다한 정보들로 스크랩한 노트만 한 가득이었다.

여행에 필요한 물건들을 샀고 제주도로 가는 비행기 티켓도 끊었다. 한 달의 여행 기간 필요한 물건들을 하나씩 점검했다. 대학 3학년 1학기는 여행준비로 들뜬 채 보냈다. 모든 것을 완벽하게 준비했다. 아버지의 허락만 받으면 끝이었다.

아버지께 여름방학 한 달간 전국 일주를 하겠노라 이야기했다. 난 아버지께서 그 날의 기억을 당연히 하고 계실 줄 알았다. 아버지께서 흔쾌히 '그래 가거라'고 말할 줄 알았다. 아버지께서는 안 된다고 반대를 하셨다. 석양이 아름답던 그 날, 아버지께서 내게 하신 말씀을 토씨 하나 빠뜨리지 않고 아버지께 돌려드렸다. 아버지의 그 말만 믿고 준비를 했노라고 말하면서 여행 루트와 스크랩한 공책을 보여드렸다. 그냥 관광차 놀러 가는 것이 아니라는 것을 말하고 싶었다. 아버지께서는 또다시 눈을 감으시고 양반 다리를 한 채 몸을 좌우로 흔드셨다. 이번엔 그리 오래 걸리지 않으셨다. "가거라"라고 말씀하셨다.

어머니께서는 나의 여행을 찬성한 아버지께 노망이 들었다고 화를 내셨다. 1991년은 '인신매매'라는 말이 뉴스와 신문을 도배할 정도로 창궐하던 때였다. 어머니께서는 차라리 유럽을 가라고 하셨다. 난 내 나라도 다 안 가보고 다른 나라를 볼 수 없다고 말하며 여행을 떠

났다.

'자식이 무언가를 하고자 끝까지 노력한다면 그 일이 무엇이든 제일 잘되기를 바라는 것이 부모 마음'이라는 아버지의 응원은 시간이 흐를수록 내게 힘이 되었다. '내가 하는 일이 제일 잘되길 응원하는 사람'이 있다는 사실만으로 난 든든했다. 아버지는 내가 포기하지 않고 끝까지 하고자만 하면 무조건 내 편이 되어주겠다고 말하는 것이다. '무조건 내 편'이라는 말은 나를 자유롭게 했다. 내가 무얼 해도 내 편인데 애써 나를 포장할 필요도 없고 잘 보이려고 비굴하게 굴지 않아도 되었다. 난 끝까지 하기만 하면 되는 거였다.

한 달간의 여행은 많은 것을 바꾸어 놓았다. 예전엔 여행을 가거나 MT를 가기 위해서는 허락이 먼저였었다. 한 달간의 여행은 '허락'을 '통보'로 바꾸어 놓았다. "엄마, 나 대통령 선거 새벽에 하고 선배랑 둘이서 강원도 춘천에 갈 거야"라고 말해도 어머니는 "그래"라고 말할 뿐이었다.

아버지는 어쩌면 아버지가 하신 말씀을 후회하는 순간이 있었을지도 모르겠다. 그날 그 말씀을 하실 때도 망설이듯 말씀을 하셨다. 대학을 졸업한 뒤 내가 재활원에서 보육교사로 일하겠다고 했을 때, 아버지께서는 별말씀이 없으셨다. 재활원에 들어가면 한 달에 한 번 집에 가기도 힘들 거라 말씀드렸다. 하루 24시간을 아이들과 같이 먹고 자고 해야 한다고 말씀드렸다. 아버지께서는 내가 일할 재활원을 한번 방문해도 되겠냐고 물으셨다.

재활원에 처음 입소하는 날 아버지와 같이 재활원으로 갔다. 기독교 재단의 재활원이었고 원장님이 장로님이셨다. 아버지께서도 장로님이셨다. 두 분은 처음 보는 사이임에도 두 손을 맞잡고 기도로 인사를 하셨다. 그 날 원장님께서는 아버지께 "누구나 할 수 있는 일이지만 아무나 하지 못 하는 일"이라며 나의 일이 힘들 것이라 말씀하셨다. 뇌성마비 전문 재활원이기에 아버지 눈에 보이는 아이들은 온통 힘든 아이들뿐이었다. 아버지는 혼자서 삼천포로 내려가셨다. 여기까지가 내가 아는 아버지와 나의 재활원 보육교사 입소날 스토리다.

그런데 얼마 전 큰언니와 대화 중 우연히 재활원 이야기가 나오자 아버지 이야기를 해주셨다. 아버지께서 나를 재활원에 내려주고 집에 와서 우셨다고 하셨다. 우시면서 내가 왜 그런 일을 하겠다고 했는지 그 이유가 궁금하다고 하셨단다. 우리 집안에 장애인도 없고 주위에 장애를 가진 사람도 없는 데 그 아이가 왜 애초에 그 일을 하겠다고 했는지 그걸 도통 모르겠다면서 아버지가 모르는 무슨 사연이 있는 것은 아닐까 걱정하며 우셨다고 했다.

아버지께서는 내게 일절 아무런 내색도 하지 않으셨다. 아버지가 나를 재활원에 내려놓고 혼자 삼천포로 가시면서 어떤 마음이었을까 생각해본 적이 없었다. 아버지께서는 내가 하고자 하는 일을 응원하고 지지하면서 말릴 수 없다는 사실에 안타까워했는지도 모른다. 자신이 내뱉은 말만 믿고 자기가 하고 싶은 걸 다 하는 딸이 고생길로 들어가는 것 같아 스스로를 원망했을지도 모르겠다.

아버지 돌아가신 지 10년이 넘었고, 내가 재활원에서 일한 것도 20년이 지난 일이다. 그 세월 동안 아버지의 눈물은 생각지도 못한 사실이라 작은 충격이었다. 아버지께서는 내가 고생할 것이 걱정되어 우신게 아니라 내가 그 일을 하겠다고 마음을 먹은 동기를 몰라 우셨다는 말이 더 마음이 아팠다. 아버지도 나만큼 아버지 자신과 내가 깊이 결속되어 있다고 믿고 있었나 보다.

석양이 아름답던 그 날의 풍경은 내 기억 속에 최고로 멋진 모습으로 저장되어 있다. 아버지의 그 말씀은 지금도 내가 무언가를 하고자 할 때 힘이 되는 말이다. 내가 하고자 하는 일이 제일 잘되기를 바라는 아버지의 응원은 지금도 계속되고 있기에.

4

기쁨이는 왜 내게 화를 낼까요?

기쁨이는 나를 만나면 슬픔이가 되었다. 나에게 할아버지의 사랑을 빼앗겼다고 생각한 기쁨이는 내가 나타나면 슬픔이가 되었다. 나에게 라이벌 의식이 있었던 게 분명하다. 할아버지의 사랑을 독차지하다가 한 달에 한 번꼴로 내려오는 나를 보며 기쁨이는 "고모는 질색이야"라고 말했다.

아버지께서 외출에서 돌아와 내가 있는 걸 발견하고 "주혜 왔나?"라고 말을 하면 할아버지를 따라 다니며 "기쁨이도 왔어요"라는 말을 했다. 할아버지가 자신의 눈을 보며 "기쁨이 왔나?"라고 말을 해줄 때까지 따라다니며 말을 했던 기억이 난다.

기쁨이는 밥상에서도 성질을 부렸다. 평소에 잘 올라오지 않던 맛있는 반찬을 보고 투정을 부렸다. 고모만 오면 달라지는 밥상이 싫었던 거다. 내 앞으로 반찬을 당겨놓는 할머니에게 "기쁨이도 고기 좋아해요"라고 당돌하게 말을 하기도 했다. 맛있는 반찬도 맛이 없는 건 고모 탓이다. 괜한 투정을 부리다 "바로 앉아서 밥 먹어야지"라고 소리를 듣게 되는 것도 고모 탓이다. 할아버지가 평소보다 자기를 많이 봐 주지 않는 것도 고모 탓이었다. 조카에게 미운털이 박혀도 단단히 박혔던 게다.

　아버지는 조카가 하고 싶어 하는 대로 해 주었다. 난 아이가 하고 싶은 대로 다 해주면 버릇이 없어진다며 아버지께 잔소리를 했다. 한 달에 한 번 볼까 말까 한 조카의 버릇을 고친답시고 가끔씩 야단을 치기도 했다. 기쁨이는 나를 만나 슬펐던 게 아니라 할아버지와 다른 나를 만나 싫었던 것이다. 할아버지의 사랑을 빼앗겨서 화가 난 게 아니라 할아버지와 다른 방법으로 자신을 사랑한다고 말하는 고모에게 화가 났나 보다.

　아버지께서 평소에 나의 의견을 들어주고, 기다려주고, 지지하는 것은 당연하다 여기며 크게 감사하지도 않았다. 아버지의 그러한 태도는 특별하게 나를 배려해서 한 행동이 아니라 일상적인 행동이었다. 아버지께서는 나에게 했듯이 조카에게도 똑같이 했다. 조카의 의견을 들어주고 기다려 주었다. 조카의 의견을 묻는 아버지께 "어린 애한테 왜 일일이 물어요?"라고 말하며 아버지의 태도를 답답하게 생각했다. 나에게 보인 태도는 당연하다 여기고 조카처럼 어린아이의 의견을 존중하는 것은 이해하지 못했다. 할아버지는 참고 기다려 주는데 한 달에 한 번 오는 고모는 참지를 못하고 야단을 쳤다. 아버지는 조카에게 그런 태도를 취하는 나를 보고 아무 말씀도 하시지 않았다.

　"기쁨아, 잠바 입자. 자, 오른팔 끼우고, 왼팔 끼우고…"

　기쁨이와 외출 준비를 하던 중이었다. 나는 조카가 옷을 입는 것을 도와주고 있었다. 잠바를 입히는 데 조카가 싫은 내색을 하면서 짜증을 냈다. 난 내가 할 수 있는 한 최대로 친절한 태도를 취했고 상냥하고 부드러운 목소리로 기쁨이에게 말을 하며 옷을 입히고 있었다. 그 전에 조카가 화가 나 있지도 않았기에 조카의 행동을 이해할 수가 없었다. 옆에서 지켜보시던 아버지께서 내게서 조카 잠바를 가져가시며 직접 옷을 입히셨다. 조카는 기분 좋게 잠바를 입었다. 난 조카의 행동에 어이가 없었다.

"내가 자기한테 화를 낸 것도 아니고 억지로 옷을 입히는 것도 아닌데 왜 내가 입히니까 짜증 내고 안 입으면서 아버지가 입히니까 가만히 잘 입는데…?"

조카의 이해할 수 없는 태도에 오히려 내가 더 짜증을 내며 이야기했다.

"네가 잠바를 입힐 때는 '오른팔 끼우고, 왼팔 끼우고'라며 네가 결정을 내려 지시를 했어. 난 그냥 뒤에서 잠바만 펼쳐놓고 가만히 있었지. 오른팔을 끼울지 왼팔을 끼울지는 기쁨이가 선택하는 거야. 자기는 왼팔 먼저 끼우고 싶은데 네가 오른팔 먼저 끼라고 하니 화가 났던 거야. 저렇게 어린아이들도 다 자기 생각이 있고 자기가 선택을 하고 싶어 하지. 어린아이들도 자기 생각대로 되지 않으면 화가 나고 싫은 거야. 아이가 저럴진데…" 아버지께서는 말끝을 흐리셨다.

아버지께서는 내가 조카에게 싫은 소리를 할 때 아무 말씀도 하지 않았다. 조카가 고집을 피워도 옆에서 지켜보고 있었다. 아버지께서는 조카를 기다리고 또 나를 기다리셨다. 조카의 고집을 꺾기 위해 채찍도 당근도 주지 않고 지켜보고 있었다. 난 그런 조카를 보며 채찍을 주기도 당근을 주기도 했다. 아버지께서는 채찍을 주는 나를, 당근을 주는 나를 지켜보고 있었다. 고집을 피우는 것도 조카의 선택이고 채찍과 당근을 주는 것도 나의 선택이므로 둘 다에게 자신이 선택할 기회를 주고 있었다. 아버지께서는 방관자의 입장에서 지켜 본 것이 아니었다. 나의 행동을 눈여겨보고 있었고 그 행동에 대한 조카의 반응을 보고 계셨다.

그 날 아버지의 말을 들으면서 새삼 아버지의 대단함에 놀랐다. 무심히 지나칠 수 있는 나의 말에서, 조카의 행동에서 사람의 '자유의지'에 대한 철학을 간파하신 것은 대단한 능력이 아닐 수 없다. 내가 생각 없이 뱉은 말에서 상대방의 입장을 고려하지 않고, 내 마음대로 결정하고, 내 마음대로 지시하는 나의 나쁜 태도를 깨닫게 하셨다. 그러한 나의 태도에 반응한 조카의 행동을 보고 '자유의지'는 인간의 본능임을 내게 일깨워 주셨다.

아버지는 큰 바위 얼굴 같았다. 아버지는 큰 산 같았다. 내가 아버지처럼 할 수 있을까? 아버지를 닮고 싶은 마음과 저 큰 산을 내가 넘을 수 없을 것 같은 마음이 동시에 들었다. 아버지께서 타고난 교육자라는 생각을 하게 된 것도 조카의 '잠바 사건' 뒤부터이다. 큰 소리 한 번 내시지 않고, 나의 잘못을 지적하거나 뭔가를 가르치려 들지 않으시고 스스로 깨닫게 하셨다. 그 어떤 선생님께도 배우지 못한 것을 가르쳐주셨다.

아이들과 공부를 하면서, 내 아이를 키우면서 아버지의 말씀이 화두처럼 맴돌았다. 내가 주로 만났던 아이들은 자신의 의사 표현을 하지 못하는 친구들이다. 그러기에 더욱 아버지의 말씀이 생각이 났다. '저 친구는 도대체 무얼 하고 싶은 걸까?', '무슨 말을 하고 싶은 걸까?' 종종 아이들에게 말한다. "선생님이 모르겠네. 네가 뭘 원하는지 모르겠네. 몰라서 미안하네"라고.

내 아이를 키우면서 맞닥뜨리는 상황은 예전 조카의 '잠바 사건'의 연속이었다. 아버지의 가르침을 생각하려 하나 나의 오래된 나쁜 습관 앞에 무너지는 것을 번번이 경험한다. 사후 약방문이라고 늘 지나고 난 뒤 후회하기 일쑤이다. 현관 앞에서 신발을 신길 때 아이가 발을 먼저 내밀 때까지 기다렸다 해야지 마음을 먹고 기다리는 경우도 있지만 그렇지 못한 경우도 빈번했다.

한번은 아이가 내미는 발에 신발을 신겨야지라고 생각하고 아이 앞에 앉아 기다렸다. 그 기다린 시간이 짧았는지 길었는지 모르겠다. 그러다 아이가 오른발을 내미는 동시에 내가 왼쪽 신발을 들어 올렸다. 아차 싶어 내가 다시 오른쪽 신발을 드는 동시에 아이는 오른발을 내리고 왼발을 내밀었다. 다시 내가 왼쪽 신발을 내밀고 아이는 다시 오른쪽 발을 내밀고 아마 서너 번은 반복했던 것 같다.

기다림의 시간은 주관적이라 아이 입장에서는 짧았을 테고 내 입장에서는 길었을 것이다. 아이가 말을 하지 못할 때는 난 아버지처럼 하는 줄 알았다. 아이의 의견을 들어주고 아이가 원하는 대로 해주는 줄 알았다. 아이가 말을 하기 시작하고 자신의 의사 표현을 하는 요즘 티격태격하면서 내가 지금까지 내 뜻대로 했다는 걸 알게 되었다. 아이가 말을 하지 못하고 자신의 감정을 표현할 줄 몰랐던 것을, 아이의 뜻대로 해 주기에 가만히 있는 것으로 착각했다. "엄마는 왜 맨날 엄마 마음대로 해"라고 쏘아붙이는 딸의 뒤로 아버지의 큰 산이 버티고 있다. 아이의 의견을 묻고 아이를 지지한다고 생각했는데 아이는 매일 내가 마음대로 한다고 생각하는 모양이다. 이제 8살 난 아이가 원하는 모든 것을 해 줄 수는 없는 노릇이다.

어떤 선택이나 결정에 아이의 의견을 묻고 아이의 결정을 지지해주는 것은 중요하다. 아이의 결정이 올바르지 못할 때 바른 방향으로 지혜롭게 이끄는 것이 부모의 역할이다. 아버지의 남다름은 내가 잘못된 방향으로 가고 있을 때, 억지로 방향전환을 시키는 것이 아니라 나 스스로 주위를 둘러보게 함으로써 내가 잘못된 길로 들어섰음을 깨닫게 하는 데 있다. 잘못된 방향으로 가고 있는 나를 발견하고 왔던 길을 되돌아가는 것은 나의 몫으로 남겨 놓았다.

대학을 졸업한 뒤 지금의 직업을 선택하기까지 대략 5년의 시간을 헤매었다. 아버지께서는 5년이란 시간 동안 내 뒤에서 잠바를 들고 계셨다. 내가 오른팔을 먼저 끼울지 왼팔을 먼저 끼울지 망설이고 고민하는 동안 나를 재촉하지 않았다.

아버지께서 5년이란 시간을 내 뒤에 버티고 있는 동안 나 또한 스스로 살아내기 위해 노력했다. 부모님의 지인들이 소개하는 직장에서 몇 년 직장 생활을 하다가 나이가 차서 시집을 가기는 싫었다. 내가 하고 싶은 일을 찾고 싶었다. 5년 동안 잠바를 들고 있는 아버지의 팔이 아픈 만큼 나도 아프고 힘든 시간이었다. 5년의 시간 속에 다소 어이없었던 선택도 있었다. 지금 생각하면 나의 그런 선택에도 묵묵히 잠바를 들고 계셨던 아버지는 실로 대단함을 넘어 위대하다는 생각까지 들게 한다.

적당히 낯선 곳에서 살고 싶었다. 완벽하게 낯선 곳은 자신이 없었다. '적당히' 낯선 곳이 필요했다. 25살쯤 되었던 것 같다. 부모님께 적당히 낯선 곳에서 살고 싶다고 말했다. 아버지께서 어디를 원하냐고 물었다. '광주'에 가고 싶다고 이야기했다. 난 운동권 학생이 아니었다. 그래도 어쩐지 '광주'라는 곳에서 한 번쯤 살아보고 싶었다. 어머니께서 광주는 정말 아는 사람이 한 명도 없어서 보낼 수가 없다고 하셨다.

부모님들이 내놓은 대안은 '전주'였다. 큰 집이 가까운 익산에 있고 사촌 오빠가 전주에 살고 있었다. 부모님과 나는 적당한 선에서 타협하고 전주로 갔다. 전주는 적당히 낯선 곳이었다. 전주에서 살면서 알게 된 사실은 '친구'의 존재였다. 차 한 잔 나눌 '친구 한 명'만 있으면 세상 어느 곳에서도 살 수 있겠다는 생각이 들었다. 친구가 없는 적당히 낯선 전주에서 난 외로웠다. 1년을 채 버티지 못하고 다시 집으로 돌아왔다. 직장을 구해서 간 것도 아니었다. 대안이 있었던 것도 아니었다. 그냥, '적당히 낯선 곳'을 원했을 뿐이다. 그런 딸을 위해 아버지는 전주에 방 하나를 얻어주고 내려가셨다.

아버지는 내가 넘어야 할 큰 산이다. 지금 나는 산 입구를 겨우 지나왔다. 정상은 까마득한데 숨이 차고 목이 마르다. 적당한 바위에 앉아서 쉬고 싶다. 혼자라면 나의 걸음에 맞춰 꾸역꾸역 오를 수 있을지 모른다. 그런데 8살 난 딸아이와 같이 저 산을 넘어야 한다. 힘이 넘치는 아이는 길 아닌 길로 뛰어간다. 사람들이 만들어 놓은 길만 따라가도 정상까지 가려면 고행이다. 몇 번이고 아이를 부른다. 사람들이 만들어 놓은 안전한 길로 가자고 손을 잡아끈다. 아이는 내 손에 힘이 들어갈수록 더 힘을 주며 손을 뺀다. "엄만 왜 맨날 엄마 마음대로 해"라고 말하고 자기만의 길로 가버린다.

'길이 있어 내가 가는 것이 아니라 내가 감으로써 길이 생긴다'고 했다. 저 아이는 자기의 길을 자기가 만들어 가고 있다. 문득 주위를 둘러보니 무수히 많은 길들이 정상을 향해 이어져 있다. 어느 누구도 다른 사람이 만들어 놓은 길로 걷지 않고 있다. 내가 걸어온 길을 되돌아보니 나 또한 나만의 길을 만들며 걸어오고 있었다. 내가 걸어온 길에는 바위도 있고 웅덩이도 있다. 앞으로 가야 할 길에도 무성한 풀과 듬성듬성 바윗돌이 보인다.

내 아이가 만들어 갈 길이 나의 길에서 멀지 않았으면 좋겠다. 아이가 어떤 길을 걷고 있는지 내 눈으로 확인할 수 있는 거리에 있으면 좋겠다. 힘들거나 위험하면 언제든 내 길을 버리고 아이의 길로 들어서 아이를 잡아줄 수 있을 정도로 가까이 길을 만들어 가면 좋겠다. 나의 욕심이다. 내가 아버지에게서 멀어지며 나의 길을 만들었듯이 내 아이도 나의 눈길이 미치지 않는 곳, 나의 손길이 닿지 않는 곳으로 길을 뻗어 나가겠지. 지름길을 찾아 정상에 오를지 돌고 돌아 산 구석구석을 다 살핀 뒤 정상에 오를지는 아무도 모를 일이다. 아이는 아이의 길로 나는 나의 길로 정상에 오를 것이다. 그리하여 마침내 정상에 오르면 그곳에 아버지는 큰 바위 얼굴로 나를 보며 웃어주시겠지.

❺
아버지의 우물

　고추를 빻고 기름을 짜던 방앗간을 접고 주택가로 이사를 한 것은 큰언니 결혼식 때문이었다. 어머니는 "시장통 한 가운데서 딸을 치우기는 싫었다"고 말씀하셨다. 어머니는 나름의 삶의 철학을 가지고 계신 분이셨다. 어머니는 돈이 없으면 빚을 내서라도 아이들 대학 공부를 시켜야 한다는 생각이셨다. 시장통에서 자식을 키우고 있었지만, 우리가 장돌뱅이 자식이란 소리를 듣지 않게 하려고 각별히 신경을 썼다.

　언니와 나는 해가 지기 전에 집에 들어가야 했다. 해가 졌는데도 집에 들어가지 않고 시장통을 돌아다니는 아이들을 보고 혀를 차시며 그 아이들의 어머니를 입에 올리셨다. 아이들 단속을 하지 않는 것이 불만이었다. "해가 져도 저리 돌아다니니까 장돌뱅이 자식이란 말을 듣는 거야"라고.

　시장통 아이들의 골든타임은 해가 지고 난 다음부터였다. 낮엔 사람들이 북적거려 놀지 못하고, 한낮의 해가 뜨거워 놀지 못한 아이들은 해가 지고 나면 불빛이 켜진 시장을 돌아다녔다. 아이들은 해가 지면 편을 갈라 다방구를 하고 술래잡기를 하고 고무줄 뛰기를 했다. 엄마는 해가 지기도 전에 언니와 나의 이름을 부르며 집으로 불러들였다.

아이들이 "찌워도 말없이 하늘 천 따지"라고 큰소리로 편 가르기를 할 때면 자꾸 뒤가 돌아봐 졌다. '찌워도 말없이'란 뜻은 '치우쳐도 말없이'의 사투리로 한쪽 편에 잘하는 아이가 다 모여도 불만을 말하면 안 된다는 뜻이다. 손등과 손바닥 중 자신이 내밀고 싶은 것을 내밀어 편을 가르면서 '하늘 천(손등) 따지(손바닥)'를 외쳤다. 그걸 보느라고 늦게 오는 날에는 집으로 들어가기 전에 치르는 의식에서 한 대씩 맞기도 했다.

엄마가 우리의 이름을 불렀다고 해서 집으로 바로 갈 수 있는 것은 아니었다. 집으로 들어가기 위해서 우리는 하나의 의식을 치러야 했다. 한 명씩 차례로 허수아비처럼 양팔을 옆으로 하고 서 있으면 어머니는 먼지털이로 우리 몸을 털어 주셨다. 먼지털이는 대나무 끝에 헝겊을 묶어 만든 거였다. 언니와 난 온몸의 먼지를 털어 낸 후 집으로 들어갈 수 있었다. 만약 그날 우리가 엄마의 말을 듣지 않았거나 야단 맞을 행동을 했을 경우 엄마는 우리 몸의 먼지를 털면서 한 대씩 때리기도 했다. 우리는 매일 저녁 하루도 거르지 않고 온몸의 먼지를 털어 낸 후 2층 집으로 올라갔었다. 우리 집 1층은 방앗간이었고, 2층이 가정집이었다. 집이 좁았다. 여섯 식구가 사는 데 방은 하나뿐이었다.

큰언니가 고등학교를 졸업하자 아버지께서는 옥상으로 올라가는 계단 옆 빈 공간에 불법 무허가로 아주 작은 방을 만들어 주었다. 고등학교를 졸업한 언니에게 좁지만 자기만의 공간이 필요하다고 생각하신 거였다. 1층 가게에는 고추를 빻는 기계와 기름을 짜는 기계가 있었고 가게 앞에는 대나무 소쿠리에 빨갛게 마른 고추가 크기별로 진열되어 있었다. 고추 옆으로 참기름과 들기름을 담은 병이 있었다. 어머니는 틈만 나면 고추의 먼지를 닦으셨고, 고추를 빻기 위해서 고추 꼭지를 자르는 작업을 하셨다.

어머니는 유달리 깨끗하신 분이셨다. 우리를 집으로 바로 들이지 않고 우리 몸의 먼지를 털고 집에 들이신 것만 봐도 알만하지 않은가? 참기름을 담는 병은 깨끗이 씻어 뜨거운 물로 소독해서 한쪽에 쌓아 두셨다. 어머니가 깨끗하다는 이유로 단골도 많았다. 가게에 단골도 많고 장사도 잘 되는 편이었다. 부모님께서는 장사가 잘 되는 가게를 과감히 처분하고 주택가로 이사했다. 이사한 이유는 단 한 가지였다. '딸의 혼사를 시장통 한가운데서 치르고 싶지 않아서였다.'

이사를 하면서 아버지께서는 동업으로 사업을 하셨다. 삼천포 하면 생각나는 쥐포 공장과 쥐포 공장에서 나오는 생선껍질과 뼈로 만드는 사료 공장을 하셨다. 아버지의 사업은 동업자의 배신으로 아버지가 빚을 모두 뒤집어 쓴 채 막을 내렸다. 드라마에서의 이야기가 현실에서 재연되었다. 나는 중학교 2학년 무렵에 이웃에 사는 사촌 오빠네에서 몇 달을 머물렀던 기억이 난다. 우리 집이 경매로 넘어가는 과정을 나에게 보이고 싶지 않아서였다. 사업이 망한 후 아버지와 어머니는 산골로 들어갈 생각도 했다. 하지만 공부를 마치지 않은 자식들이 있어 망설이셨다. 그러던 중 아버지께서 장사가 잘 될 때 사 놓았던 두부 공장 주식이 살 길을 열어 주었다.

그 당시 삼천포에는 두부 공장이 하나 있었다. 삼천포 두부 공장의 이름은 '풍양식품㈜'이었다. 풍양식품의 두부는 삼천포 인근의 시골 마을과 고성까지 배달되었다. 작은 동네의 두부 공장이긴 했지만, 주주가 5명이나 되는 엄연한 주식회사였다. 대주주인 회장님께서 아버지의 사람됨을 아시고 공장 옆에 사택을 지어 줄 테니 두부 만들기와 배달, 회계 등의 업무를 맡아달라고 제안을 하셨다. 아버지는 아직 공부를 하는 우리를 생각해 산골로 들어가지 않고 두부 공장의 살림을 맡게 되었다.

새로 지은 사택은 깨끗한 양옥이었다. 마당도 넓었다. 공장과 집 사이에는 1m 50cm가 채 되지 않는 낮은 담이 있고 우리 집 마당으로 들어갈 수 있게 1m 정도는 담이 없었다. 이사한 뒤 아버지는 마당을 가꾸는 작업에 열중하셨다. 대문 옆에 대추나무를 심고 현관 앞에 포도나무와 조롱박 나무를 심어 넝쿨을 만들었다. 등나무를 심어 등나무 줄기가 옥상을 타고 가도록 하셨다. 봄이면 보랏빛 등꽃이 우리 집 지붕과 옥상을 덮었다. 멀리서 보면 장관이었다.

아버지는 마당에 텃밭을 만드셨다. 텃밭에는 가지, 오이, 고추, 호박, 상추, 시금치, 부추, 파 등 거의 모든 채소들이 있었다. 텃밭 옆으로 마치 성벽처럼 수족관을 만들었다. 수족관에는 아버지께서 진주 남강에서 잡은 장어를 넣어 놓으셨다. 몇 년 키워서 요리를 해 드실 생각이었으나 몇 년 뒤 수족관을 뒤지니 장어가 한 마리도 없어 다들 당황했던 기억이 난다. 마당 한 쪽에는 장독대가 있었고 장독대 옆에는 개집이 넓게 자리 잡고 있었다. 공장 가까이에 있는 마당 끝에는 닭장이 있었다.

집 마당에는 평상이 있었다. 여름이면 그늘을 따라 평상을 옮기면서 평상에서 한나절을 보냈다. 평상에서 숙제도 하고 낮잠도 자고 점심과 이른 저녁을 먹기도 했다. 여름 한낮에는 그늘이 닭장 옆에만 있었다. 우리는 공장 담 옆에 평상을 놓고 그곳에서 놀았다. 공장 건물 뒤쪽 좁은 공간에서 불어오는 바람은 정말 시원했다. 잊을 만하면 좁은 틈 사이로 바람이 시원하게 불어왔다. 엄마는 그 바람을 '소주 알

바람'이라고 불렀다. 어머니 말씀이 더운 날 시원한 소주 한 잔을 먹으면 그렇게 시원할 수가 없어서 붙여진 이름이라는 데 정확한 뜻은 잘 모르겠다. 그리고 마당에는 우물이 하나 있었다. 우물은 아버지 혼자서 파셨다. 아버지께서 우물을 파신 것은 겨울이었다. 추운 날씨 탓에 두꺼운 털 잠바를 입고 우물을 파기 시작했다. 처음엔 우물을 파는지도 몰랐다. 아버지께서 땅을 파고 계시기에 텃밭을 가꾼다고 생각했다. 땅속에 물이 있는 것은 알지만, 정확히 어디로 물길이 흐르는지 어떻게 아시고 파는지 몰랐다. 저렇게 삽과 곡괭이를 이용해 언제 우물을 다 팔까 걱정이 되었다. 겨울엔 해도 짧은데 하루 안에 다 팔 수 있을지도 몰랐다. 우물이 되려면 한참 남았는데 아버지는 얼굴이 벌게지셨다. 아버지는 삽을 땅에 꽂고 삽에 의지한 채 엄마가 준비해 주신 음료수를 마셨다.

아버지는 쉬지 않고 땅을 팠다. 노동으로 몸에 열이 오르면서 더워진 아버지는 털 잠바를 벗었다. 우물이 깊어질수록 아빠의 윗옷은 하나씩 벗겨져 갔다. 아버지의 옷을 벗기는 것은 따뜻한 햇살이 아닌 노동으로 인한 땀과 열기였다. 급기야 아버지께서는 윗옷을 다 벗고 우물을 파셨다. 방학이라 학교에 가지 않았던 난 수시로 나와서 아버지의 작업을 지켜보았다. 옆에서 보다가 추우면 안에 들어가 있다가 우물이 얼마나 됐는지 궁금해 또 나가곤 했다. 찬바람에 윗옷을 다 벗고 우물을 파시는 모습을 보고 깜짝 놀랐다.

아버진 쉬지 않고 우물을 파셨다. 힘들다고 쉬어버리면 땀이 식어 금방 추워진다고 말씀하시며 부지런히 흙을 퍼냈다. 아버지의 몸에서 김이 모락모락 피어올랐다. "나왔다" 하시며 아버지께서 기뻐 소리쳤다. 아버지가 땅을 판 곳에서 물이 나왔다. 겨울엔 해가 넘어가기도 전에 어둠이 깔리기 시작했다. 아버지 말씀이 이 동네에는 물이 많기에 깊이 파지 않아도 물이 나오리라 예상을 하셨다고 했다. 그래도 제법 깊이 들어간 아버지가 어떻게 나왔는지는 기억나지 않는다.

우물의 틀을 박아 놓으면 물이 저절로 찬다고 하셨다. 아버지는 양수기 시설을 우물에 설치하셨다. 옛날처럼 도르래에 바가지를 달아 물을 길어 올리지는 않았다. 아버지는 우물에 뚜껑을 만들어 덮어 놓으셨고 뚜껑 위에 줄을 길게 단 바스켓을 뒤집어 올려놓았다. 나도 재미삼아 물을 몇 번 길어 올리긴 했으나 우물물을 마신 기억은 없다.

우물을 혼자 파신 것이 신기했다. 아버지께서도 스스로 대견한 모양이었다. 처음엔 생각보다 진도가 나가지 않아 이걸 언제 다 파나 걱정을 했다고 했다. 아버지 말씀이 "원래 눈은 게으르고 손은 부지런한 법이란다"라며 눈의 생각을 무시하고 부지런히 땅을 파는 데 집중하셨단다.

'눈'이란 것은 사물이나 상황의 모습만 보고 '저 많을 것을 언제 다 하지'라고 걱정부터 하게 만들지만, '손'이 '눈'의 걱정을 무시하고 하나하나 하다 보면, 어느새 일이 다 끝나 있다고 말씀하셨다.

'눈'의 걱정을 무시하고 '손'만 부지런히 맡은 일을 하라는 메시지는 많은 곳에서 빛을 발했다. 해야 할 숙제가 많을 때도, 명절날 엄마가 부치라고 만들어 놓은 한 대야의 부침개 반죽을 볼 때도, 밀린 설거지를 할 때도 '저걸 언제 다하지'라고 눈은 어김없이 걱정부터 했다. '눈'의 걱정만 들으며 가만히 있으면 일의 양은 절대 줄어들지 않는다. '손'은 부지런히 움직여야 일이 진행되고 일의 양이 줄어드는 법이다.

어떻게 된 영문인지 언젠가부터 나의 눈과 손은 반대로 놀고 있다. 일감을 보고도 내 '눈'은 '저거 마음만 먹으면 금방 할 수 있어'라고 생각하고 일을 차곡차곡 쌓아 놓고 있다. 그런 나를 보고 언니들은 질색을 한다. 아버지 어머니께서는 태생이 부지런한 분이신데 난 두 분 모두를 닮지 않았다. "넌 대체 누굴 닮아 이리 게으른 건지…"란 말을 지금도 듣고 있다. 일을 그때 그때 바로 마무리하지 않고 모아두고 한꺼번에 하는 나를 이해하지 못하기 때문이다.

아버지는 우물을 파기 시작하면서 갈등을 하셨단다. 물이 나올만한 깊이만큼 들어갔는데 물이 나오지 않자 '다른 곳을 파볼까' 생각도 하고 마음 한쪽에선 우물이 절실하게 필요한 것이 아니니 '그냥 포기할까'란 생각도 들었다고 하셨다. 아버지께서 물을 찾아 다른 곳을 찾았다면 힘들어 포기했을 수도 있다 하셨다. '한우물 파기'란 말이 생각나 물이 나올 때까지 파셨다고 했다.

아버지께서 우물을 파실 때 내가 옆에서 굉장히 신기해했다. 어떻게 사람 혼자서 우물을 파지? 정말 땅을 파면 물이 나오는 거냐며 몇 번을 묻고 열두 번도 더 들락날락했다. 아버지는 그런 나에게 우물을 만들어 눈앞에 보여 주고 싶었던 것 같다. 저렇게 기대하는 나에게 '아버지의 우물'을 선물로 주고 싶었던 것 같다. 한 우물을 파면 언젠가는 물이 나온다는 사실을 증명해 보이고 싶었나 보다.

난 친구들이 우리 집에 올 때마다 마당에 있는 우물을 보여주며 "이 우물 우리 아버지 혼자서 팠다"고 자랑을 했다. 아버지께서 한겨울에 맨몸으로 땅을 파던 모습이 떠오른다. 아버지의 몸에서 모락모락 피어오르던 열기들이 생각난다. 물이 나왔다면 아이처럼 활짝 웃으시던 모습도 떠오른다. 아버지의 우물엔 물보다 행복이 먼저 차오르고 있었다. 행복으로 차오른 아버지의 우물은 이제는 퍼도퍼도 마르지 않을 추억의 샘이 되었다.

1년 365일 하루도 빠집없이 하신 일

세상에서 제일 속이기 쉬운 사람은 '나'다. 세상에서 제일 속이기 힘든 사람도 '나'다. '나'와의 약속이 제일 중요하지만, '나'와의 약속을 깨기도 제일 쉽다. 자기 합리화라는 이름으로 나는 스스로를 얼마나 많이 속여 왔던가? 그러나 다른 사람은 다 속여도 자기 자신을 속일 수는 없다. 어쩌면 '나'와의 관계에서 타협하지 않는 사람을 우리는 위대하다고 부르는지도 모르겠다.

미켈란젤로가 시스티나의 성당 벽화를 그릴 때의 일화라고 한다. 미켈란젤로가 사다리 위에 올라가서 천장 구석에 인물 하나를 꼼꼼히 그려 넣고 있었다. 미켈란젤로의 친구가 그 모습을 보고 '구석진 곳에 잘 보이지도 않는 인물을 그려 넣으려고 고생할 필요가 있냐?', '그곳에 완벽하게 그려진 인물을 누가 안다고 그 고생을 하냐?'는 말에 미켈란젤로는 말했다. "내가 알지."

우리가 미켈란젤로를 위대하다고 하는 것은 그의 훌륭한 예술 작품을 높이 평가하기 때문이다. 그가 훌륭한 예술 작품을 만들 수 있었던 것은 그의 뛰어난 손의 감각이 아닌 스스로를 속이지 않는 진실된 마음이 아니었을까?

한때 난 '용두사미'란 말을 교묘하게 이용한 적이 있다. 일을 시작하면서 혹시 중간에 포기할지도 모른다는 생각에 선수를 친다.

"내가 원래 '용두사미'하는 경향이 있어요. 일을 끝까지 할 때도 있고 못할 때도 있는 거지. 하하하."

"전 하다가 그만둬도 별로 개의치 않아요. 끝까지 하면 좋긴 하지만. 끝까지 못했다고 큰일 나는 것도 아니고…"

겉으로 말은 이렇게 하지만 속마음은 다르다. 계획한 일을 끝까지 마무리 짓고 싶기도 하고 내세울 만한 결과물을 얻기를 바라는 마음도 있다. 하지만 난 미리 빠져나갈 구멍을 마련해 놓는 심정으로 말로 방어벽을 쳐놓는다. 말은 그렇게 해놓고 스스로 '이만하면 됐다'는 생각이 들 때까지 하는 편이다. 일등으로 치고 나가지는 못하지만, 중간에 포기하지는 않는다. 하다가 안 하면 시작을 안 한 것과 같다는 생각에서다. 잘하지는 못하지만 남의 도움을 받지 않고 해낼 수 있을 만큼, 나 스스로 즐길 수 있을 만큼, 일을 마무리하는 성격이다. 이런 나를 보고 한발 떨어져 나를 보는 친구들은 '끝까지 해내는 성격'이라고 나의 끈기를 칭찬한다. 가까이에 있는 가족이나 친구는 '제대로 하는 것도 없으면서 이것저것 하는 것도 참 많다'고 나무란다. 겉으로 결과물이 드러나는 것은 어설프긴 하지만 나름의 마무리를 짓는 편이다.

일의 성격에 따라 다르긴 하지만 어떤 일은 조금만 해도 겉으로 성과가 드러나는 일이 있다. 또 어떤 일은 해도 눈에 띄게 결과가 드러나지 않고 안 하다고 해서 당장 무슨 일이 생기지도 않는다. 생각해 보면 내가 하는 일 중에 겉으로 성과물이 보이는 일은 포기하지 않으나 그렇지 않은 일은 흐지부지하다가 말 그대로 '용두사미'가 되는 경우가 많았다. 겉으로 결과가 드러나는 일들은 주로 다른 사람과의 관계에서 비롯된 것들이다. 비용을 지불하고 무언가를 배운다든지 뜻이 맞는 사람끼리 일을 도모하는 경우다. '용두사미'하는 일들은 대부분 나와의 약속이다. 몇 번 한다고 성과가 눈에 띄게 드러나는 일도 아니고 안 한다고 누구 하나 나무라는 사람은 없는 일들이다.

제대로 하고 있는지 아닌지는 다른 사람은 몰라도 나는 안다. 나와의 약속은 하기도 쉽고 깨기도 쉽다. 새해가 되면 다이어리에 새로운 약속들로 채워지고 그 새로운 약속들은 새해마다 하는 약속이기에 더 이상 새로운 약속도 아니다. 일기장도, 가계부도, 다이어리도 한 권을 끝까지 다 쓴 기억이 없다. 칼슘이나 비타민 D 같은 영양제는 물론이거니와 감기약도 끝까지 먹은 기억이 없다. 학창시절에 보던 정석 책이 방정식 부분만 까매졌던 일들의 반복이다. 매일 똑같은 일을 빠뜨리지 않고 한다는 것이 내겐 무척 힘든 일이다.

초등학교 방학 숙제에 빠지지 않는 것이 일기 쓰기이다. 내게 일기 쓰기 숙제는 매일 하는 것이 아니라 개학식을 앞두고 한꺼번에 하는 것이었다. 특별날 것 없이 매일 반복되는 일을 쓰려니 힘들기도 했지만, 무슨 일이든 모아서 한꺼번에 하는 나쁜 습관이 일기 쓰기 숙제를 미루는 주원인이라는 것을 나는 안다. 일기를 미뤄놓고 한꺼번에 하는 것의 가장 큰 난관은 날씨다. 요즘처럼 인터넷으로 원하는 모든 정보를 얻을 수 있는 시대가 아니었기에 지나간 한 달 동안의 날씨를 알아내기는 쉽지 않았다. 내가 아는 거의 모든 친구들은 일기 쓰기를 한꺼번에 했다. 지나간 신문을 모아놓고 날씨를 적는 친구도 있었고 빠뜨리지 않고 일기를 쓴 친구를 찾아내어 그 친구의 일기장을 보는 친구도 있었다. 나는 미뤄둔 일기를 쓰면서 날씨에 대해 고민했던 적이 단 한 번도 없었다.

어머니가 '이짜 아주머니'께 이자 준 날이 언제냐고 묻는다. '이짜 아주머니'가 왜 '이짜 아주머니'냐고 물으니 쌀장사를 하는 사람을 일컫는 말이라고 하셨다. 김씨가 쌀장사를 하면 '김짜 아주머니'가 되는 거였다. 두부 공장에서 일하는 조군 아저씨가 두부 기계를 언제 고쳤냐고 물으신다. 올케언니가 조카 예방접종을 언제 했냐고 물어본다. 교회 집사님이 금요일 구역예배 마치고 점심 먹으러 간 식당 이름이 무어냐고 물으신다. 사람들은 일상의 소소한 일들이 기억나지 않으면 죄다 아버지께 물어보았다. 아버지는 주변의 소소한 일들은 죄다 알고 있었다.

아버지의 일기는 개인적인 일과를 기록하거나 개인의 감상을 적은 일기가 아니었다. 기록이었다. 언젠가부터 아버지의 일기는 책꽂이에 꽂혀있어 누구나 아버지의 일기를 빼서 자신이 원하는 정보를 찾을 수 있었다. 아버지께서는 그 날의 특별한 일들을 기록하셨다. 아버지가 생각하는 특별한 일은 매일 반복되는 일상을 제외한 모든 일이었다. '누가 왔다. 어느 식당에서 점심을 먹었다. 무슨 병원에 갔다. 누구 집에 이자를 주었다. 마당에 무슨 꽃이 피었다. 개가 밥을 잘 안 먹는다' 등 그날 일어난 사실을 기록했다. 그렇다고 자신의 감정을 전혀 드러내지 않은 건 아니었다. 일기를 읽다 보면 아버지의 감정이 느껴진다. 때론 직접적으로 자신의 감정을 드러내는 글들을 쓰시기도 하셨다.

아버지께서는 1년 365일 하루도 빠지지 않고 기록을 하셨다. 여행에서 돌아오면 수첩에 기록한 그 날의 일들을 일기장에 옮기셨다. 양력 날짜, 음력 날짜, 날씨를 쓰시고 대부분 5줄 정도로 그날의 기록을 쓰셨다. 한자로 쓰실 수 있는 글자는 한자로 적으셨다.

9시 저녁 뉴스를 하실 즈음 아버지는 책상에 앉아서 그날의 일들을 정리하셨다. 일기를 쓰시고 공장의 장부를 정리하셨다. 공장 살림을 맡고 난 뒤부터는 공장의 장부 정리를 하셨다. 요즘처럼 컴퓨터가 있는 시절이 아니었기에 매일 공책에 자와 볼펜을 이용해 표를 만들어 장부 정리를 하셨다. 콩 몇 자루를 사용해 두부가 몇 판 나왔는지 기록하셨다. 어느 시장에 몇 판의 두부가 배달되었는지 기록하셨고 하루 몇 시 경에 몇 번 배달되었는지 기록하셨다. 공장에서 직접 판매된 두부가 몇 판인지 기록하셨다.

그 날의 재고가 몇 판이었는지 기록하셨고, 두부가 모자라 배달 주문에 응할 수 없을 때도 기록하셨다. 오후 배달 주문량에 대한 기록도 따로 하셨다. 설, 추석, 보름을 제외한 날들은 그날이 그날이었다. 매일 같은 양의 콩으로 같은 양의 두부를 생산하였다. 그럼에도 아버지는 단 하루도 빠뜨리지 않고 장부를 정리하셨다. 한 달이 되면 그 달의 생산량과 판매량 등의 통계를 내 기록하셨고 일 년이 되면 그해의 생산량과 판매량의 통계를 기록하셨다. 아버지는 매달 주주 총회 날이 되면 그달의 기록을 상세히 주주들에게 알려 주었다. 아버지를 추천한 회장님은 매우 마음에 들어 하셨다.

아버지가 살림을 맡기 전에는 이런 기록들이 없어 배달하는 아저씨들이 경리 일을 맡은 언니와 몰래 두부를 팔아먹기도 하고 생산량과 판매량을 속이는 경우가 많았기 때문이다. 아버지가 공장 살림을 시작하고부터 투명 경영이 시작되었다. 아버지의 장부정리는 그 다음 해 두부 생산에도 영향을 미쳤다. 몇 년이 흐르자 매일 매달의 재고량과 두부가 모자라는 통계가 있으니 어느 계절 어느 때는 두부가 잘 팔리지 않으므로 평소보다 적게 생산하고 어느 때는 평소보다 많이 생산하여 재고를 줄일 수 있었다.

이러한 통계치는 명절에 매우 유용했다. 명절 때마다 생산량을 맞추지 못해 어느 해는 두부가 남아 처치를 못 해 동물들 사료로 주기도 했고 어느 해는 두부가 모자라 상인들이 공장 앞에 줄을 서서 북새통을 이루기도 했다. 두부에 방부제나 일체 첨가물이 들어가지 않으므로 보관을 할 방법이 없었다. 명절 때는 아버지는 물론이고 어머니도 며칠 동안 거의 잠을 자지 못하고 일을 하셨다. 또 여름엔 오후 배달 주문의 통계를 보고 신선한 두부를 생산하기 위해 하루에 두 번 두부를 만들기도 하셨다. 콩을 주문할 때도 장부의 기록을 보고 적정량을 적절한 시기에 주문하여 콩이 없어 두부를 못 만드는 일은 없었다. 매일의 기록이 모여 큰 물줄기를 만들었다. 어느 순간부터 공장의 운영은 그 물줄기를 따라 자연스럽게 흘러갔다.

아버지께서 일기를 쓰시고 장부 정리를 하던 책상은 텔레비전이 있는 방이었다. 거실처럼 사용되는 방이었다. 우리는 그 방을 '갓방'이라고 불렀다. 아마도 '바깥쪽에 있는 방'이라는 의미인 듯하다. 우리 집에서는 '갓방'이 제일 컸다. 오빠가 결혼하고 그 방에서 일 년간 신혼방으로 사용하다가 분가를 하기도 하다. 우린 갓방에서 밥을 먹고, 텔레비전을 보고, 하루 종일 뒹굴었다. 아버지께서는 우리가 '갓방'에서 아무리 시끄럽게 떠들고 놀아도 아랑곳하지 않으셨다. 일기를 쓰시고 장부 정리를 할 시간은 9시 뉴스를 하는 시간이었다. 아버지께서는 텔레비전을 보시지 않고 자신의 할 일을 하셨다. 그러다 특별히 관심 가는 뉴스가 나오면 고개와 어깨만 왼쪽으로 돌리고 돋보기를 코 위에 걸친 채 고개를 살짝 숙여 눈만 위로 치켜뜨시고 텔레비전 화면을 보셨다. 그러곤 다시 몸을 돌려 하시던 일에 몰두하셨다. 그 날의 일이 마무리되고 나면 곧장 잠자리에 드셨다. 새벽 2시에 일어나 두부를 만드셔야 했기 때문이었다.

아버지께서는 외출하셨다가도 4시가 되기 전에는 집에 오셨다. 어쩌다 다방에서 친구분들과 카드놀이를 하셨는데 그때도 시간이 되면 어김없이 자리를 털고 일어나셨다. 아버지는 친구분들의 카드놀이 고정 멤버는 아니셨다. 고정적으로 하시던 분들 중에 안 오셔서 자리가 비면 그때 아버지께 전화해서 와달라고 했다. 아버지 같은 분과 카드놀이를 하는 것은 썩 재미있지는 않을 것 같다. 한참 재미가 있고 이기고 있어도 자신이 일어나야 할 시간에는 어김없이 일어나버리니 같이 게임을 하시던 분들은 맥이 빠질 수밖에 없는 노릇이다.

아버지께서 외출에서 서둘러 돌아오시는 이유는 마당의 채소들과 화초들 때문이다. 아침에 배달을 다녀와 어머니께서 아침상을 차리시는 동안에 아침 물을 주시고 오후에 외출에서 돌아와서 저녁 물을 주셨다. 공장 옆 사택이기에 마당이 꽤 넓었다. 우물을 파서 양수 시설을 해서 물을 줄 정도로 컸다. 아버지께서는 긴 호수 끝에 샤워기를 달아 텃밭에 물을 주셨다. 그 덕에 우리 집 텃밭은 늘 싱그러웠고 과일나무에는 과일들이 주렁주렁 열렸다. 텃밭과 과일나무뿐 아니라 꽃나무와 화분이 매우 많았다. 모르는 사람들이 보면 꽃집이라고 해도 믿을 정도의 양이었다. 아버지는 난을 가꾸시고 돌을 주워 와서 석란을 만드셨다. 갓방 밑 햇빛이 잘 드는 곳에 직접 온실을 만들어서 겨울에는 그곳에 귀한 화분들을 넣어 놓으셨다.

우리 집 마당의 천리향은 봄이 되면 정말 천 리 밖까지 향내를 풍겼다. 길이가 1m는 족히 되는 큰 화분에 심어진 멋스러운 소사나무는 누가 봐도 탐을 냈다. 거실에 있는 아스파라거스는 천정까지 닿도록 자랐다. 화분에 심어진 동백나무는 참 단아한 느낌이었다. 미국 서부의 사막에서 사는 선인장 못지않게 멋스러운 선인장은 내가 무척 좋아했다. 결혼한 언니들과 오빠는 괜찮은 화분이 있으면 아버지께 얻어가지만 얼마 지나지 않아 비실비실해진 녀석들을 도로 아버지께 데려왔다. 그러면 아버지는 그 녀석들에게 다시 생기를 불어넣어 주셨다. 아버지께 만약 나만의 집이라는 것이 생겨 화분을 하나 가져가라고 하면 저 선인장이랑 단아한 동백나무가 탐이 난다고 이야기한 적이 있다.

아버지께서는 나무 하나, 마당의 채소 하나 허투루 여기지 않으셨다. 하루 정도 물을 주지 않는다고 금방 시들어 죽는 것도 아닌데 하루도 빼놓지 않으셨다. 만약 며칠 여행을 가시는 경우는 이웃에 사는 형부와 오빠에게 신신당부를 하고 가셨다. 아버지의 정성을 알기에 형부와 오빠도 아버지가 계시지 않으면 마당에 물을 주러 오셨다. 이런 아버지의 영향인지 모르겠다. 지금 그때의 아버지 나이가 되신 큰형부와 오빠는 이제 각자의 집에서 아버지처럼 화초를 가꾸신다. 어쩌다 오빠 집에 가게 되면 오빠는 거실의 화분에 관해서 이야기한다. 죽어가는 나무를 살린 이야기를 무용담처럼 늘어놓았다.

누가 일기를 매일 쓰라고 한 것도 아니고 회장 할아버지께서 공장 살림을 맡기면서 매일 장부를 쓰라고 하지도 않았다. 매일 매일이 특별나지도 않고 공장의 생산량도 일정하다. 하루쯤 아니 일주일쯤 빠뜨린다고 무슨 일이 생기는 것은 아니다. 아버지 말씀대로 누가 시켰다면 못했을 일일지도 모른다. 자신의 의지가 아닌 타인의 요구로 이런 일들을 했다면 일기 쓰기나 장부 쓰기가 의무감으로 다가와 힘들었을지도 모르겠다고 말씀하셨다.

이 부분에서 반성하게 된다. 어쩌면 난 다른 사람이 시켰다면 의무

감으로 꾸역꾸역 그 일을 했을지 모른다. 싫지만 의무감으로 했을 것이다. 나 스스로 하고자 했다면 금방 나 자신과 타협하고 말았을 것이다. 아버지께서는 다른 사람과의 약속만큼 자신과의 약속도 귀하게 여기신 분이시다.

아무리 피곤해도 일기를 쓰는 일을 멈추시지 않으셨다. 아버지께서 부산 고신대 병원에서 몇 차례 검사를 받으신 날 적으신 일기는 단 한 줄이었다. 젊고 건강한 사람들도 힘들 조직 검사를 받으셨다. 그 날의 일기엔 "아프다. 너무 아프다"라고 적혀 있었다. 병실에 누워 작은 수첩에 적으신 일기를 아버지께서는 집으로 돌아온 뒤 자신의 일기장에 옮겨 놓으신 것이다. 아버지께서는 평소 일기에 자신의 감정이나 느낌을 거의 드러내지 않으셨다. 하지만 췌장암 말기 환자로서 암 투병을 시작하는 시점에서의 일기에는 직접적으로 자신의 힘듦을 표현하셨다. 그 일기에서조차 미사여구로 암에 걸린 자신을 감정을 꾸미지 않으시고 자신의 몸의 상태를 느낀 그대로 표현하셨다.

아버지는 훌륭한 예술 작품을 남긴 예술가도 아니고 학식이 높은 지식인도 아니다. 아버지는 남과 달리 뛰어난 재주가 있는 것도 아니다. 하지만 나에게 아버지는 특별난 사람이다. 그 특별함의 뿌리는 꾸준함이다. 끈기다. 한결같음이다. 나에게서 보기 힘든 모습이기에 더욱 특별하게 다가오고 쉽게 할 수 없는 일이기에 아버지 앞에서 한없이 작아지는 나를 느낀다.

4.

아버지의
교육을 전합니다

❶
딸과의 대화

'난 아이와 늘 대화를 한다. 대화로 문제를 이야기하고 대화로 소통한다. 난 딸과 죽이 잘 맞는다'라고 생각했다. 아이는 나의 말을 이해했고, 내가 무엇을 원하는지 알았다. 아이는 나의 의견에 잘 따랐고 불만이 없었다. 젓가락을 살 때도 아이가 원하는 것을 잡았을 때, 억지로 내가 고른 것을 사라고 강요하지 않았다. 대화로 풀었다. 옆에서 지켜보시던 가게 주인아주머니께서 아이의 의견을 묻고 대화로 설득하는 나를 보며 칭찬을 하셨다. 자기가 고른 것을 하겠다고 고집 피우지 않고 엄마와 협상을 하는 아이를 보고 더 놀랍다고 하셨다.

머리 방울을 살 때 아이는 분홍색 꽃문양이 있는 것을 골랐다. 난 내가 고른 하늘색 체크무늬 방울을 내밀며 "예쁜 것 골랐네. 근데 이건 어때? 예쁘지?"라고 말했다. 아이가 고른 방울과 내가 고른 방울을 손바닥 위에 올려놓고 둘 중에 고르라고 했다. 아이는 머뭇거리다 내가 고른 방울을 골랐다.

서점에 갔다. 아이는 매번 공주 책을 골랐다. 그림도 예쁘고 내용도 좋은 그림책이 얼마나 많은데 안타까웠다. 아이가 고른 공주 책을 서점에서 읽어주고 나올 때는 내가 고른 그림책을 사 가지고 왔다. 아이는 싫다고 억지를 쓰지도 않았고 징징거리지도 않았다. 그리고 집에 와서는 젓가락도 사용하지 않았고 하늘빛이 도는 체크무늬 방울도 하지 않았다. 내가 사온 그림책은 딱 한 번 읽고 보지 않았다.

나는 '대화'라는 무기로 이제 겨우 말을 시작하는 아이를 구워삶았다. 자신이 원하는 것이 무엇인지 정확히 알고 선택한 아이의 결정을 '대화와 타협'이라는 명목 하에 무시했다. 생각이 여물지 않아 옳은 선택을 할 수 없으므로 도와주는 것이라 여겼다. 아이가 거부하지 않기에 나의 말에 수긍을 한다고 생각했다. 아이는 약자였다. 나의 말을 거부할 방법을 몰랐다. 나를 공격할 만한 힘이 없었다. 난 아이를 나와 동등한 인격체로 생각한다고 말하면서 약한 아이 위에 군림하는 폭군이었다. 난 내 딸이 나와 같을 거라 착각했다. 내가 좋으니 아이도 좋을 거로 생각했고 내가 좋은 의도로 하는 일이니 아이가 모든 것을 이해하고 따라줄 것으로 생각했다.

난 아이를 내 몸속에 품고 있을 때부터 '아버지와 나'의 관계가 좋았던 것처럼 '아이와 나'도 그럴 것으로 생각했다. 하지만 아이는 나의 몸을 통해 세상에 나오긴 했지만 내가 아니었다. 나와 다르다고 느껴지는 것이 아직 어려서인지 성향이나 성격의 차이인지를 감별할 수가 없다. 아이가 자신의 의견을 이야기하고 자신이 부당하다고 느껴지는 부분에서 화를 낼 때 당황스럽다. 아이와 대화를 통한 소통이 점점 어려워지고 있다. 그런데도 난 아이에게 끊임없이 "사랑한다"고 고백을 하고 "넌 나의 보석이야"라고 어색하게 속삭인다. 거짓말을 하는 것은 아니나 이러한 말들은 하루 일과 중 잠들기 전에 주로 쏟아낸다. 낮 동안 아이를 내 마음대로 하려고 지시하고 야단치며 상처를 주고 잠들기 전에 말로써 그 상처를 다 치유하려고 애를 쓴다. 마치 말 한마디로 천 냥 빚을 갚으려는 사람처럼 온갖 낯간지러운 말들을 남발한다. 아이와의 대화도 사랑 고백도 일방통행을 하고 있다.

기억이 도통 나질 않는다. 아버지가 나와 대화할 때 어떠했는지. 아버지께서 내게 하신 이야기들은 낱낱이 기억이 나고 어제 일처럼 생생한데 특별히 나와 그리고 다른 딸들과 이야기할 때 어떤 특별한 스킬을 사용하셨는지 모르겠다. 물 흐르듯이 자연스럽고 특별난 것이 하나도 없었다는 것이 특별한 기술일까? 딸들에 대해 애틋함을 표나게 드러내시지도 않으셨고 '사랑한다'라는 말을 직접 하시지도 않으셨다. 어떤 표정이나 말로써 '공감'을 하신 기억도 없다. 그러니까 어떤 목적의식을 가지고 '액션'을 취했다는 생각이 들지는 않는다.

생각하니 딱히 다정하게 대화를 주고받은 기억은 없다. 평소에 겉으로 드러내지 않으시다가 한마디 툭 던진 말에서 마음이 읽히는 정도였다. 가령 내가 오랜만에 집에 갔을 때 "주혜 왔나!"라는 말을 하는데 그 말 한마디에 나에 대한 아버지의 감정이 다 느껴졌다. 그 말을 할 때 아버지의 표정과 음성이 '내가 사랑을 받고 있구나'란 생각이 들었다. 사랑을 받고 있음을 알기에 나 스스로가 귀하게 여겨졌다. 어린 조카가 아버지가 내게 하는 그 말을 듣고 '기쁨이도 왔다'며 자기를 보고도 그 말을 해달라고 졸졸 따라다닌 걸 보면 그 느낌을 나만 느낀게 아니었다.

아버지만의 특별한 대화 기술을 기억해내려 애써도 생각나지 않는다. 내가 말을 걸면 나에게만 집중해서 내 눈을 바라보고 있지도 않으셨다. 그저 묵묵히 아버지 하실 일을 계속 하셨다. 아버지가 일하시는 걸 지켜본 기억이 많이 난다. 아버지 일하시는 것을 보면서 옆에서 내 이야기를 했던 장면이 유난히 선명하게 떠오른다. 아버지께서 나에 대한 관심이나 애정을 말로써 표현한 기억도 없고 나의 감정에 공감하며 같이 아파해 주었던 기억도 나지 않는다. 그럼에도 난 아버지와는 늘 '대화'를 했다. 다른 친구들은 아버지와 할 이야기가 없고 아버지와 말이 통하지 않는다는 이야기를 종종 했다. 아버지와의 대화가 일상이었던 난 친구들의 말을 이해하기 힘들었다. 아버지와의 대화가 끊어지지 않고 계속 이어진 비결이 무엇일까?

아버지와의 대화는 자연스러웠다. 특별한 일이 있을 때 목적의식을 갖고 시도한 대화가 아니었다. 자연스러운 것은 특별나지 않기에 자극적이지 않다. 자극적이지 않기에 뇌에 강하게 각인이 되지 않는다. 아버지와의 대화에 특별함이 없기에 나의 뇌에 강하게 각인된 것이 없는 것 같다. 아버지만의 '특별한' 대화 기술을 굳이 찾자면 '자연스러움'이라고 말할 수 있다.

꾸미지 않고 자연스러운 것은 오래가는 법이다. 자연스러운 것은 쉽게 질리지 않는 법이다. 자연스러운 것은 눈에 띄지 않지만, 주위의 것들과 조화를 잘 이루는 법이다. 자연스러운 것은 편안한 것이다. 기교를 부리지 않고 억지스럽지 않다. 그러기에 아버지와의 대화가 일상이 될 수 있었다. 아버지께서 나의 이야기에 적극적으로 개입하고 나의 고민을 듣고 문제를 해결해 주기 위해 나섰다면 난 뒤로 주춤 물러섰을지도 모른다.

아버지께서는 나의 이야기를 듣기만 했다. 들으면서 톱질을 하시고, 들으면서 꽃나무를 가꾸시고, 들으면서 수석을 얹어 놓을 나무를 깎으셨다. 일하는 데 방해된다고 가라고 말씀하신 적이 없으시다. 이야기를 들으면서 옳고 그름을 이야기하시지도 않으셨다. 일손을 멈추고 나를 바라보시지도 않으셨다. 아버지의 이러한 행동에도 불구하고 나의 이야기를 듣지 않고 혼자 할 일만 한다는 생각은 들지 않았다. 아버지는 잘하려고 애쓰지 않았고 힘이 들어가지 않았다. 그래서 좋았던 것 같다.

좋은 음식의 기본은 신선하고 싱싱한 재료이다. 싱싱한 풋나물을 생채로 깨물면 특유의 향이 입안에 퍼진다. 자연 그대로의 맛이 입맛을 돋운다. 갓 뜯어온 산나물에 각종 조미료와 향신료를 넣으면 산나물 본연의 맛을 느낄 수 없다. 자연에서 온 것들은 그들만의 향을 가지고 있고 맛을 지니고 있다. 아버지는 나의 이야기를 있는 그대로 받아들이신 것 같다. 어떤 조언이나 제안으로 나의 이야기에 간을 치지 않았다. 그래서 난 아버지와 이야기할 맛이 났던 것 같다.

'공감'의 시대다. 모두들 공감을 이야기한다. 부모와 자식 간의 공감, 부부간의 공감, 교사와 학생 간의 공감, 관객과의 공감, 세대 간의 공감 등 모든 관계에서 공감을 이야기하고 있다. 심지어 인간과 자연 간의 공감도 이야기하고 있다. 사전적 의미로 공감은 다른 사람의 주장이나 감정, 생각 따위에 찬성하여 자기도 그렇다고 느끼는 것이나 그러한 감정을 이야기하는 것을 의미한다. 공감의 사전적 의미가 이럴진대 모든 사람과 공감하는 것이 과연 가능하긴 할까란 의문이 든다. 어떻게 모든 사람의 주장이나 감정, 생각에 모두 찬성할 수 있을까? 상대방과 소통하기 위해 공감이 필요하다고 이야기하지만, '소통'을 위해서 상대방의 주장이나 생각에 찬성해야 하는 것인가?

공감하는 법을 가르쳐주는 책들이 쏟아져 나오고 대화의 기술에 대해서 말한다. 공감하는 방법을 배우고 공감의 대화 기술을 배우면 정말로 상대방의 감정에 공감할 수 있을까? 소통을 위해 공감을 하는 것과 공감을 하니 소통이 되는 것은 다르다. 소통을 위해 공감을 하는 것은 진정한 공감일까? 공감하는 척하는 걸까?

아버지의 공감은 '들어주는 것'이었다. 오롯이 나의 이야기를 들어줌으로써 공감을 하셨다. 10살도 되지 않은 딸아이가 하는 이야기를 '쓸데없는 소리 하지 말고 저리 가'라고 하지 않고 들어주셨다. 15살 딸아이가 하는 이야기를 들으며 '그런 고민할 시간에 공부나 한 자 더하지'라고 핀잔하지 않았다. 20살 딸이 하는 이야기를 들으며 '철없는 소리 하지 마'라고 내치지 않으셨다. 30살이 넘은 딸이 하는 고민을 들으며 '시집갈 생각이나 하지'라고 다그치지 않으셨다.

아버지는 소통을 위해 공감하지 않으셨고 공감을 함으로써 나와 소통하셨다. 나의 이야기를 중간에 끊지 않고 끝까지 들어주고, 시시비비를 가리지 않고, 내가 어떤 이야기를 해도 나를 싫어하지 않을 사람이 있다는 것이 얼마나 큰 위로이고 버팀목이 되는 줄 그때는 몰랐다. 아버지에게 이야기를 하던 그 시간들은 어쩌면 아버지를 통해서 나를 들여다볼 수 있었던 시간이었는지도 모른다. 아버지와의 대화에서 내 생각을 정리하고 내가 원하는 것을 찾았다. 아버지와의 대화가 없었다면 난 나를 잃고 길을 헤매지 않았을까?

딸아이를 잘 키우고 싶어 힘이 들어갔나 보다. 잘하고 싶은 욕심에 내 속에서 여물지도 않은 것들을 아이에게 쏟아 부은 느낌이다. 온전히 내 것으로 소화 시키지 못한 책들의 이론과 남들의 교육 방법을 아이에게 먹였다. 나도 소화를 못 한 것이기에 아이가 소화를 못 하는 것은 당연한 이야기다. 아버지에게서 받은 '자연스러움'은 각종 대화 기법과 공감 기술의 향신료로 그 맛을 잃어버렸다. 아이와의 대화는 '공감'으로 시작해서 '가르침'으로 막을 내리기가 일쑤였다.

아이는 이제 8살이다. 아이와 깊이 있는 대화는 힘든 '나이'라고 생각했음을 반성한다. 애초에 대화의 깊이를 나에게 맞추고 시작했기에 아이와의 대화에 의도하지 않게 건성으로 대했으리라. 아이가 아직 어려 모를 것이라는 생각에 내 생각을 주입했으리라. '깊이 있는 대화'를 나눌 나이가 되면 그때부터 '깊이 있는 대화'를 나눌 생각을 한 나의 어리석음은 부끄럽기조차 하다.

아이들은 자연이다. 자연은 눈에 띄지 않게 매 순간 매일 변하여 어느 순간 확 달라져 보이는 법이다. 하루아침에 어떤 계기로 극적으로 변하지 않는다. 그러기에 아이들이 변해가는 것은 자연스러워 곁에서 매일 지켜보고 있으면 모르고 지나가기 십상이다. 아이의 신체적인 변화는 물론이거니와 내적인 성장은 더더구나 모를 일이다.

아이가 아닌 엄마의 '깊이'에 맞추면 아이는 마치 자신의 키를 넘어선 물속에 빠져 허우적거리듯 엄마와의 대화에서 허우적거릴 것이다. 엄마의 깊이에 맞추어 아이를 보고 있으면 아이가 어리다는 생각에 대화에 집중하지 않게 된다. 엄마가 집중해 주지 않는 대화에 아이도 집중하기 어렵다. 이런 악순환이 반복되면 아이와의 대화는 점점 줄어들게 된다. 엄마와 대화를 하지 않아도 아이는 매일 매일 자라고 있다. 하지만 아이와 대화하지 않는 엄마는 아이가 내적으로 얼마나 성장해 가는지를 알지 못한다. 그러다 어느 순간 어리다고 생각한 아이가 자기주장을 내세우고 반항하면 '사춘기'라 그런가라고 생각한다.

'사춘기'는 부모가 얼마나 제대로 역할을 했는지를 알 수 있는 '부모가 받는 성적표'라고 한다. 엄마의 깊이가 아닌 아이의 깊이에 맞추어 대화해야 한다. 매일 매일 대화를 통해 아이와 엄마가 같이 성장해 가면 대화의 수위는 저절로 맞추어지게 마련이다. 평소 엄마와 대화를 나누지 않던 아이가 엄마가 생각하기에 '깊이' 있는 대화를 나눌 적당한 나이가 되면 과연 엄마와 '깊이' 있는 대화를 하려고 할까?

아버지는 대화의 수위를 철저하게 나에게 맞추셨나 보다. 아버지와의 대화에서 허우적거리거나 말이 통하지 않아 답답하다는 생각이 든 적이 없다. 8살 딸아이와의 대화에서 가끔씩 삐걱거릴 때가 있다. 삐걱거린다는 것은 자연스럽지 않다는 이야기다. 아버지의 특별한 대화 기술인 '자연스러움'을 생각하게 된다. 이제 '아버지의 자연스러움'이 아닌 아버지에게서 받아 온전히 내 것으로 소화한 '나만의 자연스러움'으로 아이의 이야기에 오롯이 귀를 기울이고 공감으로 소통을 해야 할 차례이다.

❷
어려운 일을 마주했을 때

"아버지 여기가 아파요"라고 아픈 곳을 보여주면 아버지께서는 나의 상처를 짧지만 깊이 보시곤 "간이 천 리다"라고 말씀하셨다. 대수롭지 않고 조금만 참으면 될 상처에 대해서 유난을 떠시지 않으셨다. 어머니께서 우리가 조금만 아파도 약을 먹이시고 과식을 한 날엔 체하기도 전에 소화제를 먹이시는 것을 못마땅하게 생각하셨다.

어머니는 어머니 나름의 이유가 있었다. 나중에 안 일이지만, 어머니께서는 우리가 조금만 아파도 죽을지도 모른다는 생각이 든다고 하셨다. 내가 태어나기 전, 내 위로 언니 두 명을 가슴에 묻은 어머니셨다. 그러기에 아이가 아프면 죽는다는 생각에 조금만 아파도 죽을지도 모른다는 공포감이 든다고 말씀하시는 어머니를 보며 마음이 아팠다.

처음 "간이 천 리다"란 말을 들었을 때 뜻을 몰라 물었다. '간이 천 리다'라는 말을 아버지께서만 쓰셨는지 아니면 오래전부터 내려오는 격언이나 속담인지는 모르겠지만, 지금까지 "간이 천 리다"라는 말을 다른 곳에서 들은 기억은 없다. 하필 '간'이라는 기관을 언급했는지는 이유는 알 수 없지만 '간이 배 밖으로 나왔다', '간이 콩알만 해 졌다',

'간 떨어지겠다', '간이 부었나', '간에 기별도 가지 않는다' 등의 속담들이 있는 것을 보면 우리 조상들은 '간'이 생사를 좌우하는 매우 중요한 신체기관으로 여겼던 것이 틀림없다.

"간이 천 리다"라는 말은 아픈 곳의 통증이나 상처가 간까지 가려면 '천 리'를 가야 한다는 뜻으로 생사에는 전혀 영향을 주지 않음을 뜻하는 말로 하나의 어떤 일이 다른 어떤 일에 영향을 주거나 큰일로 이어질 가능성이 희박한 경우에 쓰는 말이다. 즉, "간이 천 리다"란 말은 아프다고 호들갑 떨 필요 없이 조금만 있으면 저절로 낫게 되는 가벼운 상처를 말하는 것이다.

한 번은 손가락 끝을 다쳐 매우 아픈데 아버지께서 "간이 천 리다"라고 말씀하시기에 내가 '간'이라 생각하는 부위인 가슴 가까이에 아픈 손가락을 갖다 대며 "이제 천 리 아니고 바로 옆이에요"라고 말한 기억이 난다. "간이 천 리다"라는 말을 들었을 때 아픈 것을 몰라줘서 서운한 마음이 들기도 하면서 대수롭지 않은 상처로 호들갑을 뜬 것 같아 무안하기도 했다. 그래서 나중에는 내가 아프다고 말해놓고 "그런데 간이 천 리에요"라고 말하는 경우도 있었다. 그러면서 내 생각에 '간이 천 리'인 상처에 대해서는 무덤덤해졌다. 아이들의 조그만 상처에 예민하게 반응하며 행여나 상처가 흉으로 남을까 소란피우는 요즘 부모들과는 사뭇 다른 반응이었다.

점점 커가면서 '간이 천 리다'란 말은 다른 영역으로 확장되어 갔다. 사소한 걱정거리가 생기면 '간이 천 리다"라며 스스로를 위로하기도 했다. 복잡하게 일이 꼬인 상황에서 어떻게 문제를 해결할지 몰라 우왕좌왕 서두르다가 '간이 천 리다'라는 말이 생각나 한숨 돌리기도 했다. 걱정이나 고민거리는 천 리 밖에 떨어진 간으로 가는 길에 사라지고 애초에 무엇을 고민했는지조차 잊어버리는 경우가 대부분이었다. 때론 상처가 아물어 그 흔적이 남아 흉이 져도 더 이상 아프지 않았다. 상처가 아물며 생긴 '흉'은 추억이란 훈장을 달고 있었다. 몸에 난 상처나 마음에 난 상처는 추억이라는 이름으로 이야기가 되었다.

중학교 1학년 때 친구가 연필로 오른쪽 손등을 찔러 생긴 상처는 그대로 작은 흉이 되었다. 작은 흉은 내 아이에게 연필을 조심히 다루어야 하는 이유와 함께 나의 중학교 시절을 추억하며 이야기할 기회를 주었다.

아버지 무릎의 총에 맞은 흉터가 전쟁터에서 맞이한 아버지의 20대를 나에게 이야기해 주었듯이 몸에 난 흉터는 모두 다른 이야기를 품고 있다. 나의 왼쪽 손등의 화상 자국은 어떤 이야기를 품고 있는지 나는 모른다. 화상 자국이 지금까지 남아 있을 정도이면 그 아픔도 컸을 터인데 난 지금 그때의 상처도 아픔도 전혀 기억하지 못한다. 오로지 흉터만이 그 날의 상처를, 그날의 이야기를 기억하고 있을 뿐이다. 마음의 상처도 어떤 형식으로든 흉터로 남아 있기 마련이다.

마음의 흉터는 눈에 보이지 않지만 상처를 입었을 때와 비슷한 상황에 놓이게 되면 나타난다. 마음의 상처가 아물어 단단한 흉터가 되었을 때는 비슷한 상황에서 의연하게 대처할 수 있다. 전혀 아프지 않을 수는 없겠지만, 그 강도는 처음의 상처만큼 깊거나 크지 않을 것이다. 채 아물지 않아 딱지가 단단해지지 않은 상처는 비슷한 상황에 그 상처의 딱지가 벗겨지고 덧나서 더 큰 상처로 남을 수 있을 것이다.

이은대 작가의 『아픔공부』란 책에서 '상처를 대수롭지 않게 여기자'라고 말하는 부분을 읽으며 아버지께서 말씀하신 '간이 천 리다'의 효과가 무엇인지 알게 되었다. 아버지의 '간이 천 리다'란 말은 나에게 닥친 좋지 못한 상황에 대해 태연하게 받아들일 수 있는 마음의 자세를 갖게 한 것이다. 아버지께서 상처를 살피지도 않고 '간이 천 리다'라고 말씀하시지는 않았다. 아버지께서는 상처에 집중해 잠깐이라도 살펴보신 뒤 '간이 천 리다'라고 말씀하셨다. 꼼꼼히 따지지 않고 눈으로 대충 훑어만 보고도 상처가 어느 정도일지 알 만큼 아파보았기에 가능한 일일 것이다.

내 주위의 몇몇 어른들은 아이들이 작은 상처로 울상이 되어 오면 "괜찮다. 그 정도로 안 죽는다. 엄살떨지 마라"라고 말한다. 하찮은 상처로 뭘 그리 소란스럽게 구느냐는 식으로 핀잔하듯 말하기에 듣는 아이가 수치감을 느끼는 경우를 보게 된다. 대수롭지 않게 던진 어른의 말이 상처가 되어 더 서럽게 우는 경우도 종종 있다. 아이는 상처에 대한 경험이 없으므로 자신의 상처가 큰지 작은지도 모른다. 아픔이나 통증에 대한 경험도 많지 않기에 조금 아파도 아프다고 이야기한다. 아주 작은 상처도 아픈 건 매한가지이기 때문이다.

어른들이 아이의 상처를 대수롭지 않게 여겨 하는 말이 때로 상처가 되기도 한다. 아이의 상처를 하찮게 여겨 상처나 아픔 자체를 인정하지 않는 태도는 아이를 더 크게 아프게 한다. '간이 천 리다'란 말은 상처를 무시하지는 않는다. 상처와 아픔은 인정하되 그 경중에 따라 크게 염려하지 않아도 치유될 것이라는 말이 내포되어 있다. '간이 천 리'이긴 하지만, 상처로 인해 시리고 따가운 아픔을 견디는 것은 나의 몫이었다. 아버지께서 그 정도의 아픔은 견딜 수 있어야 한다며 내게 '참을성'을 요구했다면 아픔을 견디는 시간은 힘들었을 것이다. '참아야지'라고 생각하면 더 참기 힘든 법이니까. '간이 천 리'니까 '괜찮을 거야'라고 스스로 생각하고 '죽을 정도로 아픈 건 아니잖아'라고 혼자

되뇌이고 나면 그 상처와 아픔은 작아지게 마련이다.

'간이 천 리다'란 말 덕분인지는 알 수 없지만, 난 육체적인 통증에 조금 둔감한 편이며 나에게 주어진 좋지 않은 상황에서 필요 이상으로 불안해하지 않는 편이다. 그래서 가끔 난감한 일을 겪을 때도 있다. 손바닥에 '서암뜸'을 뜰 때의 일이다. 참을 수 없이 뜨겁거나 아프면 말을 하라고 하기에 참았다. 뜨겁고 아프긴 하지만 죽을 정도는 아니고 진짜 못 참을 정도로 뜨거우면 말을 하리라 생각했다. 손바닥에서 뜸은 다 타서 재가 되었다. 서암뜸을 뜬 자리에 물집이 잡혔다. 뜸을 떠 준 이가 "안 뜨거웠어요?"라고 물었다. "뜨겁긴 했는데, 어느 정도 뜨거울 때 말을 해야 할지 몰라서요. 죽을 정도는 아니었거든요." 센터를 운영할 때도 아이들이 많이 없으면 '처음 이 센터를 개원할 때 한 명도 없이 시작했는데 거기에 비하면 몇 배나 많아진 거야' '힘들어도 10년의 시간을 견뎌 왔으니 앞으로 10년도 금방 지나갈 거야'라고 스스로 위로하기도 한다.

내 아이는 딸이라 그런지 조금만 아파도 내가 알아주기를 바란다. 어디에 살짝만 부딪쳐도 나에게 낱낱이 보고를 한다. '간이 천 리다'라고 말해 주고 싶어도 아이가 아직 그 말의 뜻을 이해하기 힘들 것 같아 못 해주고 있다. 대신 "많이 아파? 엄마가 보기에 그 정도는 괜찮을 것 같아 보이는데 네가 울 정도로 아프다면 그건 많이 아픈 거야. 눈에 보이진 않지만, 많이 다쳤을 수도 있으니 일단 병원에 가보자"라고 말하면 아이는 금방 눈물을 닦고 "아니야, 이젠 안 아파. 병원에 갈 정도로 아픈 건 아니야"라고 말한다. "병원에 가는 것이 무서워 아픈 것을 안 아프다고 하면 안 돼. 아픈 것 놔두면 나중에 더 힘드니까 네가 얼마나 아픈지 한 번 생각해봐. 네가 얼마만큼 아플지 엄마가 다 알 수는 없어"라고 이야기한다. 아이의 어리광과 엄살이 만나 울고 있는 것이 눈에 뻔히 보이긴 하지만, 아이의 상처나 아픔을 무시하지 않으려 애를 쓴다. 아이의 입장에선 '간은 천 리' 밖에 있는데 '병원은 눈앞'에 있는 셈이다.

어려운 일을 마주했을 때, 난 대체로 가만히 있는 편이다. 주위의 성격 급한 사람은 그런 나를 답답하게 생각한다. 평정심으로 가만히 있는 것이 아니다. 그렇다고 뾰족한 대안이 있어 가만히 있는 것도 아니다. 사실을 말하면 뭘 어떻게 해야 할지 몰라 가만히 있다. 한 가지 알고 있는 사실은 서두른다고 해결되지 않는다는 것이다. 급하게 일을 처리할 때, '천천히' 하자고 입 밖으로 말을 하기도 한다. 서두르다 실수하면 처음부터 다시 해야 하기에 급할수록 '천천히' 하는 편이다. 가만히 있으면서 생각을 한다. 어려운 상황이 닥치면 머릿속이 하얘지고 얼굴이 후끈 달아오르고 호흡이 빨라진다. 아무 생각이 나지 않는다.

아버지께서 고민이 있거나 뭔가 결정을 하실 때, 양반 다리를 하시고 두 손을 무릎 위에 얹으시고 눈을 감은 채로 몸을 좌우로 흔드시던 모습이 떠오른다. 아버지처럼 양반 다리에 몸을 좌우로 흔들지는 않지만, 숨을 깊게 쉬며 가만히 있으면 어수선하게 붕 떠오른 생각들이 가라앉는 것을 느낄 수 있다. 평정심으로 가만히 있는 것이 아니라 어찌할 바를 몰라 가만히 있으면 평정심까지는 아니더라도 급한 마음은 조금 가라앉는다. 그러면서 '간이 천 리다'가 힘을 발휘한다.

일이 잘못 되었을 때의 최악의 경우를 생각하며 '설마 죽기야 하겠나?'를 넘어 '죽기밖에 더하겠나?'란 생각까지 하게 만든다. '죽음'조차도 하찮게 여겨지는 순간이 되면 나에게 닥친 어려움의 강도가 한결

약해짐을 느끼게 된다. 어쩌면, '죽음'이라는 것은 나에게 오지 않을 일이란 오만한 생각이 만든 치기일 수도 있다. '죽음'이란 단어까지 생각했다고 해서 내게 닥친 일이 '죽기를 각오하고 싸울' 만큼 비장하지도 않았다. 아직 '죽기를 각오하고 싸울'만큼 어려운 일을 겪지 않은 것을 감사하게 생각한다.

나도 언젠가 내 아이에게 '간이 천 리다'란 말을 하게 될 것이다. 아이에게 저 말을 할 때 아이의 마음에 상처를 주지 않기 바란다. '간이 천 리'이니 그만한 상처로 호들갑 떨지 말라는 메시지로 아이에게 다가가지 않기를 바란다. 아이의 상처를 '짧지만 깊이' 살펴보고 아이에게 '간이 천 리다'라고 말할 일이다. 그래서 내 아이가 천 리 밖에 있는 간까지 가는 시간을 견뎌 낼 힘을 키우기를 바란다. 천 리 밖 간까지 가는 시간 동안 내 아이의 상처가 아물고 아픔이 사라져 마침내 간까지 가야 할 이유를 찾지 못하기를 바란다.

❸
위로가 되는 한마디

'잘한다, 잘한다. 내 새끼 잘한다'고 칭찬을 하시지 않으셨다. '으쌰! 으쌰!' 하며 힘을 불어넣어 주시지도 않으셨다. '넌 할 수 있어!'라고 용기를 북돋워 주시지도 않으셨다. '힘들었지'라고 말하며 나를 위로해 주시지도 않으셨다. 아버지 어머니는 옛날 사람이었다. 요즘 부모님들처럼 자식 사랑을 겉으로 드러내시지 않으셨다. 칭찬에 인색하셨고 자식 자랑을 과하게 하시지도 않으셨다. 친구들과 다툼이 있을 때 무조건 자기 자식 편을 드는 것은 경우에 어긋난다고 생각하시며 아이 싸움이 어른 싸움이 되지 않게 조심하셨다. 학교에서 선생님께 한 대를 맞고 오면 집에서는 두 대를 맞았다. 예의에 어긋난 행동을 하면 다른 사람이 얼굴 찌푸리기 전에 야단을 치셨다. 성장의 과정에서 큰소리로 야단을 치는 것은 어머니 몫이었고 나를 안아주신 분도 어머니셨다. 아버지는 옛날 아버지들이 그랬듯이 늘 뒤에서 가만히 보고 계셨다. 아버지가 먼저 나를 안아주었던 기억은 없다. 내가 먼저 달려가 안겼고 걸을 때 팔짱을 꼈다.

칭찬과 지지의 말을 듣지 않고 자랐음에도 난 마음만 먹으면 무엇이든 할 수 있을 것 같은 자신감이 있다. 내가 하고 싶은 것은 시간이 걸리더라도 끝끝내 해낼 수 있는 끈기와 목적의식을 갖고 있다. 지금도 딸을 사랑하고 그 아이가 원하는 것을 해주고 싶지만, 난 내가 하고 싶은 것도 한다. 내 아이의 꿈을 응원하지만 내 꿈도 응원한다. 내 아이를 사랑하는 만큼 나 자신을 사랑한다.

내 기억에 초등학교 들어가기 전이었던 것 같다. 집에 장판을 새로 깔았다. 예전의 장판은 지금처럼 강화마루가 아니었다. 비닐 장판을 깔았고 장판의 크기가 작아 꼭 방 중앙쯤에 두 장의 장판이 겹쳐지는 부분이 있었다. 새 장판을 깔고 얼마 되지 않아 난 칼로 장판을 그었다. 칼로 새 장판 위를 그을 때 그 느낌이 지금도 생생하다. 약간 소름 돋고 오금이 저린듯하면서 말로 형용하지 못할 짜릿했던 기분이었다. 금지된 장난을 할 때 느끼는 불안한 쾌감을 느꼈다.

부모님은 나의 행동이 야단을 치거나 매를 들어야 할 일이 아니라는 것을 아셨던 것 같다. 내가 그러한 행동을 하고 난 뒤 부모님께 매를 맞거나 야단을 맞은 기억이 없다. 다시 새 장판을 깔았다. 난 또 칼질을 했다. 그렇게 장판을 세 번 깔았다. 세 번째 장판을 깔 때 부모님은 장판 두 장이 겹쳐지는 부분을 내 몸이 다 들어갈 수 있을 정도로 넓게 까셨다. 장판 위에 또 칼질이 하고 싶으면 위의 장판을 걷어 내고 밑에 있는 장판에 칼질을 하라고 하셨다. 어머니는 방에 걸레질을 하실 때마다 겹쳐진 부분의 장판을 들어 밑에 깔린 장판을 깨끗하게 닦으셨다. 그때 내가 왜 그랬는지는 모른다. 이유는 알 수 없지만, 아주 오래전 일임에도 칼질을 할 때의 느낌이 고스란히 남아 있다.

장판 사건은 어머니께도 인상적이었는지 내가 커서도 가끔씩 얘기하시곤 했다. 장판 사건은 나를 함부로 야단을 치거나 다그쳐서 될 아이가 아니라는 인식을 심어 주었던 것 같다. 장판 사건이 일어나기 전의 일들을 난 기억하지 못하고 사건 당시의 느낌만 남아 있기에 내가 '장판을 칼로 긋는' 행동을 한 이유는 모른다. 내가 그러한 행동을 한 데에는 그럴 만한 일이 있었는지 아니면 단순한 호기심이었는지 모른다. 장판 사건의 이유가 있었다면 나는 기억하지 못해도 아버지 어머니는 이유를 아셨을 수도 있다. '칼'이라는 위험한 도구를 사용했기에 부모님은 나를 매우 조심스럽게 대했던 기억이 난다. 어쩌면 그 칼로 장판을 그었다는 것을 다행으로 여겼을지도 모를 일이다.

지금 생각하면 부모님의 대처 방안이 현명했다는 생각이 든다. 야단을 쳐서 그런 행동을 못 하게 하고 칼을 감추며 한 번만 더 그러면 더 크게 혼낼 거라고 협박을 하지 않았다. 두 번째 장판을 갈고 세 번째 장판을 갈 때는 아예 칼과 칼질을 할 수 있는 장판을 마련해주며 하고 싶을 때 언제든지 하라고 하셨다. 나의 행동에 과하게 반응하지 않으시고 자신들이 만들어 놓은 틀 속에 나를 가두려 하지 않으셨다. 내 속에 내재되어 있는 화를 스스로 풀 수 있도록 도와주었을 뿐이다.

지금 내 아이가 나와 똑같은 행동을 한다면 어떻게 할까? 정신과 상담을 받고 심리치료를 받게 할 것이다. 아이의 행동으로 아이의 심리상태를 분석하고 잠재의식을 이야기하며 나의 지나간 행동을 반성할 것이다. 또다시 칼로 장판을 긋지 않을까 노심초사하며 아이를 지켜보고 있을지도 모른다. 그리고 이 모든 행동들이 또 다른 형태의 불안으로 아이에게 다가갈지도 모를 일이다.

나의 행동에 대한 부모님의 반응은 유능한 심리치료사가 한 그 어떤 위로보다 큰 위로였는지 모른다. 부모님은 화가 나서 한 나의 부적절한 행동을 자신들이 생각하는 적절한 행동으로 수정하지 않았다. 누가 봐도 인정할 수 없는 나의 행동을 그대로 계속하게 함으로써 충분히 나의 분노를 표출할 수 있게 했다. 그럼으로 어린 나는 위로받았고 또 지지받았다. 어린 내가 받았던 그 위로와 지지는 나와 더불어 성장했다. 응원의 말 한마디, 칭찬의 말 한마디 듣지 않아도 내 속 깊은 곳에 위로와 지지의 씨앗이 자리 잡아 뿌리를 내리고 싹을 틔우고 가지를 뻗어 나갔다.

"네가 하고자 하는 일이 힘들고 고생스러울 것 같아 처음에는 온 힘을 다해 반대하지만, 네가 끝끝내 그것을 하겠다고 하면 그 일이 무엇이든 제일 잘되기를 바라는 것 또한 부모 마음이다."

아버지께서 처음 이 말을 내게 했을 때는 석양이 아름답던 국도변을 지날 때였다. 늘 기억은 조금씩 과대포장 되는 경향이 있는 것 같다. 그날의 석양이 유난히 아름답게 각인이 된 것이 진짜 석양이 아름다웠기 때문인지 아니면 아버지의 말이 시너지 효과를 내어 석양조차 환상적으로 보이게 했는지는 모르겠다. 아버지께 위로나 응원의 말을 들은 기억이 없다고 버젓이 얘기해 놓고 보니 무색하다. 평생을 들어도 다 못 들을 위로와 지지와 응원의 말을 듣고도 아버지의 무심함을 토로했다.

내가 하고자 하는 일을 무조건 반대하는 것이 아니라 힘들고 고생스러울 것 같아 반대한다는 말이 위로가 된다. 내가 선택한 일이 나쁜 일이라 반대하는 것이 아니다. 돈이 안 될 것 같아 반대하는 것이 아니다. 내가 힘들고 고생하는 것이 걱정되고 안쓰러워 반대를 한다고 하셨다.

제 아무리 명분이 있고 좋은 일이라도 내가 힘들 것 같아 반대하는 아버지 마음이 고스란히 내게 전해져 위로가 된다. 설령 어떤 일을 도모하다 힘들어 중간에 포기하더라도 나의 나약함을 나무라지 않을 것 같아 위로가 된다. 오히려 네가 고생하는 것이 안쓰러워 그만두기를 내심 바라고 있었다며 나를 안아줄 것 같아 위로가 된다. 답도 없이 힘든 일을 미련스럽게 하는 것보다, 계속 해 오던 일이 '아니다'라고 판단될 때, 과감하게 포기할 수 있는 것도 용기라며 다독여 줄 것 같아 위로가 된다.

아버지는 말씀하셨다. 온갖 반대에도 불구하고 끝까지 고집을 피우는 나에게 화를 내며 등을 돌려 돌아앉지 않으시겠다고 하셨다. 반대하던 그 힘을 고스란히 나를 응원하는 데 사용하시겠다고 하셨다. 내가 무얼 하든 그 일이 세상에서 제일 잘되기를 간절히 바란다고 말씀하셨다. 대놓고 나를 응원하겠노라고 말씀하셨다.

아버지는 약속을 지키셨다. 재활원으로 들어가겠다고 했을 때, 나를 위해 기도하시고 내가 보이지 않는 곳에서 눈물을 흘리심으로써 아버지는 약속을 지키셨다. 아버지의 말씀은 지금도 내 곁에서 살아 움직이고 있다. 중간에 포기하고 싶은 일이 생기면 내가 제일 잘되길 응원하는 사람이 있으니 끝까지 하기만 하면 잘 될 거라고 스스로에게 다짐한다.

나의 어린 의식에 심어진 위로와 지지의 씨앗은 나와 함께 자라고 있었다. 그 씨앗은 나에 대한 부모님의 믿음과 나를 위한 기도의 힘으로 썩지 않고 싹을 틔웠다. 이제 뿌리를 내리고 가지를 뻗어 나가고 꽃을 피우고 열매를 맺게 하는 것은 나의 몫이다. 어떤 고난에도 흔들리지 않고 버텨낼 만큼 튼튼하게 뿌리를 내리기를 바라고 있다. 나의 꿈을 향해 가지를 뻗어 나가기를 소망한다. 위로와 지지의 씨앗이 점점 자라 커다란 나무가 되어 꽃을 피우고 열매를 맺기를 간절히 기도한다.

이왕이면 향기가 그윽한 꽃이면 좋겠다. 천리향처럼 멀리까지 향이 퍼져 나가면 좋겠다. 사람들이 천리향 향기를 맡으며 봄이 왔음을 느끼듯 내 속에서 자라난 위로와 지지의 나무가 피운 꽃향기를 맡으며 힘을 얻으면 좋겠다. 이왕이면 과즙이 풍부하고 단맛이 나는 열매면 좋겠다. 목마를 때 먹으면 갈증을 씻어주고 배고플 때 먹으면 속을 든든하게 해 줄 수 있는 열매면 더할 나위가 없겠다.

부모님께서 주신 위로와 지지의 나무는 아직 뿌리가 약하고 바람에 가지가 꺾이기도 하지만 꿋꿋이 버티며 견디고 있다. 내 속의 나무가 꽃을 피우고 열매를 맺기까지 얼마의 시간이 걸리지는 알 수 없다. 서두른다고 피는 꽃이 아니고 욕심부린다고 열릴 열매가 아니기에 때를 기다리는 수밖에 없다. 지금은 꽃을 기다리며, 열매를 기다리며 뿌리로 부지런히 자양분을 흡수해야 한다. 자양분을 흡수하는 과정에서 다른 나무의 뿌리를 다치게 하지 않았으면 하는 바람이다.

욕심부리지 않고 나에게 주어진 만큼만 취하고 싶다. 나의 나무에 어울리는 꽃을 피우고 싶다. 꽃이 너무 크고 화려해서 나무의 본 모습을 잃어버리는 것을 원하지 않는다. 꽃향기가 너무 강해 금방 싫증이 나는 것도 원하지 않는다. 가지가 감당할 수 있을 만큼의 열매가 맺기를 희망한다. 괜한 욕심으로 가지가 부러지는 우를 범하고 싶지 않다. 내가 피운 꽃이, 내가 수확한 열매가 부끄럽지 않기를 희망한다. 욕심 없이 피운 꽃이, 소박한 열매가 나를 당당하게 만들어 줄 것이다.

아이를 낳기 전에는 찢어진 장판을 보며 가슴이 철렁 내려앉았을 어머니 아버지가 보이지 않았다. 어린 내가 휘두른 칼날에 찢어진 것은 장판이 아니라 어머니 아버지의 마음이었을 것이다. 나의 칼날에 찢어진 마음에서 나온 위로와 지지의 씨앗을 소중히 다루고 싶다. 나의 그릇된 욕심으로 그분들의 씨앗을 더럽히고 싶지 않다.

아버지 어머니께서 내게 진정 바라시는 것은 사회적인 명예를 얻거나 성공을 거두는 것이 아니다. 언제나 어디에서나 당당하게 살아가는 내 모습이다. 나 역시 내 아이가 사회적인 성공을 거두기보다는 어디에서나 당당하기를 바라기 때문이다. 욕심 없이 당당하게 살아가고 싶고 내 아이 또한 욕심 없이 당당하게 살아가기를 소망한다.

❹
어딜 가나 아버지가

　모기에게 물린 곳이 가려워 참지 못해 긁다가 결국엔 생채기가 나고 피가 나왔다. "우리 아버지께서 말씀하시길 눈병 걸린 사람하고 피부병 걸린 사람은 손만 사흘 묶어 놓으면 낫는다고 했어." 가려운 것을 참지 못해 피가 나는 것을 보니 속상한 마음에 남편에게 한소리를 했다. 눈병과 피부병은 손만 대지 않으면 저절로 낫는다는 것이 아버지의 말씀이었다. 어릴 때부터 늘 듣던 말이라 우리 식구들은 모기에게 물리거나 눈이 가려우면 가능한 손을 대지 않고 참는 것이 습관이 되었다. 아버지 말씀대로 가려운 것은 그 고비만 넘기면 참을 만하다. 참지 못해 손을 대면 더 가렵다. 모기 물린 곳도 조금만 참으면 괜찮은데 한 번 가려워 긁기 시작하면 계속 가렵다.

　어머니께서 백내장 수술 하실 때 병원에 내가 모시고 다녔다. 하필 어머니께서 수술하던 시기에 눈병이 유행했다. 병원에 가면 온통 눈병 환자들이었다. 어머니는 백내장 수술이라 어쩔 수 없었지만, 내게 눈병이 옮을까 걱정하셨다. 사실 나도 찝찝하긴 했다. 병원에 다니는 동안 눈에 손 한 번 대지 않았다. 어머니께서 나중에 "니 참 독하네"라고 말씀하셨다. 병원에만 가면 가렵지 않던 눈도 가려워 힘들었다. 하지만 아버지께서 말씀하시길 눈병과 피부병은 손만 대지 않으면 괜찮다고 하셨기에 나도 모르게 눈에 손이 가지 않을까 하여 정신을 바짝 차렸다. 난 눈병에 걸리지 않았다. 손을 사흘만 묶어 놓으면 나을 병에 관한 이야기를 해마다 한다. 모기는 여름이면 어김없이 우리를 찾아오고 남편은 매번 참지 못하기 때문이다.

"아저씨에게 선물 하나 줄 게 있어"라고 말하며 어린 왕자가 웃었다.
"얘야, 난 너의 그 웃음이 너무 좋아."
"이게 바로 내 선물이야."
생텍쥐페리의 『어린 왕자』에서 좋아하는 장면 중 하나다. 어린 왕자는 작가에게 "이게 바로 내 선물이야"라고 말하며 환한 웃음을 이별의 선물로 주고 떠난다. 어린 왕자가 준 선물은 하늘의 별을 볼 때마다 되살아났을 것이다.

"우리 아버지께서 말씀하시길, 선물은 찬물도 고마운 법"이라고 했다. 아버지는 늘 감사하는 마음으로 선물을 받았다. 아버지의 취향에 맞지 않거나 평소 즐기지 않는 선물도 항상 반갑게 받았다. 선물을 반갑게 받아주면 받는 이도 기분이 좋지만 주는 사람은 더 행복해지는 법이다. "선물은 찬물도 고마운 법"이란 말은 얼핏 들으면 받는 사람의 마음가짐에 관한 이야기이다. 작고 귀하지 않은 선물이라도 선물을 준비한 사람의 마음을 생각해 감사히 받으라는 의미이다.

그런데 조금만 깊이 생각하면 '선물은 찬물도 고마운 법'이란 말은 선물을 준비하는 사람의 마음가짐에 대한 이야기이기도 하다. 흔히 목마른 사람에게 '찬물'만큼 좋은 선물은 없다고 한다. 목마른 이의 마음도 몰라주고 빵을 주면 그건 선물이 아니라 벌이 된다. 선물을 받을 사람이 지금 필요한 게 무엇일까 생각해보는 마음, 선물을 준비하는 사람이 좋아하는 것이 아닌 선물을 받을 사람이 좋아하는 것을 챙기는 마음, 선물의 값어치가 돈이 아닌 마음임을 생각하게 하는 말이다.

얼마 전 남편 생일이었다. 딸아이가 아빠의 생일 선물로 뽑기 방에서 뽑기를 할 수 있도록 하겠단다. 요즘 딸아이는 500원짜리 동전 두 개를 넣고 레버를 돌려 뽑는 뽑기에 빠져있다. 일주일 용돈 1,250원 중 1,000원을 뽑기에 사용한다. 뽑아오는 물건은 1,000원의 값어치에 미치지 못하는 액체 괴물이나 조잡한 장난감이다. 아이는 자기가 좋아하는 것이니 아빠도 좋아할 거라 생각한다. 아이니까 충분히 할 수 있는 생각이다.

선물을 준비하는 과정에서 남편과 의견 차이로 작은 언쟁을 할 때가 간혹 있다. 나는 선물을 하거나 돈으로 인사를 해야 하는 경우에 무리하지 않는 편이다. 내 형편에 벗어난 허례허식은 가급적 삼간다. 나의 경제적 여건에서 벗어나지 않는 선에서 최선을 다한다. 남편은 선물 받을 사람에게 받고 싶은 것이 무엇인지 물어보라고 한다. 남편은 선물 받을 사람이 자기가 필요한 것을 말하는 것이 선물 받는 입장에서도 원하는 것을 받을 수 있고 준비하는 사람도 고민하지 않고 좋은 선물을 할 수 있다고 생각한다. 틀린 말은 아니다. 하지만 내 생각은 다르다. 선물은 어떤 물건을 사느냐도 중요하지만, 선물을 준비하는 과정에서 그 사람에게 필요한 것이 무엇인지, 그 사람이 평소에 무얼 좋아했는지 떠올려 봄으로써 상대방을 생각하는 마음도 선물의 일부분이라고 생각한다. 또한, 선물은 포장을 풀기 전의 궁금함과 설렘도 한몫을 한다고 생각하기 때문이다.

또 하나 무시하지 못할 큰 이유는 상대방이 받고자 하는 선물이 나의 형편에 맞지 않는 과한 선물일 경우에 매우 난감하다. 상대방이 원하는 것을 다 해주지도 못할 형편인데 무엇이 필요하냐고 묻는 것은 내가 해야 할 고민을 선물 받을 상대에게 돌려주는 것이다. 상대방은 어떤 선물을 받고 싶다고 해야 할까라며 고민할 게 뻔하다.

남편은 우리가 다른 이에게 할 선물이 자신이 생각했던 수준에 미치지 못하면 싫은 내색을 한다. 그러면 또다시 나의 아버지께서 등장하신다. "우리 아버지께서 말씀하시길, 선물은 찬물도 고마운 법이랬어. 내 형편에 맞게 정성껏 준비하면 되는 거야."

아버지와 달리 어머니는 어떤 선물을 주어도 못마땅해 하셨다. 내심 좋으시면서 우리가 돈을 쓰는 것이 아까워 싫어하셨다. 어머니 마음은 알지만, 매번 그러니 선물을 주고도 기분이 안 좋을 때가 있다. 선물을 받을 때 판이한 두 분의 반응을 보며 난 다음에 선물을 받을 땐 무슨 선물이든지 주는 사람 기분 좋게 받아야지라고 생각하게 되었다. 난 선물을 받으면 무척 좋아한다. 고맙다는 인사를 하기 전에 '아이 좋아'라는 추임새까지 넣는 경우도 있다. 선물은 찬물도 고마운 법이라고 했는데 그것이 무엇이든 감사할 따름이다.

'빰빰빰빰빰 빠바빰' 귀에 익은 음악이 나오고 난 뒤 "할아버지께서는 말씀하셨지"로 시작되는 맥가이버는 내가 고등학교 다니던 시절 최고의 드라마였다. 우리는 모두 맥가이버에 열광했다. 스위스 제품인 듯한 다기능 만능 칼 하나로 모든 문제를 해결하는 맥가이버의 문제 해결 능력과 그 과정에서의 창의력은 늘 우리의 혀를 내두르게 했다. '맥가이버'라는 말은 드라마 이후 손재주가 뛰어난 만능 재주꾼을 일컫는 보통명사로 사용될 정도였다. 맥가이버의 더빙을 맡은 성우 배한

성 아저씨의 코맹맹이 소리도 무척 매력적이었다. 드라마에서 맥가이버는 항상 "할아버지께서 말씀하셨지"라 말하며 할아버지께서 들려주신 이야기나 할아버지와 함께한 경험을 통해서 문제 해결의 실마리를 찾곤 했다.

맥가이버 흉내를 내고자 한 것은 아니었으나 아버지의 말을 인용할 때, "우리 아버지가 말씀하시길"이라고 말을 시작하며 결국엔 맥가이버 흉내를 내고 만다. 맥가이버처럼 드라마틱한 상황에서 문제를 해결해야 하는 일은 없지만, 생활 곳곳에 아버지의 말씀이 적용되고 있다.

아버지의 말씀 중에 순수한 아버지의 창작품은 몇 되지 않는다. 대부분은 옛날부터 내려오던 격언이나 속담이다. 아버지께서는 격언이나 속담을 생활 속에 자연스럽게 녹여 내셨다. 자연스럽게 녹아든 것들이 나도 모르게 튀어나온다. 자신의 글씨를 부끄러워하는 지인에게 "우리 아버지가 그러셨는데 글씨엔 정성만 들어가면 된다고 해요"라며 용기를 준다. 티격태격하는 친구들에게 "우리 아버지가 말한 '황새와 우렁이 싸움'이 있는데, 너희들 보고 하는 소리네"라고 말하기도 한다.

딸아이는 연필 깎기로 깎은 연필을 더 좋아했다. 그래도 외할아버지 이야기를 해주며 엄마의 로망을 이야기했다. "엄마는 다음에 아이 낳으면 할아버지처럼 '내 아이 연필은 꼭 내가 깎아 줘야지'라고 생각했었다"라고. 너의 연필을 깎아주는 것이 나의 기쁨이라고 이야기했다. 연필을 깎을 때마다 아버지를 만나는 기분이 들어서 좋았다.

그 날도 어김없이 아이의 필통을 열었다. 모든 연필이 연필 깎기로 깎여 있었다. 송곳처럼 끝이 뾰족한 연필이 마치 나를 공격하는 것 같았다. 아이를 야단 칠 일은 아니다. 칼로 연필을 깎아주는 것은 나의 기쁨이지 아이가 원하는 것은 아니다. 아이 말이 담임선생님께서 교실에 연필 깎기를 두 개 구비해 놓으셨다고 한다. 부러지거나 심이 닳은 연필을 가지고 오는 아이들이 종종 있어 마련한 대책인 것 같다.

선생님께서 가끔씩 알림장에 필통에 연필 3자루 이상, 자, 지우개를 챙기라고 적어 놓으신 게 생각났다. 아이는 연필 깎기를 보고 좋아서 자신의 연필을 죄다 깎아 왔다. 얼마나 열심히 깎았으면 칼로 깎은 흔적이 하나도 없다. 쓰지도 않은 심이 무수히 연필 깎기에 갈려 나갔다는 말이다. 아이 잘못은 없는데 난 괜히 서운한 마음이 들었다. 아버지와의 추억 하나가 사라지는 느낌이었다. 그래도 매일 아이의 필통을 확인했다. 아이는 며칠 연필 깎기로 깎더니 이젠 그냥 가져온다. 몇 번하고 나니 연필 깎기에 대한 호기심도 사라지고 귀찮아진 것 같았다.

아버지께서 내게 하신 말씀이 생각났다. "사람은 원래 하지 말라고하면 더 하고 싶은 법이야." 잊고 있었다. 내가 아이에게 연필 깎기를 못하게 하니 더 하고 싶었다는 것을. 교실에 있는 연필 깎기는 엄마의 시선이 없는 곳이니 마음껏 사용했고 할 만큼 하고 나니 이제 시시해서 연필 깎기로 깎은 연필이나 칼로 깎은 연필이나 상관이 없게 된 것이다. 아이는 연필 깎기로 깎은 연필을 좋아했던 것이 아니라 연필 깎기로 연필을 깎아 보고 싶었던 것이다. 아이의 필통을 열었을 때 부러진 연필이 있거나 심이 닳아 다시 깎아야 할 연필이 있으면 기분이 좋다. 오늘도 내 아이 필통의 연필이 심이 많이 닳아 있으면 좋겠다.

어딜 가나 아버지가 계신다. 아버지께서는 식사를 마치신 뒤 자신의 밥그릇에 항상 물을 부어 드셨다. 씻을 컵도 하나 줄어들지만, 아버지께서 물을 부어 드셨기에 밥그릇이 물에 불어 설거지를 할 때 쉽게 할 수 있었다. 남편에게 밥 먹은 뒤 물을 밥그릇에 부어 마시라고 했더니 질색한다. "자기가 먹던 밥그릇인데 뭐 어때?"라며 말해도 싫다고 한다. 강요할 수 없기에 한두 번 권하고 권하지 않는다. 커피를 마신 컵을 바로 씻지 않아 컵 안쪽에 검은 커피가 딱딱하게 굳어 있다. 아버지 생각이 난다. 아버지는 커피를 마시고 난 뒤, 자신이 마신 커피잔을 부엌 개수대에 넣으시며 나중에 씻을 때 편하라고 물을 채워 놓으셨다.

결혼하고 첫 크리스마스 무렵이었다. 퇴근하고 아파트에 들어서는데 우리 동 경비실 옆 나무에 크리스마스트리 장식이 되어 있고 불이 반짝였다. 기분이 좋아졌다. 울컥 아버지 생각이 나면서 눈물이 고였다. 집에 가방을 내려놓고 다시 마트로 향했다. 경비 아저씨께 드릴 따뜻한 음료수를 샀다. "아저씨 고맙습니다. 제가 크리스마스트리를 정말 좋아합니다. 오늘 하루 피곤하고 힘들었는데 크리스마스트리를 보는 순간 기분이 좋아졌습니다. 고맙습니다"라고 감사 인사를 드렸다.

아버지가 계실 때 우리 집은 12월이 시작되면서 크리스마스트리 장식을 했다. 정원에 나무가 많아서 정원의 나무에도 하고 집 안에도 장식했다. 어떨 때는 옥상에서부터 크리스마스 등을 내려 장식을 했다. "아버지, 위에 십자가만 달면 멀리서 보면 교회인 줄 알겠어요"라고 이야기하기도 했다. 아버지는 내가 아주 어렸을 때부터 집에 크리스마스트리 장식을 했다. 시장통에 살 때도 했다. 그 당시에 크리스마스트리는 사치였다. 크리스마스트리는 교회에서만 볼 수 있었지 친구들 집에서는 볼 수가 없었다. 난 시장 골목에서 우리 집 2층을 가리키며 자랑을 했다. 낮에는 불이 켜지지 않아 볼 수가 없었다. 저녁이 되어야 불이 켜지기에 친구들은 내 말을 믿지 않았다. 하지만 저녁에 친구들 앞에서 자랑을 할 수 없었다. 난 해가 지고 나면 집 밖을 나올 수 없으니까. 친구들에게 나중에 불 켜지면 보라고 이야기했다.

불이 켜지자 난 창문을 열고 우리 집에 크리스마스트리 있다고 손을 흔들며 자랑을 했다. 뒷날 난 의기양양하게 이웃 아주머니에게 우리 집 트리 봤냐고 물어봤다. 그때 난 초등학교 1학년이나 2학년쯤 되었을 것이다. 어린 나에게 아주머니께서는 "돼지 목에 진주 목걸이지"라며 비아냥거리셨다. 어린 나이인데도 아주머니의 비아냥거림의 의미를 알 것 같았다. 아주머니는 시샘이 났고 부러워서 한 말이라는 걸.

아이가 태어나고 해마다 크리스마스트리 장식을 한다. 크리스마스 시즌이 오면 트리를 만들기 전부터 아버지의 설렘이 이제는 나의 설렘이 된다. 우리 집에서는 크리스마스트리를 어린 딸보다 내가 더 좋아한다.

100년 된 국밥집 육수가 100년 된 거라고 할 때 처음엔 말도 안 되는 소리라고 했다. 100년 전의 육수가 어떻게 지금까지 있냐고 믿지 않았다. 100년 전 처음 만들어진 육수에 매일 매일 물을 붓고 육수를 우려내고 또 우려낸다고 한다. 100년 전 처음 만들어진 육수를 버리지 않고 매일 그 가마솥에서 육수를 만드니 100년 전에 만들어진 육수가 완전히 없어지지 않고 계속 우려져 육수의 맛이 갈수록 깊어진다고 한다. 이해가 되었다. 깊은 맛이란 저렇게 만들어지는구나….

나의 생활 곳곳에 아버지와 나의 추억이 되살아나고 보태져 또 다른 추억을 만들고 있다. 마치 오래된 국밥집 육수가 몇 대를 거쳐도 사라지지 않듯이 나와 아버지의 추억도 완전히 사라지지 않고 남편과 딸의 추억에 보태져 깊이를 더하고 있다.

⑤

아버지가 원하는 것이 뭘까요?

"햐, 이제 됐다. 요놈 이기 문제였던기라"라며 아버지께서는 신이 나서 말씀하셨다. 맞추기 힘든 퍼즐을 다 맞춘 아이처럼 기뻐하셨고 어려운 수학 문제를 스스로 푼 학생처럼 뿌듯한 표정이었다.

설이라 창원에서 언니 네가 왔다. 조카들은 아직 갓난쟁이들이었다. 유난히 추운 겨울이었다. 설 대목을 치른다고 정신없던 두부 공장의 불도 꺼지고 아버지도 목욕을 다녀오셨다. 그런데 방바닥이 싸늘하다. 보일러 기름통의 기름도 넉넉한데 보일러를 켠지 한참이 지났는데도 방이 따뜻해질 기미가 보이지 않았다. 보일러가 고장이 났다. 해가 어둑어둑 지려고 했다. 보일러 고치는 기사에게 전화를 하니 받지를 않는다. 그 시간이면 모두 설을 치르기 위해 고향으로 떠났을 시간이었다. 큰일이다. 어머니는 미리미리 점검을 하지 않았다고 잔소리를 하신다. 보일러가 갑자기 고장 날지 누가 알았겠는가. 어린 조카들이 감기에 걸릴까 봐 더 성화셨다.

아버지는 당황한 듯 각종 공구를 들고 보일러실을 왔다 갔다 하며 고치셨다. 보일러실은 갓방 뒤쪽에 있었다. 아버지와 나는 서로 소리를 지르며 의사소통을 했다. "보일러 켜봐라." "불이 안 들어 와요, 아버지." 아버지는 또 다른 쪽을 만지며 보일러를 고치려고 했다. 아버지는 보일러에 대해서는 전혀 모르시는 분이시다. 어머니는 모르면서 손을 댔다가 더 크게 고장 난다고 그냥 두라고 또 한바탕 큰소리를 내신다.

이제 해가 완전히 졌다. 나도 아버지 옆을 왔다 갔다 하면서 바빴다. 날이 어두워지자 보일러실의 불을 켜도 어둡고 그림자가 져서 기계가 잘 보이지 않았다. 빨간색 큰 손전등을 들고 아버지 옆에서 불빛을 비춰주다가 다시 방으로 들어가 보일러 켜기를 몇 번을 반복했는지 모르겠다. '웅' 하고 보일러가 돌아가며 점화가 되었다. 드디어 보일러를 고쳤다. 아버지께서는 정말 기뻐하셨다. 거짓말처럼 보일러를 고치자마자 작은 형부께서 들어오셨다. 아버지께서는 보일러 고치신 이야기를 무용담처럼 늘어놓으셨다. 아마 작은 형부가 계셨으면 더 빨리 고칠 수도 있었을 것이다. 나는 기계에 대해 잘 모르니 들어도 알 수 없는 말들을 형부와 나누며 아버지는 정말 기뻐하셨다.

설 연휴 동안 유난히 추울 거라는 일기예보 때문에 아버지는 보일러를 고쳐야겠다고 생각하셨단다. 하루만 고생하고 뒷날 보일러 기사가 고칠 수 있으면 어떻게 하루를 견뎌 보겠는데 설 연휴 동안은 어떻게 할 도리가 없더라고 말씀하셨다. 또 어린 조카들이 감기에 걸릴까 봐 더 걱정이 되더라는 이야기를 하셨다.

설 연휴가 끝나고 아버지께서 보일러 기사를 불렀다. 아버지께서 대충 고치신 거라 기사를 불러 점검할 필요가 있었다. 보일러 기사가 나오더니 한소리 하신다. "영감님 저걸 진짜 영감님이 고치신 거라요?" "아이고 영감님 우린 뭐 먹고 살라고… 저걸 저렇게 고치시모 우짭니꺼?"라며 어이없다는 듯 웃으셨다. 보일러 기사님은 손댈 것이 없다며 가신다. "영감님 다음에 고장 나면 손대지 말고 우리 불러 주이소"라는 말을 남기고 가셨다.

아버지께서는 뭐든 자기가 하기를 원하는 분이셨다. 말 그대로 '하고잡이'셨다. 어느 해인가 정확히 기억나지 않지만 환경 관련 법안이 강화되면서 가내수공업이나 다름없는 작은 두부 공장까지 폐수 처리장을 설치하고 정기적으로 검사를 받아야 했다. 큰 원통의 폐수처리 기계가 공장 옥상에 설치되었다. 환경기사를 두어 관리를 해야 했다. 환경기사를 둘 정도의 규모도 아니고 공장 여건상 힘든 일이었다.

환경 수질 자격증만 빌려 사용하기로 하고 아버지께서 폐수처리 관련 업무를 맡으셨다. 아버지께서는 그 어떤 환경기사보다 꼼꼼하고 철저하게 폐수처리 관리를 하셨다. 시청에서 나오는 환경검사에서 지적을 받은 적이 한 번도 없었다. 아버지는 폐수처리를 관리하는 일을 안 해도 되는 귀찮은 일이라 생각하지 않으시고 새로운 뭔가를 배우는 기회라고 생각하셨다. 기계의 수치를 보고 뭔가 약품을 넣었던 것 같은데 아버지께서는 스스로 연구하셔서 어떻게 하면 제일 효율적으로 기계를 사용하고 약품의 양을 줄일 수 있는지 연구하셨다. 일이 아니라 또 다른 재미를 찾으신 것이었다.

"너거 아버지는 자기 하고 싶은 것은 다 하는 사람이다"라고 어머니께서 늘 말씀하셨다. 어머니 말씀이 맞았다. 어머니께서는 우리를 위해 자신이 하고 싶은 것을 하시지 않고 포기하셨다면 아버지께서는 자신이 하고 싶은 것을 조용히 다 하셨다. 어머니께서 무엇을 하시고 싶었는지 또 무엇을 포기하셨는지 모른다. 어머니께서 말씀하신 적도 없으시고 애써 물어본 적도 없으니까.

아버지의 취미 활동은 다양했다. 그리고 같은 영역에서 조금씩 진

화했다. 두부 공장 사택으로 이사 오기 전에 살던 집에도 마당이 있었다. 그 마당에도 항상 꽃나무와 과일나무가 있었고 집안에는 화분이 많았다. 아버지 어머니 두 분 다 꽃과 나무를 좋아하셨다.

어머니께서는 화초를 가꾸시기보다는 화분에 물을 주는 정도였다. 반면에 아버지는 적극적이되 요란스럽지 않게 자신의 취미활동 영역을 넓혀 가셨다. 처음엔 마당에 화초 가꾸기부터 하셨는데 난초를 키우시다가 소나무 분재를 하셨다. 그리고 소사나무 분재를 하시더니 적당한 돌을 주워 오셔서 돌에 난을 붙여 석란을 만드셨다. 석란을 만드시다 수석에도 눈을 돌리셨다. 처음 수석을 하실 때는 수석 받침대를 전문가에게 의뢰해서 만들어 오셨다. 그러다 어느 순간부터 수석 받침대를 직접 만들기 시작하셨다. 갓방 옆 마당에 목공을 할 수 있는 도구를 직접 만드셨다. 의자에 앉아서 작업할 수 있게 작업대를 만드셨다. 작업대의 역할은 나무를 잡아주는 역할을 할 수 있게 제작되었다. 나무 크기에 따라 너비를 조정할 수 있는 장치를 직접 만드셨다. 나무를 깎을 때 양쪽에서 나무를 고정시켜 줄 수 있는 장치였다. 거북이 등처럼 생긴 돌멩이를 주워오면 받침대는 거북이 모양으로 깎으셨다. 일반 문방구에서 파는 조각칼을 사용하셨는데 작은 형부께서 일본 출장을 다녀오는 길에 일제 조각칼을 선물로 사 오자 아이처럼 좋아하셨다. 나무를 조각칼로 깎은 뒤에 사포로 거친 부분을 손질하시고 니스 칠을 하셨다.

아버지께서는 다른 영역으로 취미생활을 옮겨 간다고 해서 그 전에 하시던 것을 소홀히 하지는 않으셨다. 수석 받침대를 만드는 것도 하시면서 나무 분재도 하시고, 석란도 만드셨다. 그러니 일이 점점 늘어날 수밖에 없었다.

어느 날 어머니께서 나무로 만든 텔레비전 받침대를 사오셨다. 나무 기둥의 형태를 그대로 살려 만들어진 받침대는 앞쪽에 굵은 쇠로 만든 문고리가 장식으로 박혀 있었다. 아버지께서는 이걸 돈 주고 사왔냐며 한소리 하셨다. 아버지가 보시기에 나무 기둥 몇 개 박아놓은 거로만 보였던 것이다. 가격을 듣더니 더 놀라셨다. 어머니께서 보기에 이래도 만들기가 쉽지 않다며 두 분이 티격태격하셨다. 아버지는 며칠 뒤 텔레비전 받침대와 비슷한 모양의 화분 받침대를 만들어 그 위에 화분을 올려놓으셨다. 우리가 더 놀란 건 텔레비전 받침대에 장식으로 박혀 있는 둥근 쇠 문고리를 박아 놓으신 거였다. 대체 쇠 문고리를 어디서 구했냐고 물으니 아버지께서 고성 시골에 있는 대장간에서 구했다고 하셨다. 우리는 쇠 문고리를 구하려고 시골 대장간을 찾아간 아버지에게도 놀랐지만, 아직도 대장간이 있다는 사실에 더 놀랐던 기억이 난다.

형부들은 약주를 드시다 어쩌다 아버지 얘기가 나오면 "하여간 그 영감탱이…"라고 말끝을 흐리며 약주를 들이키신다. 그 말은 아버지를 무시하는 말이 아니었다. 형부들은 모두 아버지를 존경하셨다. "하여간 그 영감탱이…"라는 말은 "하여간 그 영감을 누가 당하겠노. 우리는 발뒤꿈치도 못 따라간다"라는 말임을 우리 모두는 알고 있다.

아버지께서는 하모니카를 멋들어지게 부셨다. 나는 아버지께 하모니카 부는 법을 배웠다. 아버지께서는 하모니카를 부시면서 혀를 이용해 왼쪽 낮은음의 구멍을 박자에 맞춰 막았다 열었다 하시면서 반주를 넣으셨다. 그러면 멜로디와 반주가 같이 나오면서 굉장히 풍성하게 들렸다. 아버지처럼 반주를 넣으려고 해도 호흡이 가쁘고 혀가 아파 생각처럼 쉽게 되지 않았다. 아버지와 같이 산 하모니카가 지금도 있다. 독일제 하모니카인데 그때 꽤 비싼 돈을 주고 두 개를 샀다. 하나는 아버지가 사용하시고 하나는 내게 주셨다. 요즘은 딸아이가 장난감처럼 그 하모니카를 불곤 한다. 아버지는 가끔씩 교회의 저녁 예배 시간에 하모니카 연주를 하시곤 했다. 큰언니는 요즘도 아버지만큼 하모니카를 잘 부는 사람을 본 적이 없다며 그때 녹음하지 못한 것을 안타까워한다.

아버지께서는 '하고잡이'셨다. 아버지는 고장 난 보일러를 고칠 때도 손자들을 위해서라기보다 아버지가 고치고 싶은 도전 의식이 발동해서 고쳤다고 보는 것이 더 정확하다. 수석 받침대도 아버지가 하고 싶어서 하셨고 대충해도 될 공장의 폐수처리 관리도 아버지가 하고 싶어서 하신 거였다. 아버지가 하신 대부분의 일들은 누구를 위해서가 아니라 아버지가 하고 싶어서 하셨다. 아버지는 자신이 원하는 것을 하셨다. 만약 아버지께서 자신을 희생하시면서 우리를 키우셨다면 돌아가신 아버지를 생각하면 지금처럼 행복하진 않았을 것이다. 아버지께서 자신의 인생을 즐기면서 우리를 키우셨기에 우리는 다 같이 행복했던 것 같다.

내가 대학을 가지 않겠다고 했을 때, 아버지께서는 내가 어떻게 할 생각인지 물으셨다. 내가 원하는 것이 무엇인지를 물으셨던 것이다. 아버지께서는 내가 원하는 것을 하길 원했다. 아버지께서 본인이 원하는 것을 하며 사신 것처럼 자식들 또한 자식들이 원하는 것을 하며 살기를 바라고 계실 것이다.

그렇다고 아버지께서 하신 모든 일이 원하던 일은 아니었을 것이다. 어느 누가 새벽 2시부터 일어나 일을 하고 싶겠는가? 하지만 아버지께서는 새벽일에도 의미를 부여하셨다. 아버지께서는 매사에 '하기 싫다고 생각하면 더 하기 싫은 법'이라고 말씀하셨다. 자기에게 닥친 상황이나 주어진 일을 기꺼이 받아들이시고 거기에서 의미를 찾으셨다. 매사에 하기 싫다고 생각하면 더 하기 싫은 것을 뒤집어 생각하신 것이다. 하기 싫은 일을 매사에 하고 싶은 일로 만드신 것은 아버지의 삶의 철학이셨다.

아버지께서 내게 원하는 것은 내가 원하는 것을 하는 것이다. 지금도 아버지는 내 생활 곳곳에서 진정으로 내가 원하는 것이 무엇인지 묻고 계신다. 하고 싶은 것이 있으면 미루지 말고 지금 하라고 하신다. 그리고 어차피 내가 해야 할 일이라면 즐겁게 하라고 하신다.

❻
결과만큼 과정

아버지는 땅콩을 좋아하셨다. 주위의 누구든 부곡 하와이에 놀러 갔다 오는 길에 땅콩을 사 왔다. 아버지가 좋아하시는 걸 알기에 챙겼던 것이다. 직경 10cm 정도에 길이가 30cm 정도 되는 길고 투명한 비닐봉지 안에 짙은 자줏빛의 땅콩이 들어 있었다. 땅콩을 한꺼번에 많이 먹으면 설사를 할 수 있기에 매일 한 움큼씩 드셨다.

초등학교 5~6학년쯤 되었을 때의 일이다. 한 번은 아버지 드시기 편하라고 땅콩 껍데기를 몽땅 까서 다시 비닐봉지 안에 넣어 두었다. 이제 땅콩이 들어 있는 투명한 비닐봉지는 자주색이 아니라 연한 베이지색으로 바뀌었다. 아버지의 수고를 들어주었다는 생각에 뿌듯했다. 아버지께서 기뻐하실 거란 생각에 외출에서 돌아온 아버지께 땅콩 봉지를 내밀었다. 아버지께서는 약간 당황하셨다. 땅콩을 드시면서 아버지께서 지나가듯 말씀하셨다.

"땅콩은 껍질을 벗겨 먹는 재미도 있단다."

아, 그렇구나. 땅콩은 벗겨 먹는 재미도 있었구나. 아버지의 그 말이 나에겐 신선한 충격이었다. 먹는 재미가 음식 맛에만 의존하는 것이 아니라는 사실이 신선했다. 음식을 맛으로만 먹는다고 생각할 때였다.

생각해 보니 아버지를 위해 땅콩 껍데기를 벗기면서 나도 재미있었다는 생각이 들었다. 오동통하고 고소한 땅콩은 껍질이 쉽게 까졌다. 수분과 고소함이 다 날아간 땅콩은 겉으로 봐도 표가 났다. 쉽게 까질 땅콩인지 껍질이 땅콩에 붙어서 잘 까지지 않을 땅콩인지 만지지 않고도 알 수 있었다. 아버지의 수고를 줄이기 위해서 시작한 일은 땅콩 한 봉지를 다 까면서 재미있는 놀이가 되었다. 땅콩을 다 까고 나니 손에 땅콩기름이 배었다.

벗겨 먹는 재미는 내가 다 먹어버려 아버지는 이제 그냥 땅콩만 드시게 되었다. 요즘 마트에 가면 껍질을 까서 먹기 좋게 조금씩 포장된 견과류를 팔고 있다. 땅콩과 아몬드 등 다양한 견과류가 든 봉지도 있지만, 껍질이 다 까진 땅콩만 들어 있는 봉지도 가끔씩 보인다. 벗겨 먹는 재미는 누가 다 먹었을까 생각하면 피식 웃음이 나온다.

아버지께서는 석란을 만드는 취미가 있으셨다. 아버지가 만들어 놓으신 석란은 지금 봐도 멋스럽다. 마치 동해안의 외로운 바위섬 같다. 바위섬처럼 생긴 길쭉한 돌멩이에 석란을 붙였다. 석란을 붙이는 과정은 좀 괴기스러웠다. 돌멩이가 평평한 것이 아니라 기암괴석처럼 생겼기에 석란이 자리 잡을 자리가 거의 없었다. 다 만들어놓은 석란을 보면 어떻게 이런 곳에 화초가 자랄까란 생각이 들 정도이다.

아버지는 산에서 주워 온 기암괴석의 한 귀퉁이에 이끼와 석란을 붙였다. 흙이 없는 자리에 석란이 그냥 붙어 있지 않기에 석란의 뿌리가 마르지 않게 이끼로 덮은 뒤 본드로 붙였다. 그다음에 아주 가는 거미줄처럼 생긴 투명한 실로 본드로 붙인 석란과 이끼를 바위와 함께 칭칭 돌려가며 감았다. 본드와 실을 이용해 억지로 돌에 난을 붙이는 과정이 자연을 거스르는 행위인 것 같아 꼭 저렇게까지 해야 하나 란 생각이 들기도 했다. 무엇보다 본드의 사용은 충격이었다.

그런 뒤 아버지는 수시로 분무기를 이용해 물을 주었다. 이끼가 있는 곳만 물을 주는 것이 아니라 돌멩이 전체가 물을 머금을 수 있도록 돌멩이 전체에 부지런히 물을 주었다. 석란을 감은 줄은 그 뒤로도 계속 감겨 있었다. 거미줄처럼 가는 줄이었기에 시간이 지나면서 바위와 한 몸인 듯 자연스럽고 멋스럽게 자리를 잡아 갔다. 석란이 어느 정도 자리가 잡히면 그때부터 물을 주는 것은 어머니가 하셨다. 우리 집을 방문한 손님들은 하나같이 아버지의 석란을 보고 감탄과 칭찬을 했다.

과정이 괴기스럽긴 하지만, 석란은 멋스러웠다. 고고한 바위섬에 홀로 서 있는 나무같이 보였다. 석란은 일반 난과는 다른 모습이었다. 일반 난은 흙 속에서부터 가늘고 긴 잎이 뻗어 나와 있다. 석란은 가지 끝에 짧고 도톰한 잎이 붙어 있다. 석란의 가지는 회색빛을 띠며 가는 빨대 정도의 두께에 줄줄이 비엔나소시지처럼 마디가 분절되어 있었다. 분절된 가지도 마치 난처럼 자연스러운 곡선을 그리며 처져 있다.

석란의 가지는 일반 난과는 달리 두께도 있고 분절이 되어 있기에 많이 쳐지진 않았다. 내가 석란의 가지라고 표현하지만, 그게 가지인지 석란의 또 다른 잎인지는 모르겠다. 그 분절된 가지 끝에 짧고 도톰한 초록빛의 잎이 달려 있었다. 비스듬한 바위틈에 자리 잡은 석란은 자라면서 하얀색 뿌리가 이끼를 벗어나 자랐다. 석란의 하얀 뿌리는 자라면서 돌멩이를 감싸 안았다.

석란의 진정한 묘미는 뿌리였다. 땅에서 자라는 식물은 뿌리가 땅속을 향해 뻗어 간다. 뿌리가 어떤 모양새로 어디로 향해 가는지 알 수 없다. 땅속에 있기에 뿌리가 지닌 아름다운 자태를 알 수가 없다. 석란은 그 뿌리가 돌을 감싸며 겉으로 드러나 있다. 아무런 안전장치도 없이 자신을 온전히 드러내고 있다. 뿌리가 아름답긴 하지만, 햇빛에 그대로 노출이 되어 있어 수분이나 양분을 뿌리로 충분히 빨아들일 수 없다. 그래서 석란의 뿌리가 마르지 않도록 정성껏 물을 주어야 했다.

석란은 아주 가끔씩 하얀 꽃을 피웠다. 석란에 꽃이 피면 귀한 꽃이라고 지인들이 꽃구경을 오는 경우도 있었다. 꽃구경 온 손님들에게 석란을 자랑하는 사람은 아버지가 아니라 어머니셨다. 아마 그 시간에 아버지는 새로운 석란을 만들기 위해 돌을 찾으러 산으로 가셨거나 마당에서 고군분투하고 계셨을 것이다. 아버지는 꽃 잔치보다는 석란을 만드는 것이 더 즐거운 분이셨다

껍질을 까놓은 땅콩을 한 움큼 입에 넣고 씹었다. 미리 껍질을 까놓으니 한 개씩이 아니라 나도 모르게 한꺼번에 많이 넣게 되었다. 한 개씩 껍질을 까먹을 때보다 많이 먹히지 않았다. '땅콩을 벗겨 먹는 재미로 먹는다'는 말이 진짜 맛에도 영향을 끼치진 않을 것인데 왠지 땅콩 맛이 덜한 기분이었다.

살다 보니 '벗겨 먹는 재미'는 땅콩에만 있는 것이 아니었다. 여행의 경우도 여행 장소를 정하고, 준비물을 챙기고, 여행에서 무엇을 할 것인지 준비하는 과정에서 더 설렌다. 여행을 가기 위해 설레는 준비과정을 거친 사람과 아무 준비 없이 다른 사람이 짜놓은 계획에 따라온 사람은 여행에서의 즐거움도 다르다. '자유 여행'의 재미를 맛 본 사람이 '패키지여행'을 가지 않는 이유 중의 하나가 아마 '벗겨 먹는 재미'가

없기 때문이 아닐까란 생각이 든다.

사람에 따라 '벗겨 먹는 재미'가 '벗겨 먹는 괴로움'이 되는 사람이 있다. 땅콩을 먹는 것만 목적이라면 남이 다 까놓은 땅콩을 한 입에 털어 넣으면 된다. 그렇게 먹는 땅콩도 고소하고 맛나기는 매한가지다. 땅콩만 먹고 싶은데 하나씩 낱낱이 까야 하는 것이 귀찮은 사람도 분명 있을 것이다. 자유 여행이 귀찮고 신경 쓸 일이 많기에 패키지 여행을 선호하는 사람도 많을 것이다. '벗겨 먹는 재미'를 즐기는 것이 아니라 '벗겨 먹는 괴로움'을 피하려는 것이다.

아버지는 땅콩을 좋아하시지만, 땅콩만 좋아하신 게 아니라 껍질을 벗겨 먹는 재미도 아신 분이셨다. 석란의 하얀 꽃도 좋아하지만, 석란이 꽃 피기까지 하나에서 열까지 그 과정 하나하나를 마치 예술작품을 만드는 과정인 양 정성을 들이시며 어느 것 하나 허투루 여기지 않는 분이셨다. 아버지께서는 민물새우 낚시를 즐기기 위해 손쉽게 새그물을 사기보다는 낡은 그물을 직접 기우시며 콧노래를 부르던 분이셨다. 눈에 보이는 성과물도 중요하지만, 그 성과물을 내기 위해 들이는 수고를 수고로 생각하지 않으시고 재미로 여기셨다.

아버지께서 석란을 만들기 위하여 들인 시간과 정성을 알기에 거실에 놓여 있는 석란의 돌이 물기 없이 말라 있으면 나도 모르게 분무기로 석란에 물을 주었다. 만약 아버지께서 그 석란을 돈을 주고 사 왔거나 다른 사람이 만든 것을 선물로 받아왔다면 그 석란이 귀한 줄도 모를뿐더러 뿌리가 마를 수 있다는 생각도 못 했을지 모른다. 아버지께 석란을 선물 받은 분들이 얼마 지나지 않아 시들어가는 석란을 다시 들고 오거나 아예 죽은 석란을 들고 오는 이유는 석란이 되기까지의 과정을 본인들이 직접 거치지 않았기 때문일 것이다.

4명의 아이와 1년간 보드게임 수업을 한 적이 있다. 아이들과 보드게임을 할 때 늘 강조하는 것이 '이기고 지는 것에 연연하지 마라'는 것이다. 이길 수도 있고 질 수도 있다. 중요한 것은 게임을 재미있게 즐기는 것이다. 매달 게임의 종류가 바뀌고 게임마다 승자와 패자가 달라졌다.

몇 달이 지난 뒤 아이들에게 물었다. '라비린스'를 할 때 누가 이겼지? '셋'을 할 때는 누가 제일 못했어? '3D 블로커스'를 할 때는 누가 끝까지 했어? 아이들은 어떤 게임에서 누가 이기고 졌는지 정확하게 기억하지 못했다. 질문을 바꾸어 했다. '라비린스' 재밌었어? 아이들은 이구동성으로 재미있었다고 이야기했다.

아이들은 이제 경험으로 배운다. 이기고 지는 것이 중요하지 않다는 것을. 누가 이겼는지, 누가 제일 낮은 점수를 받았는지는 기억나지 않지만, 그 게임을 할 때 신나고 재미있었다는 사실은 기억한다는 것을. 그러기에 게임에서 이겼다고 필요 이상으로 자랑하지 않고 졌을 때는 다음 게임을 위해 감정을 다독일 수 있어야 한다는 것을 배웠다.

아버지께서 '결과보다 과정이 더 중요하다'는 메시지를 주고자 한 적은 없다. 결과만큼 과정도 중요하다고 말씀하시고 싶었던 것 같다. 세상 살다 보면 어느 하나 귀하지 않은 것이 없다고 말씀하셨다. 어머니께서 진수성찬을 거하게 차려 올려도 간장이 없으면 간장을 꼭 찾으셨다. 다른 반찬이 아무리 많아도 첫술을 들기 전에 숟가락을 간장 종지에 꼭 찍어 먹은 뒤 다른 반찬을 드셨다. 간장은 간장의 역할이 있음을 말씀하셨다. 꽃보다 사월의 버드나무의 새싹이 더 예쁘다고 말하는 나에게 버드나무 새싹은 꽃과는 또 다른 아름다움이 있다고 말하고 계신 것이다.

5/

존경합니다.
사랑합니다!

❶
췌장암

2002년 5월 13일이었다. 이 날짜를 애써 기억하려고 한 적은 없는데 머릿속에서 지워지지 않는다. 이날 큰언니가 아버지를 모시고 부산에 오셨다. 고신대 병원에 예약을 하고 올라왔다고 했다. 고신대 병원이란 말에 무슨 소리냐는 반응을 보였다. 삼천포에서는 어르신들이 편찮으셔서 큰 병원을 가야 하면 부산으로 갔다. 인제대 백병원으로 간다고 하면 '뇌졸중'인가보다라고 여기고 고신대 병원으로 간다고 하면 '암'인가 보네라고 짐작했다. 아버지가 고신대 병원에 정밀검사를 받기 위해 왔다니 말도 안 되는 소리였다.

고신대 병원에는 아버지와 같은 교회에 다니는 부부 의사 선생님이 계셨다. 그분들의 도움으로 병원의 입원 절차를 손쉽게 할 수 있었다. 아버지에게 아무 말씀을 드리지 않아도 고신대 병원에서 검사를 받는 것 자체가 이미 모든 것을 다 이야기한 것이나 진배없었다.

아버지는 정기적으로 건강검진을 받으셨다. 불과 몇 달 전에도 마산 삼성병원에서 건강검진을 받으셨다. 검사 결과는 당 수치가 높게 나온 것을 제외하고는 별 문제가 없다고 했다. 아버지께서는 술과 담배를 하시지 않는 대신 간식을 즐겨 드셨다. 나도 늘 아버지께 주전부리를 사다 드렸다. 아버지께서는 단 음식을 많이 먹은 탓에 당 수치가 높아졌다고 생각하셨다. 병원에서는 당 수치가 높아진 원인에 대해서는 언급하지 않았다.

아버지께서는 건강검진을 받은 뒤부터 간식을 거의 드시지 않으셨고 동시에 걷기 운동을 시작하셨다. 간식을 줄이고 운동을 하면 당 수치가 정상으로 돌아올 것이라 믿었다. 아버지는 살이 점점 빠지셨다. 간식을 줄이고 걷기 운동을 꾸준히 하니 배도 들어가고 살이 빠지는 것이라 여겼으며 당 수치도 줄었을 거라 확신하셨다.

그런데 계속 속이 편치 않으셨나 보다. 동네 병원에서 지은 약이 효과가 없었다. 아버지께서는 평소 배앓이와 다르다는 생각에 위내시경을 받기로 결정하고 진주에서 용하다는 내과에 위내시경 검사를 예약하셨다. 위내시경은 금식을 한 다음 실시하기에 아침 첫 시간에 예약하셨다. 빈속이라 운전할 기운이 없으신 아버지는 버스를 타고 진주까지 가셨다. 이 모든 과정을 아버지 혼자서 하셨다. 자식들에게는 짐이 된다며 알리지 않으셨다. 어머니께서는 오빠와 같이 가라고 말했으나 아버지는 고집을 꺾지 않으셨다.

오빠는 병원에서 온 전화를 받고 학교의 오후 수업을 조정한 뒤 진주 병원으로 갔다. 오빠는 고등학교 선생님이시다. 헐레벌떡 병원에 도착한 오빠는 복도에 혼자 앉아계신 아버지를 보는 순간 가슴이 철렁 내려앉았다고 했다. 깜깜한 병원 복도에 아버지께서 기운이 다 빠져나간 모습으로 혼자 의자에 앉아 계셨다. 점심시간이라 병원 복도엔 아무도 없었다. 위내시경 검사를 받으신 아버지께서 기운을 차리지 못하자 병원에서 보호자에게 연락을 해야 한다며 아버지께 보호자 연락처를 달라고 했단다. 아침 첫 시간에 검사를 마치고 혼자서 기운을 차려 보겠다고 앉아 계시다가 점심시간이 다가오자 아버지께서 오빠 연락처를 가르쳐 주었다고 한다. 아버지는 자신의 몸이 자신의 뜻대로 되지 않고 도저히 기운을 차릴 수가 없었다고 했다. 아침 첫 시간에 내시경 검사를 받고 혼자 기운을 차리고 인근에서 식사를 한 뒤 버스를 타고 다시 집으로 돌아올 계획이었는데 수포로 돌아갔다. 자식에게 폐를 끼치기 않겠다고 한 일이 아들을 불효자로 만든 것 같아 죄책감도 들었다고 했다.

보호자의 연락처를 알게 된 병원에서 검사 결과를 아버지가 아닌 오빠에게 알려왔다. '정밀 조직 검사를 해봐야 알겠지만, 좋지 않다. 소견서를 써 주겠다. 췌장암이 의심된다'라는 의사의 말을 듣고, 고신대 병원에 예약했다. 나는 그 당시 부산진역 근처에 있는 '김원묵 기념 봉생 병원'에서 언어치료사로 근무하고 있었다. 큰언니는 아버지와 며칠 병원에 있어야 하고 부산 운전이 자신이 없어 버스를 타고 왔다. 퇴근을 하고 곧장 시외버스 터미널로 아버지와 언니를 마중 나갔다. 해가 어스름 지고 있었다. 언니는 아버지가 '췌장암'일지도 모른다는 진주 의사 선생님의 말을 아버지가 화장실에 간 사이에 전했다. 눈물 많은 언니는 아버지가 눈치챌까 봐 눈물을 꾹 참고 말을 했다. 언니의 말을 들을 때만 해도 웃고 넘길 해프닝으로 끝날 것이라 생각했다.

어제까지 멀쩡하던 아버지는 병원에 입원함과 동시에 암 환자가 되었다. 암 진단을 받기 전임에도 다들 암 환자로 대했다. 어머니께 말씀드리진 않았지만 '고신대 병원=암'이라는 등식을 모두가 알기에 어머니도 짐작하고 계셨다. 다만 무슨 암이 어느 정도 진행되었는지가 문제였다.

저녁에 입원하면서 조직 검사를 위해 금식이 시작되었다. 입원 뒷날부터 조직 검사가 시작되었다. 조직 검사를 받는 과정은 일흔셋의 병약한 노인이 견디기엔 힘든 일이었다. 아버지는 입원한 뒤로 애써 아무렇지 않은 듯하였으나 뭔가 잘못되었다는 것을 직감하신 것 같았다.

고신대 병원의 의사 선생님 부부가 나에게 상담을 요청했다.

"강 선생님 마음을 단단히 먹으셔야 합니다. 선생님께서 중심을 잡고 있어야 해요. 대부분 집안에 암 환자가 생기면 갈피를 잡지 못해요. 장로님(아버지는 장로님이셨다)께서는 '췌장암' 말기입니다. 손을 댈 수가 없어요. 통증 관리에 신경을 쓰는 것 외에 장로님께 해 드릴 것이 없습니다. 췌장암은 암 중에 제일 통증이 심합니다. 대부분 집안의 어른이 암에 걸리면 자식들마다 의견이 분분해요. 더 큰 병원에 모시고 가자는 사람, 민간요법을 하자는 사람…. 또 주위 일가친지들은 무조건 수술을 권하기도 합니다. 돌아가셔도 후회는 없어야 한다는 이유로 아무것도 하지 않는 강 선생님 형제분들을 불효자로 볼지도 몰라요. 그 모든 분란을 강 선생님께서 정리하셔야 합니다. 장로님께는 시간이 얼마 없어요. 그리고 너무 약하셔서 그 모든 과정에서 제일 힘든 것은 장로님입니다. 선생님께서 일체의 잡음을 처리하는 역할을 하셔야 합니다. 강 선생님께서 병원에서 일을 하시니 제가 무슨 말을 하는지 잘 아실 겁니다."

이 선생님(남편 의사 선생님)은 막내인 나에게 아버지의 보호자 자격을 부여하며 모든 처리를 현명하게 해줄 것을 부탁하셨다.

담당 교수님이 검사 결과를 말씀하실 때 언니와 오빠가 놀라지 않도록 내게 언질을 주시며 오빠와 언니에게도 내가 아버지의 결과를 미리 말을 해줄 것을 부탁했다. 아버지와 관련한 모든 검사와 상담을 나에게 했다. 나는 병원에 근무하지만, 의사가 아니다. 병원에서 일한다는 이유로 나에게 아버지와 관련한 모든 결정을 나를 통해 하기를 원했다. 아버지의 검사 결과를 들은 그날 저녁 난 울 수가 없었다. 울음이 터져버리면 멈출 수가 없을 것 같았다. 밤 내내 방 안을 빙빙 돌며 끙끙 앓았다. 나도 모르게 내 입에서 신음이 나왔다.

고신대 병원에서 해 줄 것은 없었다. 위에서 장으로 내려가는 위치에 염증이 생겨 부어 있으므로 염증이 사라지면 그 사이에 관을 삽입하는 수술을 해야 한다고 말씀하셨다. 일단 퇴원을 한 뒤, 한 달 뒤에 다시 오라고 했다. 아버지를 모시고 삼천포로 내려왔다. 퇴원한 뒤 집에 계셨다. 어머니와 아버지께 암이라는 이야기는 하지 않고 위가 많이 안 좋아졌다고 일단 말씀을 드렸다. 아버지께서는 살이 너무 갑자기 빠지셔서 틀니가 맞지 않아 불편해하셨다. 우리는 아버지의 틀니를 새로 해 드렸다. 틀니를 새로 만들어 드리니 어머니와 아버지는 큰 병은 아닌가 보다라고 안심하시는 듯했다.

고신대 병원의 두 분 선생님께서는 주말마다 삼천포로 오셨는데 오실 때마다 집에 들러 아버지의 병세를 체크하시고 위로의 말씀을 해 주셨다. 두 분의 도움으로 통증 관리를 시작했다. 아버지에겐 시간이 얼마 없었다. 담당 교수님은 짧으면 한 달, 길어도 석 달을 넘기기 힘들다고 하셨다. 아버지의 통증을 경감시키는 데 전력을 다하기로 결정을 내렸다. 다행히 온 가족이 의견이 일치하였고 어쨌든 아버지께서 덜 아프시게 하는 데 총력을 기울였다.

5월이었다. 날씨가 곧 더워질 것이고 아버지는 계속 누워 계셔야 했다. '욕창'은 생기기 전에 관리해야 했다. 통증과 욕창은 생기기 전에 막아야 했다. 욕창 방지용 매트리스를 사용하면서 자주 위치를 바꾸어가며 누워 있어야 한다고 당부를 했다. 어머니는 하루에 한 번 소독약으로 아버지의 온몸을 닦아 주었다. 언니들과 형부들은 목초액과 복어 등 암에 효험이 있다는 음식과 약들을 아버지를 위해 구해 왔다. 나는 부산에서, 작은언니 식구들은 창원에서 한 주도 빠지지 않고 삼천포로 내려왔다.

한 달이 지나 다시 고신대 병원에 입원을 했다. 수술을 해야 했으므로 이번에 어머니께서 아버지의 병간호를 위해 같이 올라왔다. 담당 교수님이 아버지를 보시고 깜짝 놀랐다. 퇴원하실 때 말씀은 한 달 뒤에 보자고 했으나 그때까지 견디지 못할 것이라 예상하셨단다. 수술할 부위는 관을 삽입하지 않아도 될 정도로 부기가 빠져 있었다. 아버지의 연세가 있어 암의 진행 속도가 빠르지 않았다. 담당교수님은 아버지께서 잘 견뎌 주고 있다고 말씀하셨다. 아버지께서는 잘 참으시긴 하셨으나 속이 계속 거북하신지 힘들어하셨다.

다시 고향으로 돌아갔다. 이번엔 집이 아니라 집 근처 병원에 입원하셨다. 통증이 본격적으로 시작되었다. 몇 번의 통증을 경험한 아버지께 교육을 했다.

"아버지, 아프기 전에 말씀하셔야 해요. 아프고 난 뒤에 통증 주사는 아무 의미가 없어요. 배가 아프기 시작하면 말씀하셔야 해요. 참지 마세요. 아프기 시작하는 느낌을 아버지께서 스스로 체크하셔야 해요. 몇 번이고 상관없으니 아플 것 같다는 생각이 들면 바로 간호사 선생님께 말씀하세요."

아프기 전에 말을 하라는 얘기를 수도 없이 했다. 참을 수 있는 통증이 아니고 통증 주사에 내성이 생기는 속도보다 통증의 진행 속도가 더 빠르기 때문에 내성이 생길까 염려할 이유는 없었다.

그 해는 2002년이었다. 우리 집을 제외한 모든 집에서 함성이 울려 퍼지고 있었다. 사방에서 '오 필승 코리아'가 흘러나왔다. 전 국민이 "대~한민국" '짝짝짝 짝짝'을 박수로, 클랙슨 소리로, 심지어 화장실 노크를 할 때도 박자를 맞추었다. 전 국민이 붉은 악마가 되어 빨간색 티셔츠를 입고 다녔다. 태극전사들은 거침이 없었고 히딩크 감독은 아직도 배가 고프다고 말하고 있었다.

미치지 않고서야 있을 수 없는 일이 벌어졌다. 대한민국이 4강에 진출했다. '꿈은 이루어진다.'라는 카드섹션을 보면서 많은 생각이 들었다. '진짜 꿈은 이루어질까?' '안 이루어지니까 꿈이라고 하지 않나?' '지금 내 꿈은 딱 하나 있는데…'

전 국민이 공감하는 2002년의 정서를 나는 알지 못한다. 2002년에 아버지와 우리 가족은 바다 한가운데 고립된 섬이었다. 그 섬에는 육지의 어떤 소식도 들려오지 않았다. 우리는 외로운 그 섬에서 거센 파도와 싸우고 모진 비바람을 견디고 있었다. 우리 가족은 거센 파도와 싸우는 것이 힘들었지만, 그 파도가 잔잔해질까 봐 두려워하고 있었다. 모진 비바람에 옷이 다 젖었지만, 비가 멎지 않기를 바라고 있었다. 우리 가족은 거센 파도와의 싸움을 언제까지고 계속할 기세였고 비바람을 온몸으로 맞을 각오를 하고 있었다. 이 싸움이 힘들긴 하지만, 가능한 한 오래 지속하기를 간절히 바라고 있었다.

❷
떠나시던 그 날

"이 정도 살았으면 일찍 죽었다는 소리는 안 듣지"라고 아버지는 혼 잣말처럼 낮은 소리로 말씀하셨다.

내가 아는 모든 사람들이 병문안을 왔다. 난 매주 주말을 아버지 병실에서 보냈다. 어머니께서 잠시 집에 가신 동안 낯이 익지 않은 노 부부가 병문안을 왔다. 처음 보는 분들이셨다. 병실에 들어서자 아버 지와 아버지 친구분은 눈인사만 나눈 채 아무 말이 없었다. 두 분이 창밖만 바라보고 있었다. 서로의 안부를 묻지도 않고 근황을 묻지도 않았다. 그렇게 창 밖만 말없이 보고 계셨다. 침묵을 깨트린 것은 아 버지셨다. "이 정도 살았으면 일찍 죽었다는 소리는 안 듣지"란 말을 하신 아버지의 연세는 일흔셋이다. 일찍 돌아가셨다는 소리는 듣지 않겠지만, 오래 사셨다는 소리도 듣지 못할 연세였다.

"저 친구까지 온 것 보니 삼천포 시내에 강종식이 죽는다는 소문이 다 퍼졌나 보네"라고 친구분이 가시자 나에게 하는 말인 듯도 하고 혼 잣말인 듯도 한 말씀을 하셨다.

아버지의 병세가 깊어지자 우리는 엄마에게 사실을 말했다. 그리고 어머니께서 아버지께 말씀드려 줄 것을 부탁했다. 여장부 기질이 있으신 어머니는 평소답지 않게 아버지의 병을 받아들이시고 자식들이 내린 결정을 온전히 수용하셨다. 어머니의 성격에 "이리 죽게 내버려 둘 수 없다. 뭐라도 해야지"라고 한 번쯤 말할 법도 한데 아무 말씀이 없으셨다.

며칠이 지나도 아버지께서는 심경의 변화를 드러내지 않으셨다. 우리는 더 늦기 전에 아버지께 말씀드리라고 어머니를 재촉했다. 아버지께도 뭔가 정리할 시간을 드려야 한다는 생각에 마음이 급했다. 어머니는 진즉에 아버지께 말씀을 드렸다고 했다. 말씀을 듣고도 아버지께서 아무런 미동이 없으시기에 아버지께서 잘못 이해하셨나 싶어 직접적으로 "당신 죽는데요. 아이들도 수술을 시켜드리고 싶은데 병원에서 손을 놓았데요"라며 말씀을 드렸다고 하셨다. 우리 모두는 아버지께서 평소와 다름없는 모습이었기에 더 불안해했다.

아버지는 자기 죽음을 앞두고 어떠한 행동도 취하지 않으셨다. 우리에게 당부의 말도 하지 않으시고 자신의 병에 대해 묻지도 않으셨다. 아버지께서는 우리의 당부대로 통증 관리를 잘하셨다. 드라마에서처럼 통증을 호소하는 모습을 보이시지 않으셨다. 간호사 선생님들께도 '선생님'이랑 호칭을 쓰시며 예의 바르게 행동하셨다. 간호사 선생님들이 아버지를 보고 존경스럽다고 말씀을 하셨다. 다른 노인 환자분과는 다르다고 말씀하셨다.

"아이들한테 교회 열심히 가라고 한마디 하고 가소. 주혜한테 시집도 가라 하고. 경환이한테 내 한데 잘하라고 하고…"

"우리 아아(아이)들은 착해서 죽기 전에 아버지 말씀을 유언이라 생각하고 잘 따를 것이니 꼭 한마디씩 하고 가소"

어머니는 아버지께 부탁했다고 한다. 아버지는 아무 말씀 안 하시고 "자기들이 알아서 잘할 거다"라는 말씀만 하셨다고 했다. 어머니는 "저놈의 영감탱이가 죽기 전까지도 고집 피우고 내 말은 안 듣는다"면서 역정을 내셨다.

나는 아버지와 둘이 있는 시간에 무슨 말을 해야 할지 몰랐다. 할 말은 산더미인데 말이 되어 나오지 않았다. 태풍이 지나간 다음 날이었다. 태풍이 여름을 싹 쓸어 가버렸다.

"아버지 어제 밤 태풍에 집이 엉망이 되었겠제? 아버지가 단도리를 안 해서… 걱정 안 됩니꺼?"

나의 어색한 연기에 아버지께서도 장단을 맞추셨다.

"하이고, 그 생각만 하면 내가 머리가 찌끈거린다. 생각도 하기 싫다. 엉망이 되어 있겠지. 내 손이 안 가면 집이고 공장이고 엉망이 되니 지금 우찌 돌아가는지 모르겠다."

아버지가 매일 삶과 죽음의 문턱을 오가는 마당에 태풍에 꺾인 대추나무가 대수고 바람에 날아간 개밥그릇이 무슨 문제가 되겠는가? 난 전날 밤 태풍에 집이 통째로 날아가도 아무 상관이 없는 사람이었다.

아버지의 컨디션이 좋아 보여 말이 나온 김에 휠체어를 타고 집까지 산책을 가지고 했다. 아버지도 그러자고 동의를 하셨다. 병원에서 나오면 우리 집이 보일 정도로 가까운 거리였다. 병원을 나서고 20m도 채 못 가서 아버지께서 다시 병실로 가자고 말씀하셨다. 휠체어를 타고 병실에서 내려오는 동안 멀미를 하신 거였다. 자신이 운전해서 원하는 곳을 어디든 가시던 분이 휠체어를 타고 몇 미터 가지도 못하고 멀미가 나셨다고 생각하니 목 안 깊은 곳에서 뭔가 울컥 올라왔다. 아무렇지도 않은 듯 꿀꺽 삼키고 다음에 가자면서 돌아섰다.

작은 언니 집 식구와 나는 창원과 부산에서 반나절만 시간이 나도 집으로 내려갔다. 한번은 토요일 퇴근하자마자 점심도 먹지 않고 총알처럼 터미널에 도착했는데 눈앞에서 버스를 놓쳤다. 30분을 기다려야 했다. 난 그 30분이 아까워 아이처럼 엉엉 울었다. 부끄럽지도 않았다. 아버지가 아프신 뒤로 난 늘 퇴근할 때 책상 위에 일주일 예약 스케줄과 환자들의 연락처, 일주일 안에 과장님께 제출해야 하는 검사 결과 보고서를 올려놓고 퇴근을 했다.

2002년 10월이 되었다. 이제 아버지는 병원이 아닌 집에 계셨다. 어머니께서 병원에서 아버지를 보내고 싶지 않다고 말씀하셨다. 아버지가 병원에 계시는 동안 어머니와 큰형부는 틈만 나면 손님 맞을 준비를 하는 사람처럼 집 구석구석을 손보고 다듬었다. 밤이 되면 어머니는 아버지 곁을 지키고 오빠가 빈 집에서 잠을 잤다. 아버지 아프신 뒤로 오빠는 하루도 자신의 집에서 잠을 자지 않았다. 아버지 병간호를 하시던 어머니는 아버지의 병원 침대에 다리의 정강이를 자주 부딪혔고 결국에 그 뼈가 으스러졌다. 뼈가 으스러졌을 거라는 생각을 하지 못한 어머니는 다리가 아파 한의원에 가서 침을 맞으시고 혼자 끙끙 앓다 응급실로 실려 갔다.

어머니까지 응급실로 가시자 우리 모두는 긴장을 했다. 병원에서는 어머니께서 굉장히 아프셨을 텐데 어떻게 참았는지 모르겠다며 놀라셨다. 어머니는 오른쪽 고관절부터 발목까지 통 깁스를 하고 집에 오셨다. 어머니가 깁스를 하시자 당장 아버지의 병간호를 할 수가 없었다. 예상보다 일찍 아버지가 집으로 오셨고 두 분은 같이 안방에 누워 계셨다.

이유야 어찌 되었든 우린 집은 사람들로 북적거렸다. 오빠도 집으로 퇴근하고 큰언니와 큰형부는 일하는 틈틈이 집에 왔다. 이웃에 사는 막내 고모도 집에 계셨다. 막내 고모는 자신보다 나이 어린 동생이 아프다는 소식에 눈물을 지으셨다. 아버지를 친아버지처럼 따르던 사촌 오빠는 하루도 빠짐없이 집으로 왔다. 아버지를 평소에 숙부님이라 불렀는데 아버지가 아프시자 '삼촌'이라 불렀다. 교회 목사님과 교회 식구들은 매일 오셔서 아버지를 위해 기도를 하셨다. 나의 이름을 지어주신 원로 목사님은 목사와 성도의 관계를 넘어 아버지와 친구처럼 지내셨다. 원로 목사님은 늘 아버지께 오셔서 말없이 앉아 계시다 가셨다. 담임 목사님은 아버지를 존경하셨다. 처음 교회를 개척하시면서 아버지가 많은 힘이 되었다시며 아버지와 우리 가족을 위해 기도해주셨다.

2002년 10월 16일 수요일에 난 집에 가고 싶었다. 그래서 오후 반차를 내고 집으로 갔다. 아버지께서는 며칠째 물 한 모금 드시지 않는다고 하셨다. 어머니 말씀이 아버지는 한 번도 실수를 한 적이 없는데 기저귀에 한 번 실수를 했다고 했다. 그 뒤로 아버지께서는 아무것도 드시지 않는다고 하셨다. 아버지는 마치 바싹 마른 장작처럼 누워계셨다. 내가 가자 손짓을 하셨다. 물 한 모금 드시지 않으셨다니 얼마나 목이 마를까 싶어 수액이라도 맞게 해야겠다는 생각에 친한 간호사 선생님께 도움을 청했다.

나와 같은 재활원에서 근무한 홍 선생님께서 인근 병원에서 간호사로 일하고 계셨다. 홍 선생님께서 한걸음에 달려왔다. 아버지의 몸에 주삿바늘 꽂을 만한 곳을 꼼꼼히 찾았다. "겉으로 드러나는 아버님 혈관이 다 말랐어요. 바늘 꽂을 곳이 한 군데도 없습니다"라며 안타까워하셨다. "아버지처럼 몸이 깨끗한 환자를 처음 봐요. 한여름을 지났는데, 욕창 한 군데 안 생기고 마치 아기 피부 같아요"라며 아픈 다리에도 불구하고 매일 아버지를 닦이는 어머니를 보며 말을 건넸다.

난 찻숟갈로 미지근한 물을 아버지 입에 넣어 드렸다. 마른 골짜기에 물 흐르는 소리가 목에서 났다. 아버지는 혈관만 마른 게 아니라 온몸의 살이 모두 빠져나가 아기처럼 작아지셨다. 아버지께서 눈을 뜨고 나를 보셨다. 난 아버지 옆에 누웠다. 모든 사람들이 아버지와 나와의 관계를 알기에 내가 가면 아버지 옆자리는 무조건 나에게 양보했다. 아버지에게 난 0순위였다. 나에겐 아버지가 0순위였다. 부산으로 가기 싫었다. 아버지 곁에 있고 싶었다.

2002년 10월 18일, 새벽에 오빠에게서 전화가 왔다. 택시를 타고 창원에서 작은 언니 식구들을 태우고 삼천포로 향했다. 삼천포 집에 내려 두부 공장에 들어서니 작은 형부가 마당을 쓸고 계시다 우리를 보자 "허허"하고 공허하게 웃으셨다. 난 지금도 그날 그 마당의 휑한 느낌이 생생하다. 마치 태풍이 모든 것을 쓸고 간 뒷날처럼 모든 것이 다 빠져 나가버린 느낌이었다.

집이 조용했다. 울음소리도 나지 않았다. 입관 예배를 드렸다. 난 아버지의 모습을 하나도 놓치지 않으려 두 눈을 똑바로 뜨고 아버지를 보았다. 텔레비전이나 드라마에서 죽은 사람이 다시 살아나 관이 흔들린다는 소리를 들은 적이 있었다. 저렇게 입과 코를 다 막아버리면 아버지께서 다시 살아나서도 숨을 쉴 수 없을 거라는 생각이 들었다.

아버지께서는 새벽에 돌아가신 게 아니라 자정을 넘기자마자 돌아가셨다. 한밤중에 전화하면 부산에서 내가 오기 힘들 것이라 여겨 날이 밝기를 기다려 연락을 했다고 했다. 오빠는 아버지께서 수요일 내가 간 뒤로 눈을 한 번도 뜨지 않았다고 말을 했다. 그 말이 사실인지 아니면 내가 마음 아플까 봐 하는 말인지는 알 수 없었다. 관 뚜껑을 닫기 전에 아버지의 얼굴을 안았다. 아버지의 얼굴에 내 얼굴을 비비며 마지막 인사를 나누었다. 아버지에게서 아주 살짝 냄새가 났다.

아버지께서는 건강하실 때, 장례예배를 치르는 봉사활동을 하셨다. 원로 목사님과 두 분이 함께 돌아가신 분들의 염을 해주는 봉사를 하셨다. 홀로 사시는 어르신이 돌아가셨다. 혼자 사시는 분이라 돌아가시고 며칠 뒤에 알게 되었다. 아버지께서는 그분의 염을 하고 온 뒤 당신의 죽음을 염두에 둔 말씀을 하셨다. '영혼이 빠져나간 육신은 아무것도 아니다.' 생장하지 말고 화장을 하라고 말씀하셨다. 선산의 어느 위치에 자신의 자리를 마련해 달라고 이야기하셨다. 봉분을 만들지 말 것을 당부하시며 무덤의 모습, 비석의 모양을 상세하게 알려주었다. '여호와는 나의 목자시니 내게 부족함이 없으리로다'로 시작하는 시편 23편의 1장을 비문으로 하라는 당부도 하셨다. 아버지께서 이 말씀을 아프시기 전에 하셨다.

아버지께서는 숨을 거둔 뒤 며칠 방치가 된 어르신의 염을 하면서 힘들었다고 하셨다. 썩기 시작한 몸에서 냄새가 나고 썩은 살에서 벌레가 꿈틀대는 것을 본 순간 구역질이 나오는 걸 간신히 참았다고 하셨다. 썩기 시작하는 육신을 보며 허무함을 느꼈다고 말씀하셨다.

입관 예배가 끝나고 상복으로 갈아입었다. 영혼이 빠져나간 아버지의 육신은 이제 관 속에 누워 있다. 아버지의 관 앞에 아버지의 친구분이 쓰신 병풍이 펼쳐졌다. 성경 구절을 붓글씨로 쓴 병풍이었다. 병풍 앞의 단에 아버지의 영정 사진이 올려졌다. 장례식은 교회장으로 치렀다. 향이 아니라 하얀 국화꽃이 조문객을 위해 준비되었다. 잔잔하게 찬송가가 울려 퍼졌다. "하늘가는 밝은 길이 내 앞에 있으니…"

하얀 국화꽃 속의 아버지 사진이 마음에 들지 않았다. 어색한 표정이었다. 아버지께서는 대머리셨다. 그래서 늘 모자를 즐겨 쓰셨다. 베레모도 어울렸고 중절모도 어울렸다. 한겨울에 모직 코드를 입으시고 모직 중절모를 쓰시면 멋스러웠다. 모자도 쓰지 않고 웃지도 않는 아버지가 어색했다.

조문객들이 물밀 듯이 몰려들었다. 다리에 깁스를 하신 어머니는 아무것도 할 수가 없었다. 모든 사람들이 이구동성으로 이야기했다. 장례식 때 고생하지 말라고 아버지께서 다리를 다치게 하신 거라고. 어머니 성격상 아버지 돌아가시고 장례를 치르는 과정에서 가만히 앉아 계실 분은 아니셨다. 우리도 어머니께서 다리를 다치신 건 안타깝지만, 한편으로 다행이라 여겼다.

슬퍼할 겨를이 없었다. 조문객을 맞을 천막이 우리 동네 골목 끝까지 쳐졌다. 족히 10개는 될 법한 천막이었다. 아버지뿐 아니라 오빠와 형부들이 삼천포 토박이라 조문객이 많았다. 조문객에게 대접할 국밥이 끓고 삶은 수육과 떡이 준비되었다. 마당엔 하얀 국화가 꽂힌 화환이 놓을 장소가 없을 정도로 많이 왔다.

난 이 장면이 낯설지 않았다. 예전에 이 마당에서 손님을 치르기 위해 엄마 친구분들이 음식을 장만하고 어머니가 부엌과 마당을 분주히 오가며 큰 소리로 지시하고 오빠는 외갓집에서 잡은 돼지를 들고 오던 장면이 오버랩 되었다. 주인공만 바뀌었을 뿐 그때와 비슷했다. 그때는 이 마당에서 웃음소리가 끊이지 않았다. 젊은 아버지와 어머니가 작은 언니의 결혼을 축하하기 위해 오신 손님들을 맞으며 환하게 미소를 짓고 있었다. 여전히 많은 사람들이 분주히 오가고 있지만 조용했다. 간간히 우는 소리가 들리고 그 사이로 찬송가가 들렸다. "천

국에서 다시 만나리…"

조문객들이 아버지 앞에 드리는 하얀 국화꽃이 시들었다. 단 앞에 놓인 국화꽃을 수거해 물 대야에 담갔다. 얼마 지나지 않아 축 처진 꽃잎이 다시 살아났다. 나도 모르게 눈에서 물이 툭 떨어졌다. 물 한 모금 드시지 않던 아버지가 생각났다. 얼마나 목이 말랐을까. 아버지도 이 국화처럼 물을 먹고 다시 살아나실 수 있다면 얼마나 좋을까. 아버지께 찻숟갈로 넣어 드린 물 한 모금이 내가 아버지께 드린 마지막 물이었다.

한꺼번에 몰려오는 조문객들로 일손이 부족했다. 창원에서 아버지께 마지막 인사를 드리러 온 친구와 둘이서 장독대 앞에 쪼그리고 앉아 밤새 설거지를 했다. 설거지를 하고 밤을 새우는 조문객들에게 컵라면을 끓여주고, 술안주를 내가고, 또 설거지하고… 가끔씩 아버지께 갔다.

드라마에서 보면 죽음을 앞둔 사람은 자식들에게 유언을 남기고 자식들은 오열하고 식음을 전폐하고 오로지 슬픔에 푹 잠겨있었다. 드라마와 현실은 달랐다. 아버지는 갑자기 돌아가신 것도 아닌데 유언을 남기지 않으셨다. 우리에게 당부의 말을 한마디도 남기지 않으셨다. 우리는 목 안 깊은 곳에서 묵직한 뭔가가 올라와 힘들었지만, 큰 소리로 울음이 나오지 않았다.

슬픔에 빠져 있지 못하고 슬픔을 가득 안은 채로 형부들은 조문객들이 두고 간 부의금을 정리하고 오빠는 상주로서 조문객을 맞고 여자들은 부엌을 오가며 일을 했다. 아버지가 돌아가시면 하늘이 무너져 내릴 줄 알았다. 아버지가 돌아가시면 그 슬픔이 나를 덮쳐버릴 줄 알았다. 슬픔으로 인해 아무것도 하지 못할 줄 알았다. 그런데 배가 고팠다.

장례 예배는 영화의 한 장면 같았다. 다만 난 영화를 보는 입장이 아니었다. 아버지가 다니시던 교회의 담임 목사님은 낭만적인 분이셨다. 아버지의 어린 시절 사진부터 돌아가시기 전의 사진을 시간 순으로 편집해서서 영상으로 만들어 놓으셨다. '대부' 영화에서처럼 예배당 앞에 아버지의 관이 놓이고 하객들은 하얀색 국화꽃을 아버지의 관 위에 올렸다.

장례 예배를 진행하며 우리 모두는 아버지를 추억했다. 아버지에게서 교회는 빼놓을 수 없는 부분이었다. 일어나서 제일 먼저 기도를 하시고 교회 일이 우선이었다. "나의 갈길 다 가도록 예수 인도하시니~" 교회에서 제일 노래를 잘 부르시는 집사님께서 아버지가 즐겨 부르시던 찬송가로 특송을 하시고 성가대가 아버지를 위해 찬송가로 아버지의 가시는 길을 배웅했다.

아버지가 따뜻했다. 영혼이 빠져나간 육신을 불태우니 오롯이 뼈만 남았다. 큰언니는 심장이 멎을 것 같아 차마 아버지를 못 보겠다고 밖으로 나갔다. 난 영화의 한 장면도 놓치기 싫은 아이처럼 두 눈을 똑바로 뜨고 한 장면도 놓치지 않았다. 아버지가 불 속으로 들어가셨다. 책에서만 보던 사람의 두개골을 보았다. 잔뼈는 타버리고 굵은 뼈만 남았다. 작은 관에 뜨거워진 아버지의 뼈를 '넣었다'라고 해야 하나, '모셨다'라고 해야 하나?

아버지의 말씀대로 영혼이 빠져나간 육신은 아무것도 아니었다. 영혼과 육신이 빠져나간 뼛조각은 이제 사람보다는 사물에 가까웠다. 작은 관에는 아버지의 뼈와 함께 십자가와 아버지의 손때 묻은 성경책, 그리고 한 번도 사용하지 않은 틀니를 넣어드렸다. 군에 가 있던 큰조카는 거짓말처럼 아버지 돌아가시기 전날 휴가를 받아 내려왔다.

군에서 나온 큰조카가 아버지의 영정사진을 들고 난 아버지를 안고 산에 올랐다. 아버지는 참 따뜻했다. 관을 진 사람은 뒷걸음을 치면 영혼이 좋은 곳으로 못 간다고 하기에 정신을 바짝 차리고 걸었다. 행여 나의 작은 실수로 아버지께서 좋은 곳에 못 가면 어쩌나 싶어 따뜻한 아버지를 꼭 안고 앞만 보고 걸었다.

아버지가 누우실 곳에서 보니 삼천포 바다가 보였다. 영혼이 빠져나가고 육신도 다 타버린 아버지의 두개골과 뼈가 과연 저 바다를 볼수 있을까란 생각을 했다. 어쩌면 장례식의 모든 절차는 돌아가신 아버지를 위한 것이 아니라 살아있는 우리를 위한 의식일지도 모른다는 생각이 들었다. 밤새 내린 비로 하늘은 맑았다. 바람도 선선했다. 가을 소풍 가기 딱 좋은 날씨였다.

❸
아버지의 일기장

 주눅이 들었다. 길거리에 스쳐지나가는 사람들이 내게 아버지가 없다는 사실을 알고 업신여기는 것 같았다. 그때 난 서른셋이었다. 적지 않은 나이였지만, 기가 죽었다. 어린 나이에 아버지를 잃은 사람의 마음이 어떨지 짐작이 되었다. '천애고아'라는 말이 얼마나 가슴 저미는 말인지 그때 알았다.

 나이도 먹을 만큼 먹었고 아직 어머니가 계심에도 불구하고 난 무한정 외로웠다. 일주일 전 아버지 돌아가셨다는 소식을 듣고 새벽에 뛰쳐나올 때 의자에 걸쳐진 남방을 입고 나왔다. 일주일 만에 계절이 바뀌었다. 가을에서 갑자기 겨울이 되었다. 부산에서 내려올 때 입고 온 옷이 얇았다. 난 아버지의 겨울 잠바를 입고 왔다.

 부산에 내리니 날은 어두워져 있었다. 지하철을 타고 부산진역에 내렸다. 고작 일주일이 지났을 뿐인데 몇 년의 세월이 흐른 듯 낯설었다. 일주일 전 내가 알던 거리가 아닌 것 같았다. 왕가위 감독의 '중경삼림' 영화 속 장면처럼 난 가만히 서 있는데 네온이 화려한 밤거리의 사람들은 빠르게 스쳐지나가는 것 같았다. 그러면서 나를 향해 수군거리고 있었다. '쟤는 아빠가 없데.' '쟤 아빠가 죽었데.' 난 아버지의 잠바 속으로 숨어 버렸다.

"좀생이 영감탱이가 돈이라도 모아 놓았을지 한번 열어봐라"라고 어머니께서 말씀하셨다. 아버지의 캐비닛에 무엇이 들어 있을지 궁금하긴 매한가지였다. 내가 어릴 적에 아버지는 캐비닛에서 새 연필을 꺼내 주시고 귀한 간식도 꺼내 주셨는데 지금은 뭐가 들어 있을까? "아이고⋯ 영감탱이 돈이나 좀 모아두지⋯"라고 어머니께서 말씀하셨다. 캐비닛에는 장부와 버려도 될 법한 영수증 나부랭이가 있었다. 그리고 아버지의 일기장이 있었다.

아버지께서 매일 일기를 쓰시니 큰언니가 아버지께 10년을 쓸 수 있는 일기장을 주문 제작해 선물했다. 두께가 7cm 정도 되는 연한 녹두색 양장본 일기장이었다. 1995년부터 2004년까지 쓸 수 있었다. 일기장을 펼치면 오른쪽 페이지 위쪽에 '생활 일기'라고 적혀 있고 그 밑 우측에 양력 날짜를 적는 칸이 있었다. 그 밑으로 가로가 다섯 칸, 세로가 두 칸인 표가 그려져 있었다. 왼쪽 페이지에도 같은 표가 있었다. 표의 왼쪽과 오른쪽 폭의 비율은 약 1:4로 왼쪽이 좁았다. 표의 왼쪽에는 1995년부터 2004년까지 연도가 씌어 있고 연도 밑에는 음력 날짜와 요일, 날씨를 적을 수 있는 빈 여백이 있었다. 표의 오른쪽 칸에는 내용을 적을 수 있는 빈 여백이 있었다.

일기장을 펼치면 1995년부터 2004년 같은 날짜에 무슨 일이 있었는지 알 수 있다. 예를 들면 1995년 양력 1월 1일의 음력 날짜, 요일, 날씨 그리고 그날의 중요 내용, 1996년 양력 1월 1일의 음력 날짜, 요일, 날씨, 그날의 중요 내용을 알 수 있다. 그렇게 한 페이지를 펼치면 같은 양력 날짜의 10년의 기록이 나오게 제작되었다. 큰언니가 일기장을 아버지께 선물하면서 일기장을 다 쓰면 10년 뒤에 다시 10년을 쓸 수 있는 일기장을 만들어 드리겠노라고 했다. 아버지는 그 일기장을 다 채우지 못하고 돌아가셨다. 일기장을 선물 받을 당시 아버지는 예순다섯이었다. 평소 건강하신 아버지셨기에 여든까지는 거뜬하게 살아계실 줄 알았다.

아버지가 돌아가시자 어머니는 두부 공장 사택에 있을 이유가 없었다. 작은 아파트로 이사 가기로 결정을 내렸다. 이제 더 이상 아버지의 우물과 마당의 나무들을 볼 수 없다. 봄이 되면 피던 보랏빛 등나무 넝쿨을 가리키며 친구들에게 자랑할 수도 없다. 초여름부터 질리도록 먹어대던 마당의 상추는 이제 우리 것이 아니었다. 천리향의 향은 우리가 이사 갈 아파트까지 날아올까? 아빠가 만든 평상에서 한여름의 낮잠은 누가 자게 될까? 이 많은 장독들은 어디로 가야 하나?

짐들이 하나씩 정리가 되었다. 아버지가 쓰시던 물건들은 필요한 사람들이 가져갔다. 화분과 석란도 언니, 오빠 그리고 지인들이 나누어 가져갔다. 내가 좋아하던 선인장은 누가 가져갔는지 알 수가 없었다. 다행히 동백나무와 소사나무 그리고 몇 개의 석란은 언니와 오빠가 가져갔다. 그리고 난 아버지의 일기장을 챙겼다. 오래전에 쓰신 낱권의 일기장은 너무 많아 챙길 수가 없었다. 그 일기장은 아마 태워졌을 것이다. 난 10년을 미처 채우지 못한 아버지의 마지막 일기장을 가지고 왔다. 그리고 아버지가 어머니께 보낸 손 편지와 아버지, 어머니의 결혼사진을 챙겼다.

초등학교 다닐 때, 밀린 방학숙제를 하기 위해 아버지의 일기장을 펼쳐 본 뒤, 아버지의 일기장을 본 적이 없었다. 대개 일기장은 남에게 보이기를 꺼려 잠금장치를 하든지 아무도 볼 수 없는 장소에 놓아

두기 마련이다. 아버지는 일기장을 그냥 책꽂이에 꽂아 두었다. 아무나 볼 수 있게 꽂혀 있기에 비밀스러운 내용을 없을 것이라 생각했다.

아버지는 일상의 기록을 짧게 남겼다. 세탁물을 언제 맡겼는지부터, 어떤 식당에서 점심을 먹고, 밥값을 누가 계산했는지, 쑥갓 씨를 뿌리고, 호박을 몇 개를 땄는지, 내가 몇 시차로 창원에 갔다는 이야기까지 상세하게 기록되어 있었다. 또한, 개가 밥을 잘 먹지 않는 것, 가뭄 끝에 내린 단비에 대한 고마움, 마당에 핀 진달래까지 아버지의 눈길이 가고 손길이 가는 모든 것에 관한 단상들을 기록으로 남기셨다. 7년이 넘는 분량의 일기이기에 한꺼번에 다 읽을 수는 없었다. 일상의 기록이기에 특별날 것 없이 평범한 날들의 연속이었다. 가끔 일상적이지 않은 일들이 있긴 했으나 특별할 것은 없었다.

일기에는 그 날의 중요한 일상이 기록되어 있는 것만은 아니었다. 일기 말미엔 아버지의 감정을 드러내는 글이 적혀있었다. 그 어떤 것으로도 꾸미지 않은 솔직한 감정이 고스란히 담겨 있었다. '짜증난다' '외롭다' '고민이다' '부끄럽다' '답답하다' '괘씸하다' '걱정이다' '애가 탄다' 등 부정적인 감정을 나타내는 단어들을 읽으며 '아버지가 행복하지 않았나?'란 생각이 들었다. 괜찮은 척, 행복한 척하시며 사셨나란 생각에 순간 가슴이 먹먹해져 왔다. 그 생각에 이어서 아버지에게 그런 감정의 원인을 제공한 이들에게 화가 났다.

몇몇 글에서는 누구에게 서운했는지 숨기지 않고 그대로 기록했다. 그 사람이 일기를 읽기라도 하면 어쩌려고 그 일기를 버젓이 책꽂이에 꽂아 두었는지 모를 일이었다. 처음 일기를 읽었을 때는 일기장 속의 아버지가 낯설었다. 겉으로는 한 번도 내색하지 않은 감정들을 그대로 기록한 것이 내가 아는 아버지 같지 않았다. 아버지의 벌거벗은 모습을 본 듯 낯 뜨겁고 내 얼굴이 화끈거렸다.

아버지는 자식들의 '신앙' 때문에 고민을 많이 하셨다. 일기 곳곳에 교회에 모습을 보이지 않는 오빠에 대해 언급을 했다. 자식들의 신앙이 걱정이라고 했지만, 그 자식은 '오빠와 나'다. 오빠는 효자라 억지로라도 교회에 다녔다. 오빠가 신앙심이 있는지는 알 수 없으나 교회엔 나갔다. 문제는 나였다. 고등학교에 다닐 때까지는 교회에 나갔으나 그 후로는 교회에 나가지 않았다. 집에 갔을 때만 교회에 나갔다. 오죽했으면 어머니께서 아버지 유언으로 교회 열심히 가라는 말을 하라고 부탁을 했겠는가? 아버지는 우리가 교회에 가지 않아 교회 식구들 보기 '부끄럽다'고 일기에 썼다. 신앙이 연약해서 '걱정이다'라고 썼다.

우리의 신앙 때문에 이렇게 마음이 상했는데도 우리에겐 한마디 말씀도 안 하셨다. 오빠에게 신앙에 대해 말을 한 건 아마 어머니였을 것이다. 목사님이나 장로님의 자녀들은 당연히 교회에 나가는 줄 안다. 내 주위의 목사나 장로 자녀들은 교회에 나갔다. 아버지는 장로라는 직분을 가졌음에도 불구하고 우리에게 신앙을 억지로 강요하지는 않았다. 교회에 갔으면 좋겠다는 의사 표시는 했지만, 억지로 끌고 가지는 않았다. 교회 식구들 보기 부끄러울 정도였는데 우리에겐 일체의 내색도 하지 않으셨다.

아버지께서 유언으로 신앙생활을 열심히 할 것을 부탁했다면 어땠을까? 아마 교회에 가지도 않으면서 유언을 지키지 못해 불효한다는 생각에 죄책감에 시달렸을지 모른다. 아버지는 오빠와 내가 유지를 받들지 못했다는 죄책감을 안고 살아가는 것을 원치 않았던 것이다. 우리가 교회에 열심히 나갔으면 하는 것은 아버지 어머니의 바람이었다. 우리가 주일을 지키지 않아 구원을 받지 못할 것을 걱정하는 것은 아버지로서의 감정이었다. 아버지로서 걱정되어 권해보지만, 받아들이지 않는 것은 자식의 선택이므로 강요를 할 수는 없다고 생각하셨다. 장로라는 직분을 가진 사람이 자기 자식들을 전도하지 못한 것이 부끄러운 것은 아버지 개인적인 감정이라 생각했을 것이다.

아버지는 다른 사람들에게 부끄럽지 않기 위해 자식에게 종교를 강요할 분이 아니셨다. 아버지의 걱정된 마음과 부끄러운 마음을 쏟아 낼 곳은 일기장뿐이었다. 멀고 먼 길을 돌아 결국은 집으로 돌아올 탕자를 기다리는 마음으로 믿고 기다리셨고 지금도 기다리고 계실 것이다. 그러기에 '자기들이 알아서 잘할 것이다'란 말로 아버지는 어머니의 당부를 거절하셨다.

아버지의 일기에는 아버지와 내가 공유한 추억들이 곳곳에 보석처럼 박혀 있었다. 기억 깊은 곳에 파묻혀 잊고 있던 일들이 아버지의 일기장에서 숨 쉬고 있었다. 그곳에서 꺼낸 기억을 갈고 닦으니 반짝 반짝 빛이 났다.

[1998년 7월 26일. 음력 6월 4일 일요일 맑음 : 오후에 주혜와 바람 쎄로 실안 쪽에 같다가 해상관광 밑에서 바지락을 제법 파와서 저녁 반찬을 해먹었다.]

아버지는 혼자서 한글을 깨치셨기에 맞춤법이 맞지 않고, 소리 나는 대로 쓰셨다. 아버지와 '실안' 바닷가에서 바지락을 캐서 국을 끓여 먹은 일은 나도 두고두고 생각나던 일이었다. 그 날 먹었던 바지락 된장국은 내가 먹은 바지락 된장국 중에 단연 최고였다.

그날 아버지와 난 해안도로를 따라 드라이브를 갔었다. 썰물로 드러난 갯벌에 사람들이 쪼그리고 앉아 무언가를 캐는 모습을 보고 아버지는 갓길에 차를 세우셨다. 아버지와 난 호미와 비닐봉지를 들고 갯벌로 갔다. 아버지는 늘 차에 호미와 간단한 공구를 가지고 다니셨다. 우리가 캐 온 바지락으로 엄마는 된장을 연하게 풀어 국을 끓이셨다. 싱싱한 바지락에서 단맛이 났다. 담백하게 기록해 놓은 아버지의 오래 된 일기에서 짭짤한 바닷바람 냄새가 났다.

아버지에게 일기장은 무엇이었을까? 아버지에게 일기를 쓴다는 것은 어떤 의미였을까? 오랜 세월 하루도 빠지지 않고 일기를 쓸 수 있었던 이유가 있을 것 같았다. 일기장 속에 나타난 아버지의 감정과 아버지께서 우리에게 보여주었던 모습을 생각해 보았다. 아버지는 평소에 좋은 감정도 과하게 표현하지 않으셨고 싫은 감정도 크게 드러내지 않으셨다.

일기장 속의 아버지는 자신의 감정을 검열하지 않은 채 날 것 그대로 적나라하게 드러내고 있었다. 부모로서 자식에 대해 걱정을 넘어 애가 타는 마음을, 자식으로서 아버지 제사에 참석하지 못한 죄스런 마음을, 한 인간으로서 나이가 들어감에 따라 느끼게 되는 서글프고 외로운 마음을, 신앙인으로서 하나님에 대한 감사한 마음을 일기장 속에 다 쏟아내고 있었다. 마치 어린아이가 엄마에게 투정부리며 자기 할 말만 하듯 아버지는 일기장에게 투정을 부렸다. 단짝 친구에게 다른 친구의 뒷담화를 하듯 누구 때문에 서운하다고 털어놓고 있다. 신에게 고해성사하듯 자신의 나약함을 고백하고 범사에 감사하다고 말하고 있다.

아버지에게 일기장은 '임금님 귀는 당나귀 귀'라고 외칠 수 있는 대나무 숲이었다. 아버지에게 일기를 쓰는 일은 '임금님 귀는 당나귀 귀'

라고 외침으로 스스로를 치유하는 과정이었다. 아버지는 매일 밤 깊은 대나무 숲으로 들어가 '임금님 귀는 당나귀 귀'라고 목이 터져라 외친 뒤 후련하고 편한 모습으로 대숲을 나왔다. 대숲을 향해 마음속의 감정을 모두 쏟아 내었기에 대숲을 걸어 나올 때는 진정 행복했으리라.

4

아버지, 미처 말씀드리지 못했습니다

아버지는 돌아가신 뒤 신이 되었다. 나는 그 신을 믿는 신도가 되었다. 세상의 모든 부모는 죽으면 살아있는 자식들의 신이 되는 것은 아닐까란 생각이 든다. 돌아가신 부모님의 생각까지 알 수는 없지만, 살아 있는 자식들은 어려운 일이 닥치거나 간절히 원하는 것을 하고자 할 때, 돌아가신 부모님께 도와달라고 이야기한다. 아버지가 돌아가시고 난 뒤 밤길을 걸어도 무섭지 않았다. 살아 계실 때 아버지는 고향에 계셨지만, 돌아가신 아버지는 늘 나와 함께 있다는 생각이 들었기 때문이다.

아버지가 돌아가신 뒤 얼마 동안은 아버지가 돌아가셨다는 사실을 자꾸 잊어버렸다. 핸드폰의 단축 번호 1번이 아버지였다. 아버지 돌아가신 뒤 아버지께서 사용하던 핸드폰을 어머니께서 사용하셨다. 어머니께 전화가 오면 핸드폰의 액정에 '아버지'라고 떴다. "응, 아빠"하고 전화를 받았다. 엄마 목소리가 들리면 그제야 '아… 아빠는 돌아가셨지'란 생각에 코끝이 찡해졌다.

엄마가 서운하게 생각하실지 모르겠지만, 단축번호의 이름을 곧장 '엄마'로 바꿀 수가 없었다. 아버지의 장례를 치르고 올라온 뒤, 부산

자취방에서 잠을 깼을 때 아무렇지도 않았다. 아빠가 돌아가신 것을 내 몸과 마음이 인지하지 못했기에 그냥 그런 아침이었다. 그러다 시간이 조금 흐르면서 '아빠가 돌아가셨다'란 생각이 갑자기 났다. 아버지 장례를 치르고 2주 정도 지났을 때다. 새벽에 아버지가 내 이름을 불렀다. 잠을 깬 뒤, '꿈인가 생시인가'라는 말이 이럴 때 쓰는 거구나란 생각이 들었다.

비몽사몽 간에 화장실을 다녀오는데 현관문 앞에 우편물이 끼워져 있었다. 뭔가 해서 열어보니 내 수첩이었다. 수첩 속에는 나의 주민등록증이 있었다. 주민등록증을 보는 순간 나도 모르게 "아빠"하고 아이처럼 울었다. 난 평소에 유난히 주민등록증을 자주 잃어버렸다. 주민등록증을 두 번 정도 재발급을 받자 아버지께서 주민등록증을 갖고 계셨다. 직장에서 주민등록증이 필요한 일이 있어 아버지께 맡겨둔 것을 가져온 직후에 아버지께서 편찮으셨다. 정신없는 와중에 주민등록증을 수첩에 꽂아 두었는데 그 수첩을 잃어버린 줄도 몰랐다. 수첩 속에 주민등록증이 있어 주소를 보고 경찰서에서 수첩을 보낸 거였다. 순간 아버지께서 찾아 주었다는 생각이 들었다. 아버지가 꿈에 처음 나타난 날이었기에 나의 믿음에는 충분한 근거가 있었다. 그렇게 아버지는 나에게 신이 되셨다. 그때 찾은 주민등록증을 아직까지 사용하고 있다.

주민등록증을 만든 지 오래되어 신분증 속의 사진이 옅어지고 얼굴도 많이 변했다. 은행에서 신분증을 복사하면서 이제 신분증을 다시 해야 할 것 같다고 이야기한다. 난 건성으로 대답한다. 주민등록증 속의 사진은 아버지랑 같이 삼천포 벌리동 사무소에서 찍은 사진이었다.

아버지가 돌아가시니 아주 사소한 것까지 후회되었다. 고신대 병원

입원실에서 뉴스를 보시며 진보정당에 대해 음해하는 듯한 말을 하는 아버지께 그건 아버지가 잘못 알고 계신 거라고 이야기한 것을 후회했다. 아버지와 입을 맞추어 보수정당을 지지하지 못한 것을 후회했다. 속마음이야 어찌 되었든 아버지 기쁘시게 아버지가 지지하는 정당 편을 들어주지 못한 것이 후회되었다.

부산에서 살 집을 구하면서 오르막길을 걸어서 오르게 한 것이 후회되었다. 걸어가도 될 듯하여 걸었는데 생각보다 멀어 아버지께서 힘들어하셨다. 지금 생각하면 이미 그때 아버지의 병이 온몸에 퍼져 있을 시기였다. 그 생각을 하면 천하의 불효자가 된 것 같다. 돈 몇 푼 아끼자고 택시를 타지 않은 것이 미안해 어쩔 줄을 모르겠다.

지하철을 타며 무료티켓을 타는 아버지께 철없이 "와우 재수!"라고 말하며 공짜라서 좋다고 했던 말이 후회되었다. 그때 아버지께서 "돈을 주고 타더라도 젊은 것이 훨씬 낫지"라고 말씀하셨다. 그러면서 나이가 들면 점점 쓸모가 없어지는 것 같다시며 말끝을 흐리셨다. 나의 철없는 말이 자신이 늙어감을 깨닫게 하고 서러운 마음을 들게 한 것 같아 후회되었다.

부산 시외버스터미널의 무인 티켓 발매기 앞에서 어찌할지 몰라 머뭇거리는 아버지에게 사용법을 가르쳐 드리지 않은 것이 후회되었다. 내가 아무것도 모르는 아이였을 때 아버지는 내가 하고 싶은 것을 어떻게 하는지 몇 번이고 가르쳐 주셨는데 난 아버지가 나이가 들어 사용법을 이해하기 힘들 거라는 생각에 가르쳐 주지 않았다. 평소 아버지께서 호기심 많고 무엇이든 배우기를 좋아하는지 알면서 그때는 왜 미처 그 생각을 못 했는지 후회가 되었다. 아버지는 그 당시에도 나에게 핸드폰으로 문자를 보내기 위해 연습을 하던 중이셨다. 배움에는 끝이 없다고 말씀하시는 것을 늘 듣고도 아버지께 배울 기회를 주지 못한 것이 후회되었다. 무인 발매기에서 나온 티켓을 손에 쥐여주며 혼자 버스를 태워 삼천포로 가게 한 것은 지금도 마음이 아플 정도로 후회된다.

2001년 12월 중순에 창원에서 다니던 직장을 정리하고 2002년 2월에 부산으로 직장을 옮겼다. 이직의 과정에서 한 달 정도 쉬게 되었다. 모처럼 주어진 시간에 아버지와 성지순례를 갈까 생각을 했다. 나와의 성지순례가 아버지에게 기쁜 선물이 될 것으로 생각했기 때문이다. 그런데 재활원에 같이 근무했던 선생님이 섬진강 원류를 찾아가는 도보여행을 제안했다. 난 두 번도 고민하지 않고 'OK'라고 했다. 그리고 우리는 경남 하동에서부터 전북 백운면 진안의 다미샘까지 도보여행을 떠났다. 성지순례는 다음으로 미루었다. 섬진강 도보여행은 쉽게 갈 수 없지만, 성지순례는 마음만 먹으면 갈 수 있으리라 생각했기 때문이었다. 섬진강 도보여행은 우리가 하나에서 열까지 다 준비해야하지만, 성지순례는 돈과 시간만 있으면 여행사를 통해서 내일이라도 가능한 여행이라 생각했다.

'돈'과 '시간'은 언제든 마음만 먹으면 낼 수 있으리라 생각한 건 나의 오만이었다. '시간'을 좌지우지할 수 있는 것은 신뿐이었다. '시간'은 인간의 영역이 아니었다. 나는 신의 영역을 우습게 여긴 죄를 받았다. '자식은 효도하고자 하나 부모는 기다려 주지 않는다'라는 말을 식상하도록 들어왔음에도 나의 부모님께는 아직은 해당 사항이 없는 말이라 생각했다. 고사성어에 나오는 '부모'는 '호호 할아버지 할머니'를 지칭하는 것이지 우리 아버지는 아니라고 생각했다. 아니 고사성어 속의 부모와 연관시킬 생각조차 하지 않았다.

2002년 1월에 도보여행을 마치고 그해 5월 아버지가 췌장암이라는 것을 알게 되었다. 이제 '아버지의 시간'은 오로지 신만이 결정할 수 있었다. 인간인 우리는 거저 넋 놓고 기다릴 수밖에 없었다. 때늦은 후회의 눈물을 흘리는 것만이 나에게 주어진 역할이었다.

엄마에게 와 줘서 고맙노라고 딸에게 말을 한다. 네가 내 아이라서 무척 기쁘다고 말을 한다. 네가 내 딸인 게 얼마나 다행인 줄 모르겠다고 이야기하며 아이에게 입을 맞춘다. 딸도 덩달아 엄마가 내 엄마라서 너무 좋다고 말을 한다. 아이가 묻는다. "내가 어떻게 엄마한테 왔어?" "외할아버지가 너를 엄마에게 보내 줬어. 외할아버지가 하늘나라에 가기 전에 엄마하고 엄청 친했어. 둘이서 매일 매일 재밌게 놀았거든. 외할아버지께서 엄마가 외할아버지와 놀아줘서 고맙다고 너를 나에게 선물로 보내신 거야. 외할아버지와 엄마가 재밌게 놀았듯이 이젠 너하고 나하고 재밌고 신나게 놀라고 너를 보내신 거야." 아이는 본 적도 없는 외할아버지에게 고맙다고 말을 한다. 아이에게 이야기를 해주며 난 정말로 그렇게 믿었다.

아버지는 나에게 100%의 아버지였다고 말하고 싶었다. 아빠 딸이어서 정말 행복했다고 말하고 싶었다. 아버지가 내 아버지여서 너무 좋았다고 말하고 싶었다. 아버지가 최고였다고 말하고 싶었다. 다음에도 아버지의 딸로 태어날 거라고 말하고 싶었다. 사랑한다고 말하고 싶었다. 고맙다고 말하고 싶었다. 그런데 난 아버지에게 아무 말도 할 수가 없었다. 이 말들을 입 밖으로 내뱉는 순간 아버지의 죽음이 기정사실화 되는 것 같아 할 수가 없었다. 아버지의 죽음을 앞둔 마지막 말이 될 것 같아 할 수가 없었다. 나의 고백을 들은 아버지께서 본인의 죽음을 받아들이시고 삶의 끈을 놓아버리실 것 같아 할 수가 없었다. 나의 고백이 아버지의 죽음을 재촉하는 말이 될 것 같아 할 수가 없었다.

후회했다. 아버지께서 건강하실 때 말하지 못한 것을. 아버지와 보낸 그 수많은 시간 속에서 말하지 못한 것을, 그때 그때 고맙다고 말하지 못한 것을. 누워계신 아버지를 향한 나의 고백은 목 안 깊은 곳에서 묵직한 응어리로 남아 말이 되어 나오지 않았다. 아버지의 배를 쓸어주며 아버지의 손을 잡으며 마음속으로 수도 없이 말을 했다. 사랑한다고, 고마웠다고, 아버지와 함께해서 행복했노라고. 아버지를 만나고 부산으로 가는 버스 안에서 또다시 후회했다. 다음 주에 내려가면 아버지께 이야기하리라. 더 늦기 전에 이야기해야 한다고 나를 질책했다.

나는 또다시 같은 실수를 저질렀다. '부모는 기다려주지 않음을' 뼈저리게 겪었음에도 난 나의 고백을 다음 주로, 다음 주로 미루었다. 사랑한다는 고백은 고사하고 잘 가시라는 감사의 인사도 드리지 못하고 아버지와 헤어졌다. 나의 고백을 들으시고 아버지께서 흐뭇하고 뿌듯한 마음으로 먼 길 떠나시기를 바랐다. 아버지께 마지막 기쁨을 드리지 못한 것 같아 안타깝고 서운하고 죄스러웠다.

아버지께 미처 말하지 못한 말들이 가슴 한구석에 자리 잡고 있었다. 그 말들은 시간이 지나도 사라지지 않았다. 가만히 있지도 않았다. 꿈틀꿈틀 움직였다. 그 말들은 틈만 나면 튀어나왔다. 아버지께 하지도 못한 고백들을 다른 사람에게 하기 시작했다. "우리 아버지는 저에게 100% 아버지였습니다"라고 나의 아버지를 알지도 못하는 사람에게 고백했다.

나를 만난 지 얼마 되지도 않는 사람에게 불쑥 불쑥 아버지를 자랑했다. 아버지를 자랑할 수 있는 것이 얼마나 다행인지 모른다. 내가 만약 만난 지 얼마 되지도 않은 사람에게 내 딸 자랑을 하면 사람들의 반응은 어떨지 깊게 생각해보지 않아도 알 일이다. 아버지 자랑을 하는 나를 아무도 팔불출 취급을 하지 않는다. 내가 내 아버지를 자랑하는데 누가 뭐라고 하겠는가?

'부모 된 사람의 가장 큰 어리석음은 자식을 자랑거리로 만들고자 함이다. 부모 된 사람의 가장 큰 지혜로움은 자신의 삶이 자식들의 자랑거리가 되게 하는 것이다'라는 글을 인터넷에서 읽었다. 누가 한 말인지는 알 수 없으나 글을 읽는 순간 아버지가 생각났다. 아버지는 지혜로운 분이셨다.

❺

값진 보석들

"용두산아~ 요용두산아~ 너만은 변치 말자~"

아버지는 멋들어지게 아버지의 18번 '용두산 엘레지'를 불렀다. 내가 초등학교도 들어가기 전부터 용두산 공원으로 올라가는 계단의 수가 194개인 줄 알게 된 것도 이 노래 덕분이다. '용두산 엘레지'는 첫 소절부터 고음으로 내지르며 시작되는 노래이다. 왜 하필 이 노래를 18번으로 삼으셨는지 모르겠다.

아버지는 첫 소절의 첫음절 '용'부터 목에 핏대가 서고 얼굴은 벌게지셨다. 옆에서 듣고 있으면 호흡이 짧아 저러다 숨이 끊어지지 않을까 불안한 마음으로 노래를 들었다. 아버지는 '음치'라고 말할 정도는 아니지만, 나서서 부르실 실력이 아니었다. 하지만 노래를 부르실 일이 있으시면 절대 빼지 않으시고 '용두산 엘레지'를 불렀다. 그래서 늘 아버지가 노래를 부르시면 실수할까 봐 내가 조마조마했던 기억이 난다.

"여기서부터 네가 운전을 해라"라고 아버지께서 말씀하셨다. 대학원 다닐 때 '티코'라는 중고차를 샀다. 창원에서 직장을 다니며 일주일에 두 번은 대구를 가야 했다. 창원에서도 논문을 쓰기 위해 재활원과 특수학교, 실험대상자의 집을 오가며 이동 노선이 복잡했고 버스를 기다리며 낭비하는 시간이 많았다. 차를 사기로 결정했다. 내가 산 보라색 티코는 수동기어에 4개의 문이 모두 수동으로 레버를 돌려야 열 수 있는 창문이었다. 마산 수출 후문 근처에 있는 중고차 매매센터에서 차를 샀다.

금요일 퇴근 시간이었다. 마산 수출 후문은 마산과 창원에서 제일 복잡한 거리 중 하나였다. 아버지는 대뜸 중고차 센터에서 나에게 차를 운전하라고 하셨다. 말도 되지 않는 소리였다. 그때가 1999년 4월 2일이었다. 난 1993년에 면허증을 땄으니 말 그대로 장롱면허였다. 도로 연수도 받지 않았다. 그런 내게 자동변속 기어도 아닌 수동기어 차를 운전하라고 하신다. 그것도 가장 막힌다는 금요일 퇴근 시간, 수출 후문에서 말이다.

"어차피 네가 몰아야(몰다는 '운전하다'의 경상도 방언) 할 차다"

"너는 네 갈 길만 가면 된다. 신호만 지켜라. 빨리 갈 필요도 없다. 잘 타는 사람들이 다 피해서 간다"

아버지께서 이렇게 무대포로 나가시는 건 처음 봤다. 도로에서 시동이 꺼졌다. 당황스러웠다. 뒤차들이 빵빵거렸다.

"다시 시동을 걸면 되지 무슨 걱정이냐?"

아버지께서는 주위의 쌩쌩 달리는 차들을 가리키며, 저 사람들도 다 처음엔 그랬던 사람들이라며 기죽지 말라고 하셨다. 자동차를 산 뒷날 아버지는 나를 데리고 창원 종합 운동장 주차장으로 가셨다. 물론 내가 운전해서 갔다.

"너보고 앞만 보고 가라면 서울까지 못 가겠나. 도로를 달리는 것이 제일 쉽다. 빨간 신호에 서고, 푸른 신호에 가면 되는데, 그것이 뭐가 힘이 들겠노? 요즘 같은 세상에 제일 중요한 게 주차다. 주차를 잘 해야 너도 편하고 남한테 피해를 주지 않는다. 차를 얄궂게 세워 놓으면 다른 차들이 오도 가도 못한다."

앞으로 주차, 뒤로 주차, 일자 주차, 사선 주차 다양하게 주차를 할 수 있게 되어 있는 운동장 주차장에서 토요일 오전 내내 주차 연습을 했다.

그해 4월 5일이 월요일이었다. 사흘 연휴였다. 고속도로는 차들로 꽉 차 있었고 서다 가다를 반복했다. 금요일 오후에 차를 사서 시내 운전을 해서 집에 왔다. 토요일 오전 내내 주차 연습을 마치고 토요일 오후 고속도로 운전을 했다. 내 차는 수동기어였다.

일요일 예배를 마친 아버지는 삼천포 통일교회 근처에 있는 30도는 될 것 같은 경사로로 나를 데리고 갔다. 물론 운전은 내가 했다. 아버지께서 수동기어는 차가 뒤로 밀릴 수 있으므로 오르막길에서 출발하는 연습이 필수라고 했다. 경사로에서 차가 정차를 했다 출발하게 되는 경우를 상세히 설명하셨다. 아버지께서 차 뒤에 큰 돌을 받쳐놓고 출발을 하게 했다. "차가 밀려도 괜찮다. 뒤에 돌을 받쳐 놓았으니 걱정하지 말고 출발해"라고 차 뒤에서 큰소리로 말씀하셨다. 오른발은 브레이크에 왼발은 액셀러레이터 위에 놓고 마치 밀당하듯이 오른발과 왼발을 번갈아가며 살짝 밟았다 뗐다 하면서 출발하는 '사카 스타트'를 배우는 중이었다. '사카'는 일본말로 언덕이란 뜻이었다. 언덕, 즉 경사로가 언덕에서 출발한다는 뜻에서 '사카 스타트'라고 하는 모양이었다.

'사카 스타트'는 두 종류가 있었다. 조금 전에 말한 방법과 '사이드 브레이크'를 이용하는 방법이었다. 이때 배운 '사카 스타트'가 힘을 발하는 순간은 큰 건물의 주차장에 차를 세울 때다. 특히 백화점 지하 주차장에서 나올 때 차가 막히게 마련인데, '사카 스타트'를 배우지 않았다면 갈 엄두도 내지 못했을 것이다. 아버지께서 주차하는 방법을 가르치고 기어 변속을 가르쳐 주실 때 막무가내로 따라 하라고 하지 않고 원리를 그림을 그려 가르쳐 주셨다. 자동차 엔진의 그림이 맞는지는 알 수 없으나 아버지의 설명을 듣고 1단 기어와 5단 기어가 어떻게 다르고 어떻게 사용해야 하는지를 알게 되었다.

평소 아버지의 태도는 신중하고 조심성 있고 차분하시다. 자기의 주장을 강하게 내세우시지도 않으셨다. 흔히 말하는 '경상도 사나이'는 아니셨다. 숫기가 없어 보이나 저녁 예배에 혼자서 하모니카 연주로 특송을 하시기도 하고 우리 동네 노인정 회장을 맡기도 하셨다. 못 부르는 노래도 빼지 않고 나서서 당당히 부르시고 무대포로 차를 딸에게 맡기는 걸 보면 그것을 '대범함'이라고 해야 할지 '자신감'이라고 해야 할지 모르겠다.

내가 발견하지 못한 아버지의 모습이 얼마가 더 있을지 모르겠다. 아버지를 추억하면서 예전엔 귀한 줄 모르고 지나쳤던 아버지의 작은 행동 하나하나가 다 값진 보석같이 빛이 난다. 어떤 이는 아버지를 과대포장 한다고 할지 모른다. 아버지는 의미 없이 무심코 한 행동인데 내가 너무 많은 의미 부여를 하는 건 아니냐고 의심할지 모른다. 그렇게 말하는 이들의 말이 맞을지도 모른다.

아버지는 내게 산 같은 분이시다. 그 산의 탄광 속에 어떤 보물이 숨어있는지는 직접 파보지 않고는 모른다. 까만 흙 속에 금이 있을지 옥이 있을지 다이아몬드가 있을지 아무도 모른다. 또 무심히 발견한 보석을 귀하게 여기지 않고 처박아 두면 다른 돌멩이와 뭐가 다를 것인가? 거칠고 투박한 돌멩이를 갈고 닦아 빛나게 하는 것은 산의 역할이 아니고 산에서 보석을 발견한 이의 역할이다.

아버지의 산에서 수많은 보석들을 찾아냈다. 어떤 것은 눈에 띄는 곳에 있어 손쉽게 얻을 수 있었다. 또 어떤 것은 보석인 줄도 모르고 지나쳤다 한참 뒤에 찾은 것도 있다. 어떤 것은 귀하긴 하나 너무 작아 눈에 띄지 않는 것도 있었다. 그리고 아직 찾아내지 못한 보석들도 있을 것이다. 그렇게 찾아낸 수많은 보석들은 아버지의 것이었다. 아버지의 산에서 찾은 원석을 갈고 닦아 빛이 나게 만들고 더 값진 보석으로 만드는 것은 자식들의 몫이다.

귀한 원석인 줄은 알겠는데 어떻게 해야 빛이 날지 잘 모르겠다. 나의 잘못으로 귀한 원석을 다이아몬드가 아닌 돌멩이로 만드는 것이 아닐까 하여 조심스럽다. '구슬이 서 말이라도 꿰어야 보배'라고 했는데 나에게 와서 그 보석들이 무용지물이 되는 것 같아 죄스럽다. 겸손의 말이 아니다.

부지런함은 아버지가 가진 보석 중에 가장 눈에 띄는 것이었는데 가져오는 길에 아무래도 산에서 잃어버렸나 보다. 해야 할 일을 미루지 않고 제때에 해내는 것은 내가 힘들어하는 일 중 하나이다. 근면하고 성실하고 책임감이 따라야 하는 일인데 나에겐 부족한 것들이다. 쉽게 찾은 보석이라 귀한 줄 모르고 돌멩이 속에 던져버렸나 보다.

이젠 돌멩이 더미에서 그 보석을 찾을 때가 된 것 같다. 아버지의 보석을 받고도 귀한 줄 모르다 지금 낭패를 보고 있다. 다만 난 아버지에게서 그 보석을 받았기에 그 보석의 생김새를 기억해내고 돌멩이 더미에서 열심히 찾으면 찾을지도 모른다. 그러나 난 나에게 있지도 않은 보석을 내 아이에게 줄 수가 없다. 아이는 그 보석을 본 적이 없기에 돌멩이 속에서 발견하고도 보석인 줄 모르고 지나쳐 버릴지도 모른다.

누군가 아버지가 가진 보석 중에 가장 빛나는 것이 무엇인지 묻는다면 쉽게 답할 자신이 없다. 버츄 프로젝트에서 나온 '미덕의 보석들'을 하나하나씩 읽어 보니 아버지가 가진 보석들이 대부분 들어있다. 상대방을 존중하고 배려하는 마음, 무엇이든 배우려는 자세, 자신이 하는 일에서 의미와 재미를 찾아 즐겁게 하려는 열정적인 태도, 찬물도 감사히 여기며 받을 줄 아는 마음, 쉽게 포기하지 않는 꾸준함과 끈기, 자식에 대한 믿음, 긍정적인 생각… 이 모든 보석들은 그 보석이 빛나야 할 때 빛이 났다.

아버지에게 받은 보석 중 물론 내게서 빛이 나는 것도 있다. 난 비교적 긍정적이고 열정적이다. 무엇이든 재밌게 하려고 한다. 인내와 끈기의 보석도 지금 잘 닦고 있는 중이다. 아버지에게서 받은 값진 보석들은 하루아침에 빛을 낼 수 있는 것들이 아니다. 아직 찾지 못했다고 쉽게 포기할 일도 아니고 지금 찾은 보석이 끝까지 빛이 날 것이라고 장담할 수도 없다. 난 그 무엇보다 일을 미루지 않는 근면과 성실, 부지런함의 보석을 찾고 싶다. 꾸준함으로 찾은 보석을 꾸준함으로 빛을 내고 싶다. 나로 인해 아버지의 보석이 더 빛이 나기를 소망한다.

❻
내가 제일 아픈 손가락

"아버지가 내 시집갈 때 나전칠기 장식장을 선물해 주고 싶어서 충무까지 가서 사 왔다. 형편에 과한 혼수인데도 큰딸 시집가는데 그걸 꼭 해주고 싶어서 엄마도 몰래 혼자 가서 사 왔다"라고 큰언니가 언젠가 말을 했다. 큰 언니는 자신이 아버지의 첫 자식이라 다른 자식들에 비해 특별히 자신에게 애정을 더 쏟았다고 이야기했다. 이 말을 하며 뿌듯하면서도 동생들에게 미안한 듯한 표정을 지었다.

아버지와 가장 오랜 시간을 함께 보냈다는 사실만으로 한없이 큰언니가 부러웠다. 난 고작 아버지와 33년 밖에 같이 살지 못했는데 언니는 나보다 15살이 많음으로 나보다 아버지를 15년이나 더 본 것이다. 다른 무엇보다 그 사실이 샘이 나고 억울했다. 막내로 태어나는 것이 아니었다. 큰딸로 태어나 아버지와 제일 오랜 시간을 함께 보내야 했다.

큰언니는 계속 고향에 살았기 때문에 늘 아버지와 같은 공간에 있었다. 아버지가 병석에 눕기 전까지 아버지의 도움을 받았다. 그리고 아버지 어머니는 늘 큰언니에게 우선순위를 둔 건 사실이었다. 아버지 돌아가시고 큰언니가 집을 지을 때 "아버지 살아 계셨으면 아침부터 저녁까지 공사장에 와서 이것저것 다 해줬을 텐데…"라고 아쉬워했다. 아버지 돌아가시자 당장 아쉬웠던 사람 중 한 명이 큰언니였을 것이다. 큰언니는 자신이 아버지의 제일 아픈 손가락이라고 믿어 의심치 않았다.

"세은이가 돌 갓 지나서 버스 타고 삼천포 내려올 때 엄청 울었는데 그 뒤로 한 번도 버스를 타고 삼천포에 온 적이 없어. 아버지께서 삼천포에서 차를 갖고 항상 데리러 오고 창원까지 태워줬거든. 지금은 도로가 넓어져 1시간 20분 정도면 오는 거리지만, 그때는 2시간 정도 걸렸어. 그리고 승현이 생기고 아이 둘 데리고 다니기 힘들다고 아버지 타던 차도 나를 줬잖아"라고 작은 언니는 말했다. 고모 말에 따르면 아버지가 젊은 시절 계 모임에 갈 때 항상 작은 언니를 데리고 다니셨다고 했다. 내가 태어나기 전의 사진인지, 내가 아주 어릴 때 사진인지는 모르겠지만, 아버지가 언니를 안고 야유회에서 노래 부르는 장면을 찍은 사진을 보면 살짝 질투가 났다. 언니는 아버지께서 어머니께서 해놓은 반찬을 싫다는 내색 없이 옆 동네 드나들 듯 가져다 준 것을 이야기했다.

작은 언니가 둘째를 임신했을 때 아버지가 내게 이렇게 말했다. "내가 어찌나 기쁜지 모르겠다. 기도를 얼마나 열심히 했는지 모른다. 미숙이가 둘째를 가져서 기분이 정말 좋다. 이제 미숙이에 대해서는 걱정할 게 없다"라고 이야기하셨다. 아버지께서 어지간해서 기쁘다는 것을 과하게 표현하지 않는 성격이기에 의외이긴 했다. 그리고 작은 언니 네는 큰 조카와 둘째 조카의 터울이 20개월밖에 안 된다. 아버지의 말만 들으면 큰 애 놓고 몇 년 동안 둘째가 생기지 않아 걱정한 것처럼 여겨질 정도였다. 내가 이 이야기를 작은언니에게 했는지 안 했는지는 기억이 나질 않지만, 작은언니 입장에서는 자신이 아버지에게 제일 아픈 손가락임에 틀림없다.

심지어 올케언니도 한마디 거들었다. 물론 딸과 며느리는 같을 수는 없는 일이다. 하지만 올케언니는 아버지가 며느리에 대한 관심과 애정도 만만치 않았음을 살짝 언급했다. 한번은 마당 텃밭에 오이가 한 개 남아있는데 큰언니가 따가려고 하자 아버지께서 "그건 며느리 거다. 며느리가 오이를 좋아하니 따 가지 마라. 하나밖에 없다"라고 큰언니에게 이야기하는 소리를 우연히 들었다고 했다. 그 이야기가 올케언니를 감동하게 한 것임에 틀림없다.

오빠는 어떻게 생각할까? 앞에서 말했듯이 딸들과 달리 오빠는 아버지가 어려웠다고 이야기했다. 하지만 말해 뭐하겠는가? 아버지도 보통의 한국 아빠이다. 아들에 대한 애정은 각별했다. 오빠가 대학을 갓 졸업하고 경기도에 취직한 적이 있었다. 오빠는 자신이 외아들이기에 고향에서 살아야 한다고 생각했다. 그래서 고향 근처의 학교에 원서를 넣고 결과를 기다리고 있을 때였다. 오빠는 고향에서 좋은 소식이 오기를 기다리며 경기도에서 직장을 다녔다. 한 날은 아버지께서 마당에 떨어진 흰 편지 봉투를 들고 왔다. "이게 뭐꼬?" 하시며 봉투를 열었다. 편지가 들어 있었다. 아버지는 편지를 읽기 시작했다.

"이 편지는 영국에서 최초로 시작되어 일 년에 한 바퀴 돌면서 받는 사람에게 행운을 주었고 지금은 당신에게로 옮겨진 이 편지는 4일 안에 당신 곁을 떠나야 합니다. 이 편지를 포함해서 7통을 행운이 필요한 사람에게 보내 주셔야 합니다. 혹 미신이라 하실지 모르지만 사실입니다…"

'행운의 편지'였다. 아버지는 행운의 편지가 무엇인지 몰랐다. 나는 미신이라면 그냥 버리라고 했지만, 하필 편지를 받을 때가 오빠의 고향행이 결정되느냐 마느냐 할 시기였다. 아버지는 행운의 편지 7통을 써서 몰래 이웃집 대문 안으로 던졌다. 순진하신 아버지께서는 무슨 나쁜 일을 하는 아이처럼 이웃의 마당으로 몰래 편지를 던져 놓고 뛰어 왔다. 오빠가 고향으로 내려왔다. 아버지는 자신이 '행운의 편지'를 무시하지 않고 7통의 편지를 손수 써서 다른 집 마당에 던져 넣은 것을 잘한 일이라 생각하셨을 것이다.

오빠가 크게 교통사고가 난 적이 있었다. 오빠의 사고 소식을 듣고 병원을 다녀온 날 아버지께서 다리가 아프서서 끙끙 앓으셨다. 내가 밤 내내 다리를 주물러 드렸다. 오빠가 누워있는 병실이 8층인지 9층인지 정확히 기억나진 않지만, 꽤 고층에 있었다. 아버지께서는 오빠의 병실까지 가야 하는데 엘리베이터가 오기까지 기다릴 수가 없었다고 하셨다. 걸어서 그곳까지 갔는데 한 번만 오르내린 게 아니셨다. 평소에는 아들에 대해 무던하신 분이셨는데 속마음은 아니었던 모양이었다.

'행운의 편지' 이야기는 오빠가 모르는 이야기다. 아마 이 이야기를 듣게 되면 오빠 또한 자신이 아버지의 가장 아픈 손가락이라고 우길지 모르겠다.

난 물론 내가 제일 아픈 손가락인 것 같다. 난 막내니까. 막내 울음소리는 저승까지 들린다는데 언니, 오빠들보다 아버지와 함께 한 시간이 짧으니 나를 제일 사랑해 줘야 공평하다고 생각한다.

모두들 자기가 제일 아픈 손가락이라고 생각하게 하는 아버지의 힘은 무엇일까? 누가 뭐래도 아버지가 자기만을 특별하게 생각하고 있다고 믿게 되는 사연은 무엇일까?

아버지와 큰언니와의 둘만의 특별한 기억은 무엇일까? 아버지 25살에 낳은 첫 딸이니 얼마나 귀하고 예뻤을까? 20대의 젊은 아버지는 어린 딸에게 어떤 귀한 추억을 선물했을까? 30대 젊은 아버지는 사춘기 딸의 마음을 어떻게 달래줬을까? 큰언니는 어렸을 때 아버지랑 진주의 영화관도 같이 갔다고 했는데 난 아버지와 영화관에서 영화를 같이 본 기억이 없다. 생각만으로 샘이 난다. 아… 큰언니가 아버지의 제일 아픈 손가락일 것만 같다. .

아버지와 작은언니와의 둘만의 추억은 또 어떤 것일까? 아버지는 왜 작은언니만 모임에 데리고 다녔을까? 작은언니가 대학 때 MT를 간다고 하니 귀한 딸 어떻게 될까 걱정이 되어 삼천포로 MT를 오게 했다. 그래서 두부 공장으로 불러 작은 언니의 같은 과 친구들을 거하게 대접했던 기억이 난다. 내가 MT를 간다고 했을 때는 왜 걱정을 안했을까? 아무래도 작은언니가 제일 아픈 손가락일지도 모른다는 생각이 든다.

또 오빠는 어떤가? 하나뿐인 아들이지 않은가? 오빠가 태어났을 때, 할머니께서 "우리 종식이도 아들 낳았다"고 동네방네 돌아다니며 춤을 췄다고 하지 않았는가? 아들이기에 딸과는 다른 추억이 있을 것만 같다. 아버지께서 고신대 병원에 입원해서 퇴원하는 날, 내가 퇴근하는 시간까지 기다린다고 오빠와 둘이서 영화관을 갔다고 했다. '집으로'라는 영화였다. 아버지가 극장에서 본 마지막 영화가 '집으로'라고 생각하니 그마저도 눈물이 난다. 아버지와 마지막으로 같이 영화관에 간 사람이 오빠라고 생각하니 억울하다. 반차라도 내고 같이 보러 가지 않은 것이 새삼 후회가 된다. 오빠는 아픈 손가락이 아니라 어쩌면 특별한 손가락일지도 모르겠다.

아버지는 우리 모두를 똑같이 사랑했을까? 어리석고도 어리석은 질문이라 아버지가 웃어넘길지도 모르겠다. '열 손가락 깨물어 안 아픈 손가락 없다'는 말이 있는데도 우린 모두 자기가 제일 아픈 손가락이라고 우기고 있다. 아버지께서는 각자의 자식들에게 각자의 방법에 맞게 사랑하셨던 것 같다. 모든 자식을 사랑하되 각자의 성격을 보고 그에 맞게 유연하게 대처를 한 것 같다.

큰언니에게는 큰언니가 원하는 사랑을 주고 작은언니에게는 작은언니가 원하는 사랑을 주었던 것 같다. 각자 자기가 원하는 방식으로 원하는 사랑을 받았기에 아버지께서 자신을 조금은 특별하게 생각한다고 믿게 된 것 같다. 사랑을 주는 사람이 주체가 아니라 사랑을 받는 사람이 주체가 되는 사랑이기에 사랑을 받으면서 부담스럽지 않고 편안했던 것 같다.

우리 모두는 아버지가 편찮으시자 우리가 받은 사랑의 일부라도 돌려주고자 최선을 다했다. 우리는 아버지의 육체적인 통증이 최소화할 수 있는데 온 정성을 기울였다. 우리 모두는 아픈 손가락이 되어 아버지의 고통을 나누어 갖기를 원했다. 한 달을 넘기기 힘들 거라는 의사 선생님의 말씀이 무색하게 아버지는 5개월을 견디셨다. 췌장암의 통증이 제일 심하다고 했으나 아버지는 아픈 내색을 많이 하시지 않았다.

난 그것이 오로지 아버지의 인내심이고 아버지의 인격이라 생각했다. 의사 선생님의 말씀이 그 통증은 인내심으로 참아지는 것이 아니고 인격으로 견딜 수 있는 수준이 아니라고 했다. 아버지께서 참으실 수 있으실 정도의 통증이었던 것 같다고 말씀하셨다. 그 말을 듣고 얼마나 감사했는지 모른다. 마지막 순간까지 통증을 참기 위해 이를 악물지 않았다는 것만으로 감사했다. 의사 선생님도 특별한 경우라고 이야기하셨다.

우리 모두는 아버지의 아픈 손가락이었다. 아버지가 우리의 손가락을 아프게 깨물었던 그 아픔만큼 아버지를 꼭 안아드리고 싶었다. 아버지가 벅차서 우리를 밀쳐버리고 싶은 마음이 들 정도로 꼭 껴안아주고 싶었다. 아버지가 견딜 수 있을 정도의 통증을 느꼈던 건 우리 모두가 한마음으로 아버지를 감싸 안았기 때문이라고 믿고 싶다.

❼
지금도 살아계신 아버지

오빠도 어쩔 수 없는 아버지 자식이었다. "아버지가 집을 짓게 되면 지하수는 꼭 파라고 했다"라며 아버지의 당부를 잊지 않았다. 아들과는 저런 이야기를 주고 받으셨구나란 생각이 들었다. 오빠는 얼마 전 아버지 어머니 계신 산자락 밑에 집을 짓기 시작했다. 집을 짓는 중에 들렀더니 아버지 이야기를 했다. 옆에 듣고 있던 큰언니가 '아버지 말이 생각이 났는가 보네'라며 좋아했다.

새로 이사 갈 집 마당에 큰형부가 소사나무 분재 화분을 옮겨 놓았다. 아버지의 화분이니 아들 집으로 가는 것이 당연하다는 이야기였다. 소사나무는 큰 장독대 항아리 뚜껑을 화분으로 삼고 있었다. 아버지 계실 때와 크게 다르지 않은 모습이었다. 그동안 죽이지 않고, 정성껏 돌보아 준 큰형부가 새삼 고마웠다.

얼마 전 삼천포에 가니 큰언니가 큰형부에 대해 이야기했다.

"너거 형부 하는 것이 꼭 아버지 같다. 5일장에 가서 이것저것 사와서 잔잔하게 뭘 만들고, 생전 안 하던 짓을 한다."

큰형부는 오래전 아버지처럼 화초를 가꾸고 언니 어린이집 마당의 꽃밭을 멋지게 꾸몄다. 다육이 화분을 만든다고 컵이란 컵은 죄다 꺼내고 다른 집의 못 쓰는 컵까지 챙기신다. 예전의 형부를 생각하면 아기자기하게 뭔가를 만드실 분은 아니셨는데 큰언니 말대로 아버지를 닮아 있다.

작은 형부는 처음부터 아버지랑 비슷했다. 조용하게 자신의 일을 묵묵하게 해내는 성품도 아버지랑 비슷했고 덩치도 비슷했다. 지금도 아버지 살아생전 입으시던 잠옷을 입으신다. 작은언니 집에 가면 아버지 쓰시던 물건들이 몇 개 있다. 빨간색의 사각 손전등을 보면 아버지 생각이 난다. 아버지 주무시는 머리맡에는 항상 빨간 손전등과 자리끼가 있었다. 새벽일을 나가시며 불을 켜면 다른 사람이 깰까 봐 아버진 늘 손전등을 사용하셨다.

내가 지금도 아버지, 아버지 노래를 부르는 것은 아버지가 완벽한 사람이었기 때문이 아니다. 아버지는 외모가 출중하지도 않으셨다. 작은 키에 배가 나온 대머리 아저씨였다. 아니, 할아버지셨다. 나는 아버지라 불렀지만, 다른 사람들은 모두 할아버지라 불렀다. 아버지는 사회적으로 내세울 만큼 성공한 사람이 아니었다. 돈을 많이 번 부자도 아니었다. 그렇다고 남들에게 자랑할 만한 자식을 키워낸 것도 아니었다. 단지 다른 아버지들에 비해 약간 특별한 아버지셨다.

아버지는 1930년에 태어나셨다. 역사 속에서나 들어봄 직한 연도이다. 16살에 해방이 되었다. 21살에 한국전쟁을 겪으셨다. 우리 시대의 아버지는 '가부장적, 권위적, 보수적'이란 단어로 표현할 수 있다. 아버지는 앞의 말들과는 거리가 먼 분이셨다. 아버지로서 권력을 행사하신 적이 없으셨다. 우리 집은 오히려 어머니의 목소리가 더 컸으며 아들과 딸을 차별하지 않았다. 오히려 힘을 써야 하고 어려운 일은 아버지와 오빠가 맡아 했다.

아버지는 시대를 앞서 가셨다. 일을 결정함에 있어 명령하거나 지시를 하는 경우는 드물었다. 남자가 할 일과 여자가 할 일을 크게 구분하지 않고 잘하는 사람이 했다. 명절에 부침개와 튀김을 오빠와 같이 했다. 특히 오징어 튀김은 오빠가 주로 했다. 오징어 튀김이 유난히 많이 튀어 딸들이 작은 화상이라도 입을까 염려했다. 어머니께서 더위를 많이 타는 탓에 다리미질은 항상 아버지께서 하셨다. 재봉틀로 바지 단을 줄이거나 지퍼를 달 때도 아버지가 하셨다. 아버지는 재봉틀로 두부 짜는 주머니를 직접 만드셨다. 남은 헝겊에 고무줄을 넣어 머리를 묶을 수 있는 '곱창'이라는 이름을 가진 고무줄을 만들어 주기도 하셨다. 집에 아무도 없는데 갑자기 비가 내리면 비설거지를 하러 오시는 분도 엄마가 아니라 아버지셨다. 아버지가 달려와 창문을 닫고 옥상의 빨래를 걷고 마당에 널어놓은 야채를 안으로 들이셨다.

아버지는 가끔씩 나에게 장난을 칠 때도 있었으며 가끔씩 가시는 '우리 다방'에서 들은 유머를 들려주시기도 했다. 그런 이야기를 하실 때면 개구쟁이 소년 같았다. 이미 다 아는 이야기일 때도 있었고 실상 아버지가 이야기를 재미없게 전달해 우습지 않을 때도 있었지만, 난 큰 소리로 웃었다. 나는 아버지가 어렵지 않았다. 아버지와 무슨 이야기든 나누었다.

친구들은 달랐다. 아버지를 어려워하고 대화를 거의 나누지 않는다고 했다. 아버지가 싫은 것은 아니지만, 친하게 지내고 싶지는 않다고 했다. 내가 아버지와 친한 것이 부럽기도 하면서도 이상하다고도 했다.

아버지의 성향을 한마디로 규정짓기 어렵지만, 굳이 이름을 붙이자면 '인본주의자'라고 말할 수 있다. 인간이 모든 것의 중심이 된다는 생각이셨다. 아버지가 말하는 인간의 범주에는 갓 태어난 아이도 포함될 것이다. 나이 어린 조카의 잠바를 입힐 때 보이는 태도는 진정한 인본주의다. 모든 인간은 자기 행동의 결정권이 있다고 믿으시는 분이셨다.

내가 아직도 아버지, 우리 아버지 하는 이유는 아버지 이야기를 할 때마다 내가 행복하기 때문이다. 돌아가신 분의 이야기를 하는데 그리움과 슬픔의 감정보다는 함께해서 행복했던 추억이 먼저 떠오른다. 슬픔의 감정보다는 행복과 기쁨의 감정이 더 크기에 아버지 이야기를 계속 하게 된다.

한 선배는 아버지에 대한 나의 감정을 오해해서 "죽은 사람 오래 생각하면 안 좋아. 아버지가 좋은 데 못 가서. 어서 보내드려"라고 이야기했다. 아버지에 대한 그리움 때문에 아버지를 붙잡고 있는 것이 아니다. 어머니를 생각할 때 남는 감정의 찌꺼기가 미안함이라면 아버지를 생각할 때 남는 감정의 찌꺼기는 행복이다. 아버지와 둘이 충분히 사랑하고 서로의 감정을 온전히 나누었기에 가능하다. 선배의 오해처럼 아버지를 생각하는 것이 아니라 나의 생활 곳곳에 아버지의 가르침이 배어 있고 난 아직도 아버지를 통해 배우고 있다. 아버지와 관계는 지금도 현재 진행형이다.

아버지와의 관계에서 모든 것을 실컷 해본 것은 아니다. 아버지가 췌장암 진단을 받으시면서 의도치 않게 주 보호자 역할을 하게 되었다. 아무에게도 말을 하지 못하고 끙끙 앓았다. 소리 내어 울어버리면 감당이 되지 않을 것 같아 찔끔거리며 울었다. 꿈속에서 이가 가루가 되어 목 안으로 들어가는 악몽을 꾸었다. 실제로 이들이 다 들떠서 흔들거렸다.

아버지 돌아가시고 장례식 기간에도 '아이고 아이고'라는 곡이 나오

─

지 않았다. 큰소리로 소리 내어 우는 것이 어색했다. 목 안 속의 울음은 꺼이꺼이 안으로 들어갔다. 처음 아버지가 아프다는 소식을 듣고 그때 서럽게 세상 떠나가도록 울어야 했다. 우는 것도 타이밍이 있었다. 울 시기를 놓치니 그 울음은 터져 나오지 못하고 내 가슴에 응어리로 남아 지금도 조금씩 올라오고 있다. 실컷 울지 못한 울음은 다른 사람의 슬픔에서 터져 나왔다. 친구 엄마의 장례식에서 그 슬픔이 올라오고 다른 이의 상처에서 가슴 속 응어리는 눈물이 되어 흘렀다.

소중한 사람을 잃었을 때 베풀 수 있는 가장 큰 친절은 슬픔을 허락하는 것이라고 했다. 난 그러한 친절을 받지 못했다. 이성적으로 판단하고 차분히 받아들이는 것은 나중에 해도 되었다. 울 수 있을 때 실컷 울고, 몸부림칠 수 있을 때 그렇게 했어야 했다. 목 놓아 슬퍼하지 못한 가슴은 깊은 앙금이 되어 두고두고 아팠다.

내 인생에서 가장 큰 시련과 제일 무서운 일은 아버지와 어머니 없이 살아가는 것이었다. 아버지 어머니가 돌아가시면 하늘이 무너져 내릴 줄 알았다. 하늘은 무너져 내리지 않았고 나는 지금도 잘살고 있다. 달라진 것이 있다면 그 어떤 시련이 와도 '아버지 죽고도 살았는데 그게 뭐라고'라는 마음이 든다. 제일 큰 강도의 시련을 겪었기에 다른 시련을 견디어 낼 힘이 생긴 것이다. 아버지와 어머니의 죽음을 겪었기에 살아가면서 크게 무서울 것이 없다는 생각이 드는 것도 사실이다.

'진정한 죽음은 기억에서 사라질 때 온다'라는 인디언 속담이 있다. 인디언 속담대로라면 아버지는 아직 살아 계신다. 아니 굳이 인디언 속담을 들먹이지 않아도 상관없다. 아버지는 여전히 나의 이야기 속에서 살아 있다. 오래전부터 나를 아는 사람이나 최근에 나를 아는 사람 상관없이 나와 조금만 이야기를 오래 나눈 사람들은 늘 아버지 이야기를 듣게 된다.

아버지 이야기를 하면서 나 자신을 다진다. 내가 이래 보여도 우리 아버지 딸인데 함부로 살아서는 안 된다는 생각을 하게 된다. 나의 자랑인 아버지를 더욱 자랑거리로 만들 수 있는 사람은 이제 아버지가 아니라 나임을 안다. 아버지의 이름을 더 높이기 위해 사회적으로 성공하겠다는 의미는 아니다. 나를 통해 아버지의 이름이 빛나기를 원한다. 나를 통해 나를 키워 낸 부모님의 모습이 그려지기를 희망한다. 나 자신을 사랑하고 긍정적으로 살아가는 내 모습을 통해 부모님의 사랑과 소신이 보이기를 희망한다. 힘없는 아이의 소리에 귀 기울이는 내 모습을 통해 모든 인간을 존중한 아버지가 보이기를 희망한다. 아버지가 그러했듯 내가 하고 싶은 것을 열정적으로 하고, 어차피 내가 해야 할 일이라면 즐거운 마음으로 하고 싶다.

지금의 나를 통해서 아버지의 모습을 자랑할 수는 없다. 하지만 난 이래 봬도 우리 아버지 딸이다. 뭘 해도 내 편이 되어주고 뭘 해도 내가 제일 잘되기를 기도하는 아버지가 내 곁에 계시기에 아버지처럼 살아갈 용기가 생긴다. 아버지가 나를 믿고 기다렸듯이 이제는 내가 나를 믿고 기다려야 할 때이다. 이 기다림의 끝에는 아버지가 계시고 뒤돌아보면 내 아이가 나를 보고 있을 것이다. 나의 아버지가 나의 가장 큰 자랑거리였듯이 나 또한 내 아이의 자랑거리가 되고 싶다.

마치는 글

고물 중고 티코를 처음 산 날 아버지는 중고차 매매센터에서부터 내가 몰고 갈 것을 요구했다. 5년 전에 면허 딸 때 타보고 차를 몰아본 적이 없는 말 그대로 '장롱면허'인 나에게 운전할 것을 요구했다. 겁먹고 뒤로 물러나는 나에게 "결국엔 네가 몰아야 될 차"라고 말씀하셨다.

 '결국엔 내가 몰아야 할 차'는 고물 티코만이 아니었다. 결국엔 내가 몰아야 할 차들이 도처에 있었다. 내가 몰아야 할 차가 수동기어에 수동창문이 있는 고물 티코가 아니라 자동변속기어에 창문도 자동으로 열 수 있는 차라면 좋을 텐데 내가 몰아야 할 차는 늘 고물 티코였다. 창문을 열고 달리다 갑자기 비가 내리면 오른손으로 핸들을 잡고 왼손으로 레버를 돌려 창문을 올려야 했다. 달리는 중에 자연스러운 코너링은 쉬우나 '파워핸들'이 아닌 티코는 제자리에 선 채로 핸들을 꺾으려면 '파워핸드'가 필요했다.

 아직 50년도 살지 못했지만, 사는 것이 마치 고물 티코를 몰고 가는 것 같다. 소나기는 늘 예고 없이 들이닥치고 창문 레버는 한 손으로 돌려야 한다. 앞으로 나아가지 않으면서 차를 돌리려니 힘이 많이 든다. 지금도 나는 갑자기 들이닥치는 비를 막기 위해 창문을 올려야 한다.

 책을 쓰면서 이 책도 결국엔 내가 몰아야 할 차임을 알았다. 이 차 역시 처음 몰아보는 차라 중간에 시동이 몇 번은 꺼졌다. 시동이 꺼지면 '다시 켜면 된다'는 간단하지만 명확한 진리를 가르쳐 준 아버지가 새삼 고맙다.

아버지를 자랑하고 싶어 쓰기 시작한 글이 아버지 자랑에서 끝나지 않았다. 쓰면서 욕심이 생겼다. 나도 자랑거리가 되고 싶어졌다. 아버지의 자랑거리도 되고 싶고 내 아이의 자랑거리도 되고 싶어졌다. 아이를 키우기 전에는 자식의 의견을 묻고 자식이 원하는 것을 선택할 수 있는 기회를 주고 그 선택을 믿고 기다려 주는 일이 쉬운 일인 줄 알았다. 아버지께서 자식들에게 자연스럽게 하는 행동이라 나도 자연스럽게 되는 일이라 생각했다.

글을 쓰면서 그때는 미처 깨닫지 못했던 아버지의 상처가 보였다. 자연스럽고 편안하게 하기까지의 시간을 생각해보니 아득했다. 겉으로는 평정심을 가지고 기다리고 있으나 부모된 입장에서 그 마음속에 비바람이 쳤을 것을 생각하니 죄스러운 마음까지 더해졌다. '자랑거리'가 되고 싶은 것은 나의 욕심이었다.

새벽일을 하셨던 아버지는 일을 마치고 새벽참을 드셨다. 새벽참은 1년 365일 같은 음식이었다. 어머니께서 '영양가 많은 밥'이라고 이름 붙인 '식은 밥을 찬물에 삶은 밥'이다. 잠결에 김이 모락모락 나는 뜨거운 밥을 후후 불어가며 드시는 것이 정말 맛난 음식을 드시는 것 같았다. 먹어보면 네 맛도 내 맛도 안 나는 그냥 물에 삶은 밥일 뿐이었다.

아버지는 그 밥이 정말 맛있었을까? 아무리 시장이 반찬이라 해도 매일 새벽마다 똑같은 밥이었다. 반찬은 늘 김치였다. 어머니께서 '영양가 많은 밥'이라 이름 붙인 그 밥은 영양가라고는 찾으려야 찾을 수 없는 밥이었다. 뜨거운 밥도 아니고 전날 저녁에 먹다 남은 식은 밥을 찬물에 끓였을 뿐인데 허기를 면하는 정도이지 영양을 생각해서 드실 음식이 아니었다. 하지만 우리 식구 모두는 그 밥을 '영양가 많은 밥'이라 불렀다. 다른 사람들에겐 어떤지 알 수 없으나 우리 식구에게 그 밥은 진짜 '영양가 많은 밥'이었다. 초라한 음식이 영양가 많은 밥이 될 수 있었던 것은 '영양가 많은 밥'이라고 불러준 어머니의 말의 힘이었고 그것을 믿고 맛있게 먹어준 아버지의 실천 힘이었다.

자식을 키우는 일이 '영양가 많은 밥'을 만드는 것과 다르지 않다고 생각한다. 몸이 약해 계속 넘어지는 아이를 다시 일으켜 세우는 것도, 하고자 하는 일이 뜻대로 되지 않아 기가 죽은 아이의 기를 살리는 것도, 어디로 가야 할지 몰라 헤매고 있는 아이의 손을 잡아주는 것도 이 모두가 영양가 많은 밥을 만드는 일일 것이다.

아이의 기를 살리고 손을 잡고 헤매던 길을 빠져나오는 것은 부모 중 누구 한사람이 해야 할 일이 아니다. 엄마 혼자 할 일이 아니다. 어머니가 아무리 '영양가 많은 밥'이라 불러도 맛있게 먹어준 아버지가 없었다면 아무 소용이 없었을 일이었다. 부모님은 아무것도 아닌 나를 '영양가 많은 밥'으로 만들기 위해 노력하셨다. 내가 다른 사람들에게도 영양가 많은 밥인 줄은 알 수 없으나 나의 부모님에게만은 '영양가 많은 밥'이었음을 확신한다.

아버지 자랑이라 이야기했지만, 이게 어디 아버지만 자랑한다고 되는 일이었을까? 아버지 곁에는 늘 쓴 소리를 하시는 어머니가 계셨다. 그 쓴소리가 아버지의 말을 더 달게 만들었음을 안다. 그래서 어머니께 미안하다. 어머니에 대한 그리움 끝에 남는 감정의 찌꺼기는 늘 미안함이다.

서른이 넘어 시집도 안 간 딸의 잠든 모습을 보며 머리를 쓰다듬어 주시던 어머니셨다. 어머니의 손길에 잠이 깼으나 그대로 있었다. 어머니는 서른이 아니라 세 살 아이 머리를 쓰다듬듯 조용히 오래오래 쓰다듬으셨다. 그 새벽만 생각하면 왠지 울컥 눈물이 난다. 어머니 돌아가시는 순간까지 마치 아이의 머리를 쓰다듬듯 어머니의 머리를 쓰다듬었다. 그 새벽 어머니가 나의 머리를 쓰다듬듯 그렇게 오래오래 쓰다듬어 주고 싶었다.

아버지를 안아보고 싶다.

어머니를 안아보고 싶다.

그분들에 대한 그리움은 '보고 싶다'로 해소될 그리움이 아니다. 만져보고 싶고 입 맞추고 싶다. 내 머리를 쓰다듬어 달라고 떼쓰며 안기고 싶다.

아직 그분들이 당신 곁에 있다면 더 늦기 전에 안아보기를….

2017년 7월

강주희